Dalia Stern
Die ganz einfachen Tage kann ja jeder

Dalia Stern

Die ganz einfachen Tage kann ja jeder

Rediroma-Verlag

Bibliografische Information der Deutschen
Nationalbibliothek:
Die Deutsche Nationalbibliothek verzeichnet diese
Publikation in der Deutschen Nationalbibliografie;
detaillierte bibliografische Daten sind im Internet über
http://portal.dnb.de abrufbar.

Hinweis

Die Figuren in diesem Roman sind frei erfunden. Ähn-
lichkeiten mit lebenden Personen sind nicht beabsichtigt
und rein zufällig.

ISBN 978-3-98527-135-1

www.rediroma-verlag.de
11,95 Euro (D)

Über die Autorin

Dalia Stern ist 1965 in Hannover geboren und aufgewachsen.

Früh verwitwet, ist sie mit ihren Kindern an die Küste Niedersachsens gezogen. Ihre ältesten Kinder sind bereits erwachsen und stehen auf eigenen Füßen.

„Die ganz einfachen Tage kann ja jeder" ist ihr erster Roman.

Vorwort von Regine Schneider

Werde ich in meinem Leben meiner ganz großen Liebe begegnen? Jede Frau sehnt sich danach. Sie zu finden und mit ihr glücklich zu werden, ist eine der größten emotionalen Herausforderungen, an der wir wachsen, aber auch scheitern können. Lieben halten heute meist nicht lebenslang. Doch bei jedem neuen Mann hofft man auf ein Happy End.

Psychologen ernüchtern uns brutal, jeder Mensch müsse etwa drei Lieben durchleben, um reif zu sein für die letzte große Liebe, mit der man alt werden möchte. Die erste Liebe im Leben ist geprägt von rosaroten Vorstellungen, von Illusionen, von unrealistischen Hoffnungen.

Nach der ersten schmerzlichen Enttäuschung schwingt beim nächsten Versuch die Hoffnung mit, dieser Mann muss es doch jetzt sein. Die Lebenserfahrung hat uns gelehrt, das rosarote Idealisieren und Anhimmeln zu relativieren. Uns wird klar, dass auch der wunderbarste Partner Fehler und Schwächen hat, die uns nicht gefallen. Doch wollen wir nicht gleich die Flinte ins Korn werfen. Wir versuchen vielleicht, den Partner zu ändern, sind bereit, Kompromisse zu machen – manchmal zu viele. Auch auf diese Liebe folgt in der Regel eine Ernüchterung, aber Scheitern tut weh. Zudem wissen beide, dass es den perfekten Partner nicht gibt.

Die dritte Liebe wird meist behutsam und voller Vorsicht angegangen. Beide bringen einen Rucksack voller Beziehungserfahrung mit, zudem haben wir unsere Kindheitserfahrungen, unser Elternhaus, unsere gesamte Sozialisation im Gepäck. Wir geben uns Mühe, Fehler zu vermeiden. Wir sind großzügig, verzeihen, suchen Erklärungen. Oft können sich Partner dann arrangieren, den anderen zu nehmen, wie er ist.

Wir haben gelernt, wann es besser ist, einen Schlussstrich zu ziehen, wenn wir spüren, dass wir in einer giftigen Partnerschaft stecken. Manchmal tun wir es auch nicht, obwohl wir merken, dass der Partner uns nicht gut tut. Der innere Kompass warnt zu leise. Unerledigtes aus der Vergangenheit bremst uns aus, die Hoffnung hält uns bei der Stange. Der Mensch hält an Bekanntem fest. Den Sprung ins kalte Wasser wagt man selten. Zudem sind wir in der Phase meist in einem Alter, in dem es mühsam ist, nochmal ganz von vorne anzufangen. Eine fiese Zwickmühle. Und doch gibt es auch aus diesem Traum oft noch ein ganz böses Erwachen …

1. Kapitel

An einem sonnigen Tag im September rumpelt mein Auto im Schritttempo über die Wiese, auf das Gelände des Reitturniers. Hinter mir, auf dem dunkelgrünen Pferdeanhänger steht meine Schimmelstute „Callista". Während ich einen freien Platz für mein Gespann suche, lasse ich meinen Blick neugierig hin und her schweifen.

Auf dem Parkplatz herrscht bereits geschäftiges Treiben. Pferde wiehern und scharren aufgeregt mit den Hufen. Sie tänzeln hin und her und wollen nicht still stehen, um sich satteln zu lassen. Um mich herum höre ich klappende Autotüren, die freudigen Begrüßungen der Reiter untereinander, Verladerampen, die ächzend und quietschend hochgestemmt oder krachend heruntergelassen werden. In der Luft liegt der Geruch nach Heu, Pferdeschweiß und Dung. Aus der Ferne trägt der Wind die Stimme des Ansagers, der die Teilnehmer der bereits laufenden Prüfungen ankündigt, zu mir herüber. Eine leichte Staubschicht schwebt über dem Platz. Die Atmosphäre knistert vor Spannung und auch in meinem Bauch breitet sich ein warmes Kribbeln aus, wie immer vor einem Turnierstart.

Beinahe jedes Jahr komme ich hierher, auf das Gestüt Weidenhof, als Teilnehmerin oder Zuschauerin und ich freue mich schon seit Wochen auf dieses Event. Der Weidenhof ist mein Heimatstall, hier treffe ich immer wieder auf alte Freunde und Bekannte.

Ich bin voller Energie und Tatendrang. Vor einiger Zeit habe ich meine Ernährung umgestellt und ordentlich abgenommen. Das war längst überfällig, hat aber nie so richtig geklappt. Bis der Wunsch, etwas in meinem Leben zu verändern, so groß geworden war, dass es mir gelang, über die ersten schwierigen Wochen hinwegzukommen, ohne zu sündigen oder schwach zu werden. Wie ein Schalter in meinem Kopf, der umgelegt wurde. Zack, plötzlich ging es.

Erregung und Vorfreude ergreifen von mir Besitz. Die Bedingungen sind optimal und meine Stute im Anhänger ist für diesen Wettbewerb perfekt vorbereitet.

Die Idee, die ich mir zurechtgelegt habe, sieht vor, unsere erste Springprüfung als Einlaufspringen zu nutzen, um mein Pferd an den Platz zu gewöhnen. Meine Stute, Callista, ist sehr temperamentvoll und hoch im Blut stehend. Ihre Mutter war ein reinrassiges Vollblut und ich fange lieber etwas behutsam an, damit sie nicht hektisch wird und die Übersicht verliert. Mein Fokus liegt auf der zweiten, schwereren Prüfung. Da möchte ich angreifen!

Bisher läuft alles ganz nach Plan. Unsere erste Runde im Parcours beendet Callista fehlerfrei, aber mit einer langsamen Zeit, die uns lediglich eine hintere Platzierung erreichen lässt.

Nun wartet sie Heu knabbernd im Anhänger auf ihren nächsten Einsatz. Bis dahin habe ich Zeit, über das Gelände zu bummeln und Freunde zu begrüßen.

Mit einem Latte Macchiato to go schlendere ich über den Turnierplatz auf der Suche nach bekannten Gesichtern. Es ist herrlich, meine erste Anspannung weicht einer zufriedenen Gelassenheit und lässt mich tief durchatmen. Ab und zu nippe ich an dem heißen Becher in meiner Hand. Die Sonne wärmt angenehm mein Gesicht und der laue Wind streicht sanft über mein verschwitztes Haar, um es zu trocknen. Aus dem Lautsprecher klingt die Stimme des

Ansagers, sie ist angenehm melodisch und erinnert mich an einen Hörbuchsprecher.

Hier und da treffe ich einen Bekannten für einen kleinen Plausch. Nebenher beobachte ich die Reiter, die sich mit konzentrierten Gesichtern und schweißnassen Pferden auf ihre Prüfungen vorbereiten. Die Pferde müssen, genau wie Hochleistungssportler, sorgfältig aufgewärmt und gymnastiziert werden, bevor sie an den Start gebracht werden.

Der Turnierplatz ist umgeben von altem Baumbestand, überwiegend mächtige Eichen und Trauerweiden. Es hat viel zu wenig geregnet in diesem Sommer und die Blätter fangen bereits an, sich gelb zu verfärben.

Am anderen Ende der Reitanlage finden in zwei Hallen und einem großen überdachten Reitplatz die Dressurprüfungen statt.

Mein Blick fällt auf eine kleine Gruppe von Männern, die lachend vor einem Kaffeestand in einer Warteschlange stehen. Der Mann in der Mitte, der gerade seinen Kopf in den Nacken wirft und schallend lacht, kommt mir bekannt vor. Seine Körpersprache strotzt nur so vor Energie und Lässigkeit.

Na klar, die Erinnerung durchzuckt mich wie ein Blitz, das ist Martin, ein ehemaliger Freund, den ich bestimmt seit 27 Jahren nicht gesehen habe. Wir waren im selben Reitverein und sind auch ein paar Mal miteinander ausgegangen. Es hat aber nie so richtig zwischen uns gefunkt. Auf den ersten Blick war Martin nicht mein Typ, außerdem stimmte unser Timing nicht so recht. Auf jeden Fall wurde nichts aus uns.

Jahre später liefen wir uns noch einmal zufällig im Wald über den Weg. Auf einem riesigen schwarzen Ross trabte er an mir vorbei. Ein Tier wie ein Fabelwesen, mit pechschwarzer Mähne, die ihm vom Kopf bis zu den geblähten Nüstern und vom Hals bis tief zur Schulter hinunter reichte. Der Schweif berührte beinahe den Boden und die Hufe waren bedeckt von langen schwarzen Haaren. Kleine, nebelartige Dunstwolken stoben aus seinen Nüstern.

„Hey, schwarzer Reiter", rief ich ihm hinterher und er zügelte sein schnaubendes Pferd, um es zu wenden.

Wir tranken damals einen Kaffee zusammen an der nahegelegenen Waldschänke. Martin hielt seinen prächtigen Friesen am Zügel, der ungeduldig mit den Hufen scharrte und seine imposante Mähne schüttelte und ich hatte unseren kleinen Hund an der Leine, mit dem ich durch den Wald spaziert war. Meine erste Ehe war bereits beendet, er hatte zwei Jahre zuvor geheiratet.

Martin ist sieben Jahre älter als ich und nicht wirklich gut aussehend. Als junger Mann litt er unter der basedowschen Krankheit und den damit verbundenen hervortretenden Augen. Groß, schlaksig mit einer etwas undefinierbaren braunen Haarfarbe.

Wenn ich mich recht erinnere, war Martin schon damals ein echter Workaholic und ständig in der Firma, die er damals noch gemeinsam mit seinem Vater führte. Sie lieferten alles, was man zur Errichtung und zum Service von Windkraftanlagen benötigte. Sein Vater ließ keine Gelegenheit aus, um seinen Sohn zu demütigen und zu erniedrigen. Die beiden Männer führten einen erbitterten Krieg gegeneinander, in dem keiner bereit war, auch nur einen Zentimeter zu weichen. Als der Vater sich schließlich wegen seiner Herzprobleme zurückziehen musste, übernahm Martin allein das Ruder.

Da Martin mir nicht unbekannt ist, spitzte ich immer neugierig die Ohren, wenn neue Klatsch- und Tratschgeschichten über ihn im Umlauf waren.

Seine Autos waren unter den Männern ein häufig kommentiertes Thema. Er fuhr angeberhaft mit seinem knallrotem Lamborghini zu den ländlichen Sportveranstaltungen. Die Pferde scheuten vor dem röhrenden Motor, den er mit funkensprühender und aufliegender Karosse über die Feldwege lotste. Einmal war er sogar im Straßengraben gelandet, weil er bei einem Überholmanöver die Kontrolle über seinen Luxusflitzer verloren hatte. Daraufhin erschien ein spöttischer Artikel über Lamborghinifahrer, garniert mit einem hämischen Bild, wie er sich mühsam aus dem komplett im Graben verschwundenen Sportwagen befreite, in der Zeitung.

Ein Millionär mit Hang zur Selbstdarstellung.

Martins letzte Freundin führt einen bekannten Dressurstall am Stadtrand. Für sie hat er einige sehr teure Dressurpferde gekauft, um sich in der Dressurszene als Mäzen einen Namen zu machen. Hin und wieder geht er selber in niedrigen Springprüfungen an den Start. Etwas steif und in ein geckenhaftes Outfit gesteckt, mit viel Lammfell und weißen Reithandschuhen. Die überwiegend männlichen Springreiter stehen grinsend am Zaun und haben ihren Spaß dabei.

Für Dressurreiter ist es durchaus üblich, viel Show zu machen und sich theatermäßig in Szene zu setzen. Die Reiterinnen tragen Schmuck und Make-up, das Equipment ist mit funkelndem Strass besetzt. Auch die Pferde werden entsprechend ausstaffiert. Alles blitzt und blinkt, die Beine der Pferde werden mit dicken weißen Bandagen umhüllt.

Unter dem Sattel liegt ein Polster aus Lammfell und eine blütenweiße Schabracke dient als Sattelunterlage.

Ganz anders als bei den Springreitern. Sie gestalten die Ausrüstung für sich und ihre Tiere eher Ton in Ton, um die natürliche Eleganz des Pferdes zu unterstreichen. Nach weißen Bandagen, Handschuhen oder Sattelunterlagen wird man hier vergebens suchen.

Einen Mann, herausgeputzt wie eine Dramaqueen, im Parcours zu beobachten, ist eine ungewollt lustige Darbietung. Da waren sich alle Springreiter einig.

Etwas verstohlen beobachte ich ihn ... die siebenundzwanzig Jahre plus haben ihm gut getan. Lässig sieht er aus. Braun gebrannt, mit Jeans und Rugby Shirt. Er trägt eine rahmenlose Brille und seine grauen Augen sind gar nicht mehr hervorstehend wie früher. Immer noch so hochgewachsen und schlaksig, was ihm nun, mit Mitte fünfzig, etwas Jungenhaftes verleiht.

Die Gruppe, deren Mittelpunkt er eindeutig ist, wirft sich übermütig freche Sprüche wie Ping-Pong-Bälle hin und her. Schlagfertig und voller Witz. Martin wirkt auf mich unheimlich männlich und selbstbewusst. Voller Anerkennung beobachte ich, wie er mit einem Tablett voller Getränke seine geschiedene Frau und seine Ex-Freundin mit Wasser und Cappuccino versorgt. Dieser Martin gefällt mir eindeutig besser als der von damals. Er ist immer schon besonders wortgewandt gewesen, aber so polarisierend und dynamisch habe ich ihn nicht Erinnerung. Die Situation und seine Damen hat er eindeutig im Griff. Er hat für jede ein Lächeln, berührt hier und da einen Arm oder eine Schulter und bezieht sie in eine Frage oder ein Gespräch mit ein. Die Frauen sind zwar leicht distanziert untereinander, aber ohne erkennbare Spannung. Du meine Güte, denke ich und kann nicht anders, als ihn bewundernd zu mustern.

Neugierig schlendere ich auf ihn zu und tippe ihn an der Schulter an. Als er sich zu mir herumdreht, sehe ich sofort das freudige Aufblitzen in seinen grauen Augen. Sein „Grüß dich, Eli" und die Umarmung wirken echt. Herzlich werde ich sogleich in seinen Harem aus Exfrauen integriert.

„Möchtest du lieber einen Cappuccino oder eine Weinschorle?" Lachend und überaus charmant bespaßt er diese etwas schräg anmutende Gruppe, in die er mich kurzerhand steckt.

Nach einer halben Stunde Smalltalk verabschiede ich mich. Es wird langsam Zeit, nach Callista zu sehen und mich auf den nächsten Start vorzubereiten.

Ich verbanne meine Gedanken an Martin und konzentriere mich auf den Parcours, der bereits für meine Prüfung umgebaut wird. Mit gleichmäßigen Schritten messe ich die Distanzen zwischen den einzelnen Sprüngen ab und überlege mir, wie viele Galoppsprünge ich benötige und wo ich den einen oder anderen Galoppsprung einsparen kann, um Zeit zu gewinnen. Nicht zu viel riskieren, aber für eine vordere Platzierung reichen null Fehler nicht, die Zeit ist der entscheidende Faktor für einen Sieg. Ich verbringe viel Zeit mit meiner Begutachtung und verlasse den Parcours erst, als schon der erste Reiter, begleitet von einer helltönigen Fanfare aus dem Lautsprecher, in die Bahn galoppiert. Die Prüfung beginnt.

Meine innere Aufregung ist beinahe unerträglich. Ich habe Zeit, mir die ersten Ritte anzusehen und zu beobachten, wie meine Kontrahenten die gestellte Aufgabe lösen. Nun kann ich abschätzen, ob ich bei meinem Plan bleibe oder noch eine Änderung einfüge. Erst wenn ich auf meinem Pferd sitze, beruhige ich mich. Die Anspannung weicht der Konzentration. Nun kann ich endlich aktiv umsetzen, was ich mir die ganze Zeit in meinem Kopf wie ein Mantra vorgenommen habe. Es läuft beinahe automatisch, es ist abgespeichert und bereit, abgerufen zu werden. Das klappt nicht immer, denn mein Partner ist kein Tennis- oder Golfschläger, sondern ein Tier. In seiner Brust schlägt ein ebenso aufgeregtes Herz wie in der meinen. Um gemeinsam mit mir sein Bestes zu geben, muss ich es auf den Punkt trainiert und motiviert haben. Es muss mir vertrauen und bereit sein, zu kämpfen. Für mich und nicht gegen mich. Neunzig Sekunden lang zu einhundert Prozent. Genau das macht die Faszination in diesem Sport aus.

Die Stimme des Ansagers dröhnt aus den Lautsprechern, um mein Pferd und mich den Zuschauern anzukündigen: „Wir begrüßen die nächste Reiterin in unserem Jubiläumsspringen, hier auf dem wunderschönen Gestüt Weidenhof, mit der Programmnummer 196, Elisabeth Hartmann mit ihrer siebenjährigen Schimmelstute Callista."

Meine Gedanken sind zu fokussiert, um die Ansage wahrzunehmen, ich höre sie kaum. Zähle nur den Countdown, bis ich die Startlinie passiert haben muss. Wenige Sekunden, um mit meiner Stute im leichten Trab einen kleinen Kreis in der schwierigen Kombination zu reiten. Kombinationen sind die größten Klippen in den höheren Springprüfungen. Es liegen nur ein oder maximal zwei Galoppsprünge dazwischen. Er gibt kaum eine Möglichkeit zu korrigieren, wenn die Pferde leicht zögern oder der Reiter den ersten Sprung nicht zentimetergenau anreitet. Auf diese Weise kann ich Callista einmal im erlaubten Maße diese Hürde zeigen. Angaloppieren und auf dem Weg zur Startlinie einmal die knifflige Wendung ausprobieren, die mir nachher die entscheidenden Sekunden schenken sollen. Rhythmus finden, Tempo erhöhen.

Dann blende ich alles andere im Tunnelblick aus.

Zwei Stunden später stehe ich mit ein paar Freunden im Festzelt bei einem Glas Weinschorle. Immer wieder kommen Leute vorbei, um mich zu beglückwünschen und mir auf die Schulter zu klopfen. „Glückwunsch, Eli. Super geritten!" Es fließt so viel positive Energie durch meinen Körper, dass er sich ganz heiß anfühlt. Wäre ich eine Glühbirne, würde ich leuchten. Bei dem Gedanken muss ich schmunzeln. In meinem Kopf bin ich noch ganz woanders und kann dem Gespräch am Tisch nicht richtig folgen. Zu aufgewühlt in meinem Innern, mag ich gar nicht stillstehen. Meine Stute hat heute so für mich gekämpft, dass sich bei der Erinnerung an unseren Siegesritt die kleinen Härchen an meinem Unterarm aufstellen.

Müde und zufrieden schweifen meine Augen über den Platz. Warmes, weiches Licht der untergehenden Sonne taucht den Turnierplatz in Abendstimmung. Staubpartikel und kleinste Insekten tanzen in der Luft. Graue Schatten der Reiter und Pferde ziehen sich in groteske Längen und sehen aus wie Aliens, die in den Krieg ziehen.

Die höher dotierten Prüfungen sind zu Ende und viele Zuschauer sind bereits gegangen.

Auf dem Zeitplan steht nur noch das Mannschaftsspringen. Eine anspruchslose, aber lustige Prüfung, unterlegt mit fetziger Musik und den anfeuernden Rufen der Mitstreiter.

Mein umherschweifender Blick bleibt an einer einsamen Gestalt hängen, die auf der obersten Sprosse eines Zaunes hockt und das Mannschaftsspringen verfolgt. Martin – er ist noch da!

Es berührt mich, ihn so zu sehen. Ganz ohne Gefolge und große Gesten kommt er mir plötzlich verletzlich vor und ziemlich einsam. Ich entschuldige mich bei meinen Freunden und gehe mit zwei Gläsern Weinschorle zu ihm hinüber. Er hört das Klirren der Eiswürfel, wendet den Kopf und lächelt mir entgegen.

Lange sitzen wir dicht nebeneinander auf dem Zaun, erinnern uns etwas wehmütig an alte Zeiten und berichten ein bisschen von den vergangenen Jahren. Aber auch davon, wie unser Leben heute aussieht. Ein leichter Geruch von Vetiver geht von ihm aus, holzig, erdig, ein bisschen nach Zitrus. Ich recke meine Nase etwas höher, um ihn besser riechen zu können. Die Luft ist noch warm und hin und wieder berühren sich unsere nackten Unterarme. Streifen einander nur ganz unauffällig. Seine Haare kitzeln an meiner Haut und ich fühle mich wie elektrisiert. Wir sind interessiert aneinander. Neugierig stellen wir uns gegenseitig Fragen, blicken uns dabei in die Augen, berichten und hören zu. Seine Stimme ist tief und klingt beinahe zärtlich. Ich fühle mich wohl in seiner Gegenwart und genieße unser Gespräch mit allen Sinnen. Seine Aufmerksamkeit zu spüren und als Frau und Mensch wahrgenommen zu werden. Das habe ich schon lange nicht mehr gespürt. Seit vier Jahren bin ich wieder Single und als Einzelkämpferin unterwegs.

Es ist spät geworden als wir uns voneinander verabschieden. Das Mannschaftsspringen ist längst vorbei und der Parcours wird bereits abgebaut. Helfer beginnen mit den Aufräumarbeiten und auf dem Parkplatz steht nur noch mein verwaistes Auto mit dem Pferdehänger. Schlechtes Gewissen breitet sich in mir aus, aber Callista steht geduldig und an dem Heunetz zupfend in ihrem Abteil. Ich klopfe ihren warmen Hals und streiche ihr über die samtigen Nüstern. „Mein braves Mädchen", flüstere ich ihr zu, „good girl."

Es war ein so unerwartet schöner Ausklang des Tages gewesen. Glücklich singe ich auf der Heimfahrt ausgelassen die Songs im Radio mit und kann gar nicht aufhören zu lächeln. Mein Herz pocht noch immer aufgeregt in meiner Brust.

Bis zu unserem nächste Treffen sollen noch ein paar Wochen vergehen. Martin hatte mir an unserem Abend auf dem Turnierplatz von seiner Jacht vorgeschwärmt. Träumerisch hatte er sein Weinglas mit den Eiswürfeln in den Schein der untergehenden Sonne gehalten und gesagt: „Morgen Abend bin ich schon in Griechenland und trinke meinen Sundowner an Bord."

Drei Wochen wollte er mit dem Schiff unterwegs sein und die griechischen Inseln erkunden.

Als Traumtänzerin stelle ich mir immer wieder schöne, erfolgreiche Ereignisse vor. Sie geben mir Kraft und Motivation für meinen Alltag. Nun male ich mir ein Date mit Martin aus, obwohl er eigentlich nie mein Typ gewesen ist. Schon als ganz junges Mädchen schwärmte ich von Jungs mit blonden Haaren und strahlend blauen Augen. Meine

Leinwandhelden hießen Paul Newman, Robert Redford und Terence Hill. Aber die paar Stunden mit Martin haben etwas in mir ausgelöst und ich habe mich so wohl gefühlt in seiner Gegenwart. So fülle ich die nächsten Wochen mit angenehm kribbelnden Gedanken aus, die mir helfen, weiter abzunehmen. Insgesamt fünfzehn Kilo. Von Tag zu Tag fühle ich mich wohler in meiner Haut. Die tägliche Joggingrunde und mein Job als Profireiterin bringen mich zusätzlich in Topform. Nie habe ich mich besser gefühlt als jetzt, mit meinen inzwischen sechsundvierzig Jahren.

Verschmitzt werde ich von einem Reiterkollegen als gestiefelter Kater betitelt, da die Reitstiefel nun so weit wie Knobelbecher von meinen schlanken Waden abstehen.

Ich habe mit Martin keine Telefonnummern ausgetauscht, als wir uns auf dem Parkplatz vor meinem Pferdehänger verabschiedeten. Meine Gedanken kehren immer wieder zurück zu unseren gemeinsamen Stunden und lassen mir keine Ruhe. Habe ich da etwas zwischen uns gespürt oder rede ich mir das im Nachhinein ein? Endlich nehme ich all meinen Mut zusammen, finde seine Nummer heraus und rufe ihn an. Das Herz schlägt mir bis zum Hals, bitte lass eine Mailbox anspringen. Auf meiner Zunge tanzt eine ganz selbstverständlich klingende Nachricht, die ich besonders lässig auf seinem Band platzieren will. Er soll keinesfalls denken, dass ich ihm hinterherlaufe. Aber er meldet sich gleich nach dem zweiten Klingelton. Vor Schreck fällt mir beinahe der Hörer aus der Hand. Ich war noch gar nicht soweit. Mein Mund ist plötzlich staubtrocken. *Das hast du nun davon*, denke ich mir, *jetzt bloß nicht krächzen.*

Als ich nach ein paar Minuten den Hörer auflege, zittern meine Hände leicht vor Aufregung. Wir haben uns zum Abendessen verabredet. Mein Gott, nun habe ich nach vier Jahren Singledasein tatsächlich ein richtiges Date.

Ein paar Tage später hält er mit einem schicken schwarzen Sportwagen vor meiner Haustür. In meinen Tagträumen habe ich mir diese erste Verabredung immer wieder vorgestellt und bin nun fürchterlich aufgeregt. Es ist lange her, dass mich ein Mann zum Essen ausgeführt hat.

Das Restaurant „Wulfsmühle" ist entzückend eingerichtet. Ein Landgasthaus im Jugendstil, mit alten Kacheln und viel Stuck an den Wänden. Der Holzfußboden knarzt unter unseren Schritten und auch die Tische sind aus altem Holz. Die Wandvertäfelungen sind weiß lackiert, genau wie die Bauernschränke und Küchenmöbel. Von der Decke hängen moderne Kandelaber wie ein Wirrwarr aus dicken Drahtseilen und nackten Glühbirnen, die aber ein warmes Licht zaubern. *Schöner Kontrast*, denke ich, u*nd eine tolle Idee, ein regionales Lokal auszuwählen.* Die Speisen werden in einer offenen Küche zubereitet und wir kommen uns vor wie in der Küche einer modernen Omi. Gekocht wird saisonal mit einem mediterranen Einfluss. Aber auch Klassiker wie Wiener Schnitzel oder Rinderroulade stehen auf der Speisekarte .

Nur mit Mühe kann ich meine Enttäuschung verbergen. Es kommt kein richtiges Gespräch zustande. Martin redet nur von sich und hält endlose Monologe über Themen, die mich nicht sonderlich interessieren. Seine Vorträge sind so gespickt mit Fremdwörtern, dass es in meinen Ohren total gestelzt klingt. Er benutzt Wörter wie: diametral, rudimentär, kausal, obsolet, redundant und fakultativ. Spricht von „sich kommod oder blümerant fühlen".

Du meine Güte, lernt der Typ jeden Tag fünf neue Fremdwörter auswendig? So redet doch kein Mensch. Er bemerkt überhaupt nicht, dass mich diese Unterhaltung, die gar keine ist, langweilt.

Beinahe bin ich froh, wieder zu Hause zu sein. Mit einem Gefühl der Erleichterung schließe ich die Haustür hinter mir, ohne Martin auf einen Schlummertrunk mit hineinzubitten. Wo ist der Funke geblieben, den ich auf dem Turnierplatz geglaubt hatte zu spüren?

Aber in diesem Punkt habe ich Martin unterschätzt. Er ist mit einem großen Ego ausgestattet und kommt jetzt erst so richtig in Fahrt. Ich bin als Frau in seinen Fokus gerückt und habe seinen Eroberungsinstinkt geweckt, gerade weil ich nicht gleich dahinschmelze.

Wir verabreden uns wieder. Da ich die Hoffnung, den Martin vom Turnierplatz wiederzufinden noch nicht ganz aufgegeben habe, bin ich bereit, ihm eine zweite Chance zu geben.

Um mich für den Restaurantbesuch zu revanchieren, lade ich ihn zu mir nach Hause ein.

Ich wohne kurz vor der Stadtgrenze in einer hübschen kleinen Siedlung gleich neben einem Golfplatz. Es gibt sie schon lange genug, dass der Baumbestand und die Pflanzen sich prächtig entwickeln konnten. Hecken so hoch, dass die Grundstücke nicht einsehbar sind. Beinahe alle Häuser sind im Landhausstil erbaut und von gepflegten Gärten umgeben. Mein Haus im Erlenweg sieht von der Straßenseite eher unscheinbar aus, aber jeder, der durch meine Eingangstür tritt, stößt einen überraschten Ruf aus. Nach hinten hinaus ist es großzügig ausgebaut. Charmant mit mehreren Ebenen, bodentiefen Fenstern, Kamin und Parkettboden. Eingerichtet mit Design-Klassikern und alten Holzmöbeln, die aus unserer ehemaligen Schweizer Ferienwohnung stammen. Besonders stolz bin ich auf meine Bilder. Es sind große und ausdrucksstarke Bilder, die ich von meinem Vater habe. Durch seine Werbeagentur mit angeschlossener Kunstschule hat er immer wieder Kontakt zu jungen, begabten Künstlern.

Ich freue mich auf den Besuch von Martin. Es hat Spaß gemacht, endlich mal wieder ein Essen vorzubereiten. Vorweg habe ich ein Kürbissüppchen mit ein paar gerösteten Kürbiskernen und einem kleinen Löffel selbst gemachtem Pesto Verde vorbereitet. Dazu gebratene Garnelen, die ich an einem kleinen Spieß quer über das Süppchen drapiere. Zum Hauptgang gibt es Farfalle mit kleinen roten Linsen und Streifen von Parmaschinken. Und zum Dessert ein Apple Crumble mit einer Kugel Mövenpick Vanilleeis. C'est tout. Der Tisch ist hübsch gedeckt, mein Essen ist so weit vorbereitet, dass ich nachher nur noch wenige Handgriffe benötige. Das Licht ist warm gedimmt und überall flackern Kerzen in den Windlichtern.

Zu Hause laufe ich gerne lässig herum. Also habe ich mich für eine Jeans, in der ich einen hübschen Po habe, entschieden und eine schlichte, eng anliegende weiße Bluse. Mit meiner Fußbodenheizung kann ich, obwohl wir bereits Spätherbst haben, barfuß laufen. Ich mag diesen leichten Undone-Look. Zu perfekt sollte es nicht sein.

Pünktlich wie die Feuerwehr klingelt es an meiner Haustür. Lächelnd beichtet Martin, dass er eigentlich schon seit zehn Minuten vor meiner Tür steht. „Der Weg war doch schneller, als ich gedacht habe, aber nun freue ich mich auf ein Glas Wein. Ich habe uns eine Flasche Gavi di Gavi mitgebracht, und einen Sack Feuerholz für deinen Kamin." Spitzbübisch streckt er mir seine Gastgeschenke entgegen.

Nun muss ich lachen. Bei unserem letzten Treffen habe ich Martin gegenüber erwähnt, dass ich zwar einen Kamin habe, aber nur Kerzen darin stehen.

Mit seinem sympathischen Entree hat Martin das Eis sofort gebrochen.

Dieser Abend verläuft so ganz anders als unser letztes Treffen in der Wulfsmühle. Keine gestelzten Monologe, sondern wieder der Martin vom Turnierplatz. Lässig, männlich, und überaus unterhaltsam. Mit seinem Sinn für Humor bringt er mich immer wieder zum Lachen.

Das Essen war köstlich und ich lehne mich entspannt zurück. Die Garnelen waren auf den Punkt gebraten, die Suppe gut abgeschmeckt und auch mein Pesto ist mir gut gelungen. Die Pastasoße war durch Chiliflocken pikant, aber nicht zu feurig geworden und die Linsen hatten noch genügend Biss. Martin hat alles restlos aufgegessen, und sogar noch meinen Nachtisch verputzt, den ich stehen gelassen habe. Zufrieden nippe ich an meinem Weißwein. Die Flasche Gavi di Gavi, die Martin mitgebracht hat, haben wir schon beinahe geleert.

„Wollen wir uns nach unten setzen, vor den Kamin?"

Wir nehmen unsere Gläser mit und machen es uns auf dem Sofa gemütlich. Martin hat ein Feuer angezündet und nun knistern und knacken die Holzscheite in der Feuerstelle. Aus meinem CD-Player hören wir abwechselnd die sanfte, melancholische Stimme von Katie Melua und die Französischen Chansons von Julien Clerc. Das gedimmte Licht mit den flackernden Kerzen zaubert eine fast magische Atmosphäre.

Die Stunden vergehen wie im Fluge. Wir fühlen uns wohl miteinander, genießen die Gesellschaft des anderen und reden über Gott und die Welt.

Vergangene Beziehungen, unsere Kinder, Pferde und amüsante Anekdoten aus seinem Urlaub in Griechenland. Auch ich habe viele Geschichten und im Eifer meiner Erzählung sind meine Finger ständig in Bewegung. Das ist so eine Angewohnheit von mir, mit Daumen und Zeigefinger aneinander zu reiben. Mir fällt das gar nicht mehr auf. Aber Martin legt seine Hand ganz sanft auf meine, um die Bewegung zu stoppen. Dann streichelt er zart über meine Finger. Mein Puls fängt an zu rasen. Dies ist der Wendepunkt. Unauffällig zurückziehen oder geschehen lassen. Es fühlt sich gut an und ich spüre ein heißes Prickeln in meiner Magengrube. Da ist der Funke, auf den ich gewartet habe. Wir unterhalten uns weiter und seine Finger streichen noch immer ganz zart über meine Hand. Die Spannung zwischen uns ist deutlich spürbar und ein Cocktail aus Hormonen schärft alle meine Sinne. *Es geschieht tatsächlich*, denke ich beinahe ungläubig.

Martin steht auf, um uns aus der Küche noch ein Glas Wein zu holen, und als er wiederkommt, flüstere ich: „Nun lass' mal sehen wie du dich anfühlst", und ziehe ihn neben mich auf das Sofa.

Wir küssen uns. Sehr zärtlich, sehr langsam, sehr vorsichtig fangen wir an, uns zu erkunden. Wie fühlt sich seine Haut unter meinen Fingerkuppen an, wie riecht sein Körper? Er reflektiert auf meine Vorgabe, wie ich geküsst werden möchte. Wir können nicht voneinander lassen.

Irgendwann klingelt sein Handywecker. Bei meinen Nachbarn gegenüber geht im ersten Stock das Badezimmerlicht an. Es wird langsam hell draußen und wir liegen noch immer eng umschlungen auf meinem Sofa. Die Kerzen sind längst heruntergebrannt, aber Julien Clerc und Katie Melua singen immer noch für uns.

Dieses Datum, der 20. Oktober, ist zu unserem Tag geworden. Wir haben ihn jedes Jahr genauso zelebriert und 2010 steht auf jedem unserer Autokennzeichen.

2. Kapitel

Wir sind sehr schnell unzertrennlich und versäumen keinen einzigen Tag, um unsere neu gewonnene Zweisamkeit zu leben. Von null auf hundert in Rekordzeit.

Martin hält mich in seinem Arm und sagt: „Eli, wir haben uns füreinander entschieden, es fühlt sich wie ein Schritt zurück an, wenn wir auch nur eine Nacht getrennt voneinander verbringen. Worauf willst du warten? Ich möchte dich hier bei mir haben, komm zu mir."

Martin ist ein ganz besonderer Mann. So liebevoll, charmant und klug. Wortgewandt und gebildet. Er ist großzügig, erfolgreich und legt mir die Welt zu Füßen. Dabei strahlt er eine Männlichkeit aus, die mich bewundernd zu ihm aufschauen lässt.

Seine verliebten Worte klingen wie Musik in meine Ohren. Es schmeichelt mir, so begehrt zu werden, und mein Herz hüpft vor Wonne. Ohne mir große Gedanken zu machen, lasse ich mich auf dieses Abenteuer ein. Er hat ja recht mit dem, was er sagt, worauf sollen wir warten? Diesem Lockruf kann ich nicht widerstehen. Es fühlt sich aufregend und einfach nur gut an.

Mich noch einmal zu verlieben, sehe ich als ein Geschenk des Schicksals an. Sollte ich womöglich doch noch die Chance auf eine große Liebe bekommen? Den Glauben daran habe ich nach zwei gescheiterten Beziehungen beinahe aufgegeben. Beide haben mir auf unterschiedliche Weise den Boden unter den Füßen weggerissen und mich niedergeschmettert zurückgelassen.

Ich bin sehr früh Witwe geworden. Bereits mit einunddreißig Jahren stand ich mit meinen beiden kleinen Kindern an der Hand am Grab meines Mannes. Er starb an Lungenkrebs.

Es begann im Mai, kurz vor der Taufe unseres Sohnes Ben. Mein Mann Henry bekam plötzlich leichtes Fieber und fühlte sich nicht wohl. Der Husten ging trotz Antibiotika nicht weg, und wir fingen an, uns Sorgen zu machen. Hatte er vielleicht einen Virus aus Afrika eingeschleppt? Seine letzte Geschäftsreise lag erst wenige Wochen zurück. Zuerst war ich ziemlich genervt und dachte bei mir, *typisch Mann*. Als Mutter muss ich auch noch mit neununddreißig Grad Fieber noch den Haushalt und die Kinder stemmen und der Mann macht wegen leicht erhöhter Temperatur einen solchen Aufstand. Ich hatte genug mit den Vorbereitungen für die Taufe zu tun und für meinen angeblich kranken Mann mit leidendem Blick wenig Geduld. Wie sehr ich mich doch irrte!

Eine Computertomografie brachte den vernichtenden Befund: ein Schatten auf der Lunge – wahrscheinlich ein Tumor.

Das Wort *Tumor* hallte in unseren Ohren nach. Das war der erste Moment wo mir dämmerte, dass wir nun den Preis für unsere kleine, heile Welt bezahlen mussten. Ich hatte immer befürchtet, dass einmal ein Unglück geschehen könnte, aber ich habe mich immer um die Kinder gesorgt, nie um Henry. Er ist doch so groß, so stark, so männlich und unglaublich dominant. Ich hatte ihn für unsterblich gehalten.

Wir redeten viel über die Krebsdiagnose, hielten uns oft wortlos in den Armen und sprachen uns gegenseitig Mut zu, immer positiv und zuversichtlich. Unsere innersten Ängste und Gefühle sprachen wir allerdings nicht an, aus

Furcht, sie damit freizusetzen und nicht mehr kontrollieren zu können. Ich fürchtete mich beinahe davor, mit Henry allein zu sein. Seine Schwäche zu fühlen, zu sehen, zu hören. Wie sollte ich damit umgehen? Dieser starke Mann, der selbst bei den Geburten unserer Kinder keine feuchten Augen bekommen hatte. Was würde jetzt geschehen? Noch nie in meinem Leben hatte ich einen Mann weinen sehen und meine Angst davor war groß.

Eine Woche später wurde Henry in der Lungenklinik operiert und die Pathologie bestätigte anschließend den Krebsverdacht. Er wurde voll bestrahlt, um mögliche Reste in der Lunge und im Mediastinum zu vernichten. Gefangen zwischen hoffen und bangen ließen wir keine Möglichkeit ungenutzt. Wir waren bereit, den Kampf aufzunehmen, und schöpften alle schulmedizinischen und alternativen Methoden aus.

Ein Wünschelrutengänger wanderte durch unser Haus und ließ uns die Möbel umstellen. Ein Amulett, am Körper getragen, sollte schädliche Strahlen abhalten. In einem medizinischen Artikel hatte ich über die krebshemmende Eigenschaft von roten Beeten gelesen und besorgte den daraus gewonnenen Saft in großen Mengen. Eine Misteltherapie klang ebenfalls erfolgversprechend, und ein homöopathischer Arzt stellte spezielle, auf Krebserkrankungen zugeschnittene Vitaminpräparate zusammen.

Eine Zeitlang lief alles wieder in geordneten Bahnen und wir waren zuversichtlich, den Krebs besiegt zu haben. Henry spielte mit seinem halben Lungenflügel wieder Hockey und stürzte sich in die Arbeit. Die Geschäftswelt hatte ihn wieder, und die Jagd nach mehr Gehalt, höheren Tantiemen und einem Firmenwagen konnte weitergehen. Das

Jahr ging zu Ende und das Zittern bei den Vorsorgeuntersuchungen ließ nach.

Anfang des Jahres fuhren wir mit Freunden in den Skiurlaub nach Verbier. Glücklich wie nie zuvor wedelte Henry die Hänge hinab und zog seine Show im Tiefschnee ab. Niemand konnte mit ihm konkurrieren.

In diesem Urlaub feierten wir meinen einunddreißigsten Geburtstag und Henry schenkte mir eine Reise in die Stadt der Liebe – er wollte mir Paris zeigen!

Wir haben es nicht mehr dorthin geschafft.

Der Schrecken holte uns wieder ein. Diesmal waren es gleich drei Tumore im Brustraum. Die fünfstündige Operation, in der drei Rippen entfernt werden sollten, war weitaus komplizierter als die erste und musste sorgfältig geplant werden. Zusätzlich hatten wir uns dazu entschlossen, durch Genmanipulation eine Tumorvakzine aus einem Teil des herausoperierten Tumorgewebes herstellen zu lassen. Diesen Impfstoff sollte eine Klinik in Hannover vorbereiten. Das war von der Schulmedizin nicht anerkannt, bedeutete aber eine zusätzliche Hoffnung für uns und wir waren dankbar für jedes weitere Ass in unserem Ärmel.

Am Tag nach der Operation betrat ich die Intensivstation. Ich musste eine Klingel betätigen, um eingelassen zu werden. Eine junge Krankenschwester reichte mir einen grünen, sterilen Kittel, eine Haube und Überzieher für meine Schuhe. Vier Betten standen in einem Saal, in dessen Mitte ein riesiger Schreibtisch thronte. Ein Arzt war immer im Raum und überwachte die Funktionen der Herz- und Lungenmaschinen. Überall summten und piepten Monitore und es war immer warm. Die Patienten lagen unbekleidet und nur mit einem Laken bedeckt in ihren Betten. Es roch nach

Schweiß, Blut und Desinfektionsmittel. Überall Schläuche, angeschlossen an Venen oder Körperöffnungen, und aufgeklebte Überwachungssensoren. Hier gab es keine Intimsphäre.

Gleich im ersten Bett lag Henry. Ihn so zu sehen, presste mir das Herz zusammen. Sein geschundener Körper roch übel und war schweißüberströmt. Die Betaisodonalösung hatte seine Haut und das Laken orangebraun gefärbt. Seine Lippen waren rissig und aufgesprungen, aus Schläuchen rann Blut, Wundsekret und Urin. Er war noch nicht richtig ansprechbar, öffnete aber einmal kurz die Augen und sah mich an.

„Hallo, Hase", flüsterte er mir zu.

„Hallo, mein Schatz", flüsterte ich zurück und streichelte immer wieder sanft seine Hand. „Ich bin da, ich bin ja da."

Der Chefarzt rief mich in sein Büro. In diesem Krankenhaus war es nicht üblich, um den heißen Brei herumzureden, also kam er gleich zur Sache.

Drei Rippen waren herausgesägt worden. Trotzdem war es ihnen nicht gelungen, alle Tumore restlos zu entfernen. Lebenswichtige Blutgefäße und alle wichtigen Nervenbahnen lagen darüber und die Gefahr des Verblutens war einfach zu groß. Außerdem hatten sie im Mediastinum ein groß angelegtes Feld mikroskopisch kleiner Tumorzellen gefunden. Das durch die Bestrahlung vollkommen zerstörte Gewebe lag teilweise darüber.

„Das ist wie eine verbrannte Schuhsohle", erklärte mir der Arzt, „dort können wir nicht mehr operieren. Wir werden Ihrem Mann nur so viele Informationen und Untersuchungsergebnisse geben wie nötig, damit er die Hoffnung nicht aufgibt und weiterhin das Gefühl hat, dass etwas unternommen wird. Nur Ihnen, als Ehefrau und Mutter, sage ich in aller Offenheit: Es bleiben ihm nur noch wenige Monate! Machen Sie ihrem Mann Mut, seien Sie ihm gegenüber positiv und optimistisch. Geben Sie ihm Kraft und kämpfen Sie mit ihm."

Eine weitere schlechte Nachricht folgte noch am selben Tag. Es war kein Tumorgewebe nach Hannover geschickt worden. Unser Anliegen war im Großbetrieb des Krankenhauses untergegangen und vergessen worden. Die Chance auf eine Tumorvakzine zerplatzte wie eine Seifenblase.

Es riss mir den Boden unter den Füßen weg. Wie in Trance ging ich durch die Krankenhausflure zum Ausgang. Eine endlos lange Zeit saß ich in meinem Auto und starrte ohne etwas zu sehen auf die beschlagene Fensterscheibe. Es hatte angefangen zu regnen und die Dämmerung setzte bereits ein. Woher sollte ich die Kraft nehmen, diese Aufgabe zu bewältigen? Wie sollte ich es fertig bringen, mir nichts anmerken zu lassen? Vor Henry, vor meinen Schwiegereltern, vor unseren Kindern? Wie konnte ich Zuversicht ausstrahlen und Mut machen, wo ich doch bereits um den verlorenen Kampf wusste?

Gleichzeitig erkannte ich den Grund, warum mir der Arzt so schonungslos die Wahrheit gesagt hatte. Er gab mir damit die Chance, mich auf meine Aufgabe vorzubereiten. Nicht in meinem Kummer und Selbstmitleid zu ertrinken, sondern die starke Schulter für meinen Mann und meine Familie zu sein. So, wie Henry es in den vergangenen Jahren für uns gewesen war. Aber wie bereitet man sich auf eine so große Prüfung vor? Die Angst, meine Liebe und meine Kraft würden vielleicht nicht bis zum Ende reichen, machten mich bewegungsunfähig. Wie ein Kaninchen vor dem weit geöffneten Maul einer Schlange verharrte ich auf diesem Parkplatz und versuchte die Zeit stillstehen zu lassen.

Irgendwann löste ich mich aus dieser Schockstarre und drehte den Zündschlüssel um. Mir war eine Aufgabe zugeteilt worden, die weder eine Wahl noch einen Aufschub zuließ.

Henry erholte sich von der Operation und die Ärzte stellten ihm eine recht gut verträgliche Chemotherapie zusammen. Es blieb ihm nicht verborgen, dass ich auch allein mit den Ärzten sprach. Oft saß ich noch eine Weile im Flur, bevor ich soweit war, sein Zimmer lächelnd und Zuversicht ausstrahlend zu betreten.

„Eli, weißt du mehr als ich? Sagen dir die Ärzte mehr als mir?", wollte Henry wissen.

Sein Zustand verschlechterte sich schnell. Die Chemotherapie konnte das Wachstum der Tumore nicht aufhalten und entkräftete seinen Körper. Das Laufen fiel ihm schwer und wir brauchten inzwischen die Hilfe von meinem Bruder Phillip und von meinem Schwager Tom. Ich war mir nicht sicher, ob ich Henry würde halten können, wenn seine Beine wegknickten. Abwechselnd fuhren ihn die beiden Männer zu den Terminen im Krankenhaus und stützten ihn beim Gehen.

Dann kam der Tag, vor dem ich mich am meisten gefürchtet hatte. Henry konnte seine Beine nicht mehr bewegen. Erschrocken und verzweifelt war er mit seinem Bruder ins Krankenhaus gefahren und nun erwartete ich die beiden ängstlich und sehnsüchtig zurück. Als ich die Beifahrertür öffnete, fing Henry an zu weinen und ich wiegte und tröstete ihn in meinen Armen wie ein Kind. Die Kraft, die ihn langsam verließ, ging in mich über und in diesem Moment wusste ich, dass ich allem, was noch auf uns zukommen würde, gewachsen sein würde. Ich hatte soviel Angst vor diesem Moment gehabt. Angst zu versagen. Furcht vor der Antwort auf die Frage, wie tief und aufrichtig unsere Liebe war. Immer wieder hatte ich mir diese Frage gestellt und darüber nachgedacht, aber keine wirkliche Antwort darauf gefunden. Die Liebe verändert sich gerade in den ersten Jahren, vor allem, wenn Kinder dazukommen. Wenn im Leben nichts Weltbewegendes geschieht und der Ehealltag nicht in seinen Grundmauern erschüttert wird, macht man sich vielleicht keine Gedanken und es geht einfach so auf gut Glück weiter. Viele von unseren Freunden hatten sich bereits nach wenigen Ehejahren getrennt und ich hatte immer überlegt, was wohl in ihnen vorgegangen sein mag. Nun gab es für mich keine Zweifel mehr. Als ich die Autotür öffnete, hatte ich keine Angst mehr zu versagen. Die Liebe und die Kraft, die ich plötzlich in mir spürte, waren so stark, dass es mich zugleich froh und zuversichtlich machte.

Die nächsten Tage waren das reinste Chaos. Henry war unbeherrscht und zutiefst verletzt. Alles war so demütigend für ihn. Wir mussten erst einmal lernen, mit seiner Behinderung umzugehen. Unsere ungeschickten Handgriffe taten ihm weh. Die Kinder kamen in dieser Zeit zu kurz. Ben war noch zu klein, um wirklich etwas zu begreifen, aber Lilian war beinahe sechs Jahre alt und völlig verunsichert. Sie konnte die Situation nicht verstehen und wollte so gerne helfen. Mit zitternden Händchen hielt sie den Rollstuhl umklammert, in dem ihr Papa nun saß.

Henrys Zustand verschlechterte sich zusehends. Er sah furchtbar aus. Die zusätzliche Kortison-Behandlung hatte sein Gesicht aufgeschwemmt und mit Pickeln übersät. Henry weigerte sich regelmäßig, mit dem Rollstuhl ins Bad zu fahren, um sich zu waschen und Zähne zu putzen. Sein Körper wurde dünn und schwach. Die Muskeln schwanden rasend schnell. Unter der Trainingshose zeichneten sich die mageren, schlaffen Schenkel mit den dicken Kniegelenken ab. Die Schmerzen kamen in beinahe unerträglichen Wellen, aber Henry wollte weder Morphium noch Novalgin.

„Die benebeln mich nur und lassen mich Dinge sehen, die gar nicht da sind, da ertrage ich lieber die Schmerzen", stöhnte er verzweifelt.

Schließlich konnte Henry nicht mehr im Rollstuhl sitzen und war ans Bett gefesselt. Die Lähmung seines Körpers setzte sich weiter fort. Die Hände verkrampften sich klauenförmig und am Po breitete sich ein großer, offener Dekubitus aus. Wir bekamen Unterstützung von einer Pflegerin. Das verschaffte mir Zeit, mich mehr um Lilian und Ben zu kümmern. Lilian bekam kleine Aufgaben zugeteilt, um bei der Pflege ihres Papas zu helfen. Trotzdem versuchte ich, die Kinder möglichst häufig bei ihren Freunden oder Patentanten unterzubringen.

Dann erschütterte uns eine weitere Krise. Henry rief nach mir und in seiner Stimme erkannte ich sofort seine Panik.

„Eli, hilf mir, bitte hilf mir, ich sterbe. Eli, tu doch etwas."

Ein Krampf breitete sich in seinem Körper aus. Er zog ohne sichtbare Anzeichen durch seinen gelähmten Körper, erreichte langsam seine Arme und Oberkörper bis hoch zum Kopf.

Der Adrenalinschub half mir, klar und überlegt zu handeln. Ich wählte den Notruf und schilderte mit knappen Worten unsere Lage. Während Ben laut weinend mein Bein umklammerte, versuchte ich Henry den Krampf auszustreichen. Beruhigend redetet ich auf ihn ein, aber er hörte mich nicht mehr. Mit verdrehten Augen lag er zuckend und sich aufbäumend in den Kissen. Der Krampf schüttelte seinen Kopf und seinen Oberkörper mit einer fürchterlichen Kraft hin und her. Er rutschte schräg gegen die Wand, wäre es die andere Richtung gewesen, so hätte ich ihn nicht im Bett halten können. Ich hörte bereits den kreisenden Hubschrauber und das Martinshorn des Krankenwagens. *Gott sei Dank ist Lilian gerade bei einer Freundin,* schoss mir der Gedanke durch den Kopf.

Nach wenigen Minuten war alles vorbei. Der Anfall ebbte bereits ab, als der Hubschrauber einen Landeplatz gefunden hatte und die Notärzte in unser Treppenhaus stürmten. Während Henry mit Sauerstoff versorgt wurde, sprach ich im Flur mit dem verantwortlichen Arzt. Ich trug noch meine Küchenschürze und hatte Ben auf meiner Hüfte sitzen. Seine Tränen waren inzwischen getrocknet und er beäugte neugierig die Rettungssanitäter um uns herum.

Der Arzt nahm sich viel Zeit für unser Gespräch und öffnete mir die Augen.

„Ihr Mann hat Krebs im Endstadium. Der Epileptische Anfall wurde durch schnell wachsende Hirnmetastasen ausgelöst. Er liegt nicht im Krankenhaus, sondern hier bei Ihnen zuhause, um hier sterben zu können. Wenn Sie uns rufen sind wir verpflichtet, ihn mitzunehmen und zu re-

animieren. Das ist genau der Punkt, den Sie nicht wollen."
Er gab mir die Nummer von einem privatärztlichen Not-
dienst, dann rückten alle wieder ab.

Erst viel später, nachdem der Adrenalinschub vorbei war,
überkam mich das große Zittern und ich wurde von einem
Weinkrampf geschüttelt.

Von dieser Stunde an lief Henrys Lebenszeit ab, wie der
Sand durch eine Sanduhr rinnt, unwiederbringlich und unaufhaltsam. Bemerkte es denn niemand außer mir oder war
es der verzweifelte Versuch der Familie, sein Sterben nicht
wahrhaben zu wollen? Henry bekam nun starke Antiepilep-
tika und Betäubungsmittel gegen die Schmerzen. Er hatte
Wahnvorstellungen und nur noch wenige lichte Momente.
Ich versuchte, die Kinder auf das Unvermeidliche vorzubereiten, dass ihr Papa im Sterben lag. Ein Kinderbuch von
Elisabeth Kübler-Ross über das Thema Sterben half mir
dabei. Lilian hatte ein feines Gespür und durch ihre Mithil-
fe bei der Pflege längst mitbekommen, wie sehr sich Papa
verändert hatte. Sie malte Bilder von Engeln und Luftbal-
lonen, die in den Himmel aufstiegen.

Etwas Trost fand ich während meiner Nachtwachen an
seinem Bett. Diese Nachtstunden voller Geborgenheit, die
nur uns allein gehörten. Dann streichelte ich seinen Arm
mit der Klauenhand und konnte meinen Blick nicht von
ihm wenden. Ab und zu öffnete Henry die Augen und sah
mich mit klarem Blick an.

„Na, mein Hase, wachst du über mich?", sagte er so unglaublich zärtlich. Es klang so zufrieden, geborgen und
vertraut.

„Ich liebe dich so sehr, mein Schatz", flüsterte ich zurück.

Er starb am 23. November in unseren friedlichen Nacht-stunden. Henry war den ganzen Tag in einem Dämmerzu-stand gewesen, aus dem er auch beim Waschen und Ver-bandswechsel nicht erwachte. Seine Haut war mit kaltem Schweiß bedeckt gewesen und unser Hausarzt hatte sein Blut untersucht, es war tiefschwarz gewesen.

Wie hypnotisiert von seiner Atmung, beobachtete ich das Heben und Senken seines Brustkorbes und wartete auf ir-gendein Anzeichen. Ungläubig saß ich an Henrys Seite und spürte deutlich, dass er dabei war zu gehen. Im Haus war es vollkommen friedlich. Die Kinder schliefen schon, als Henry ganz leise starb. Kurz vorher griff er noch mit einer Hand an seinen Kopf und zog unwillig die Stirn in Falten, wie bei einem stechenden Kopfschmerz. Dann entspannte er sich wieder und lag ganz ruhig da. Sanft streichelte ich seinen Arm, in dem ich so gerne gelegen hatte, und seine Hand mit den verkrümmten Fingern. Leise sang ich ihm das Schlaflied „Weißt du, wie viel Sternlein stehen" und als meine Stimme versagte, summte ich es für ihn, wieder und immer wieder. Ich wagte nicht, mich stärker zu bewe-gen oder etwas zu sagen, aus Angst, ihn zu stören. Ich wollte ihn nicht erschrecken, er ging so friedlich. Er mach-te noch einen kleinen Atemzug, und dann, nach einer Wei-le, noch einen. Dann war er fort.

Es dauerte viele Monate, bis ich mein inneres Gleichge-wicht halbwegs wiederfand. Lange hatte ich meine Gefühle so eisern beherrscht und mich gezwungen, zu funktionie-ren. Nun brach die Trauer mit einer solchen Wucht über mich herein und mir wurde alles egal. Mühsam schleppte ich mich durch die Tage und Wochen und hatte das Gefühl, zwischen meinen Schultern einen Felsbrocken tragen zu müssen, der mich zu Boden drückte. Ich konnte kaum noch aufrecht gehen. Meine Familie und Freunde halfen mir, wo sie nur konnten, und kümmerten sich rührend um Lilian und Ben. Mein Bruder Phillip schenkte uns eine kleine Beaglehündin, um etwas Fröhlichkeit in unserer Haus zu bringen und mich zu zwingen, zum Gassigehen eine Runde durch den Park zu laufen. Er kam an jedem zweiten Wochenende, um mit den Kindern zu toben und gemeinsam mit uns zu Abend zu essen. In stundenlanger Kleinarbeit baute er ihnen Barbiepuppen-Traumhäuser und Playmobil-Ritterburgen zusammen, die er kartonweise mit Hunderten von Einzelteilen zu den Geburtstagen der Kinder und zu den Weihnachtstagen anschleppte. Phillip kam extra am Vorabend, um die Geschenke zusammenzubauen. Dann saß er bis weit nach Mitternacht auf dem Fußboden, der Hund schlief eingerollt zu seinen Füßen, ich goss ihm Rotwein nach und er quälte sich durch die Bauanleitungen, die so dick waren wie Romane. Am nächsten Morgen fanden Lilian und Ben dann ihre Geschenke, liebevoll zusammengebaut und dekoriert auf ihrem Gabentisch.

Lilian tat es gut, meine Trauer und meine so lange zurückgehaltenen Tränen zu erleben. Sie flossen wie ein nicht enden wollender Strom aus meinen Augen, tropften an meinem Kinn hinab und hinterließen kleine Pfützen auf dem Boden. Ich ließ sie zu, denn Henry hatte jede einzelne Träne verdient. Aber ich weinte auch aus Selbstmitleid, ich vermisste Henry so sehr und konnte es nicht fassen, mein Leben nun ohne ihn leben zu müssen. Wir hatten uns so viel vorgenommen und waren doch noch ganz am Anfang.

Der Stein zwischen meinen Schulterblättern wurde mit der Zeit ein kleines bisschen leichter. Den größten Trost fand ich in der Erkenntnis, dass Henrys Krankheit ihn nur so lange hatte leiden lassen, wie er gebraucht hatte, um sein Leben nicht mehr als lebenswert zu empfinden. Alles, was er geliebt hatte, loslassen zu können und den Tod als Erlösung zu erwarten.

Dankbarkeit erfüllte mich, dass Henry so friedlich in unseren Nachtstunden gegangen war und ihm ein Todeskampf oder ein Erstickungstod am Ende erspart geblieben waren.

Zum Friedhof ging ich selten, dort konnte ich Henry nicht spüren. Ich war dabei gewesen, hatte erlebt, wie seine Seele den gequälten Körper verlassen hatte. Sie war für mich immer noch hier bei uns zu Hause, hier konnte ich seine Seele noch lange Zeit spüren. Wenn ich an seinem Schreibtisch saß und mit seinem goldenen Mont Blanc Abrechnungen schrieb oder Unterlagen für die Bank, der Versicherung oder das Finanzamt durcharbeitete, dann hatte ich das Gefühl, er schaute mir über die Schulter. Wenn das Telefon klingelte und ich mich mit „Hartmann" meldete, erwartete ich immer, sein so vertrautes „hier auch" zu hören.

Für Ben fand ich ganz in unserer Nähe einen Tagesmutterplatz. Als Witwe und alleinerziehende Mutter bekam ich von allen möglichen Ämtern Zuschüsse und wurde häufig bevorzugt behandelt.

Vor unserer Hochzeit war ich Berufsreiterin gewesen. Gegen Ende meiner ersten Schwangerschaft hatte ich aufgehört zu arbeiten, um mich voll um unsere kleine Familie kümmern zu können.

Die Reiterei war mein erlernter Beruf, damit konnte ich jetzt wieder Fuß fassen und Geld verdienen.

Der Besitzer des Gestüts Weidenhof gab mir eine Halbtagsanstellung und ich baute mir zügig einen Kundenstamm auf. Vormittags widmete ich mich der Ausbildung und dem Training von Dressur- und Springpferden. Am Nachmittag, wenn die Kinder mit in den Stall kamen, erteilte ich noch etwas Reitunterricht. Lilian liebte Pferde über alles und war eine begeisterte kleine Reiterin. Auch Ben fand Freunde im Stall und strolchte mit unserem kleinen Hund und seinen neuen Kumpels durch die Reitanlage und über die Wiesen.

Durch die Pferde fanden wir langsam den Weg zurück in den Alltag.

3. Kapitel

Verliebt spazieren Martin und ich Hand in Hand durch den Herbstwald. Noch nie ist mir der Wald so schön vorgekommen wie heute. Seine warme Hand zu ergreifen, ab und zu einen verliebten Blick aus seinen grauen Augen auf mir zu spüren, öffnet meine Sinne und lässt mich den Forst intensiver spüren als sonst.

Das Herbstlaub leuchtet in kräftigen roten und strahlend gelben Farben, die Kastanien und Eicheln auf dem weichen Waldboden glänzen satt und sehen beinahe köstlich aus. Eichhörnchen flitzen umher, um sich aus den Früchten des Waldes einen Wintervorrat anzulegen. Knallgrünes Moos überzieht in dicken Kissen, die sich über den Boden windenden Baumwurzeln und Gräben. Geruch nach feuchter, modriger Erde und Brackwasser hängt zwischen den Stämmen. Vereinzelt blinzeln Sonnenstrahlen, dünn wie Seidenfäden durch das Blätterwerk der Bäume. Ein Specht hämmert mit seinem Schnabel Morsezeichen durch den Wald. Tauben gurren und die Luft ist erfüllt vom Piepen und Zwitschern der Vögel.

Wir kommen an der Waldschänke vorbei, vor der wir uns vor so vielen Jahren einmal zufällig über den Weg gelaufen sind.

„Weißt du noch, Eli, damals haben wir hier zusammen einen Kaffee getrunken. Aber unsere Zeit war noch nicht gekommen."

Martin nimmt mich in den Arm und flüstert mir ins Ohr: „Jetzt endlich bist du für mich da. Das habe ich mir schon damals gewünscht. Jetzt gehörst du mir." Zärtlich küsst er mein Ohr. „Komm, wir holen uns einen Kaffee."

Wir ordern am Kiosk zwei Latte Macchiato und lassen uns mit den dampfenden Getränken auf einem abgesägten Baumstumpf nieder.

Wir spielen das Spiel, das alle Verliebten so gerne spielen. Wann hast du dich das erste Mal für mich interessiert? Oder: Wann hast du gemerkt, dass du etwas für mich empfindest? Was hast du über mich gedacht?

Dann wird Martin etwas ernster und fragt: „Als wir uns damals hier getroffen haben, warst du schon seit über einem Jahr verwitwet." Er blickt mich interessiert an. „Wie ist es dann weitergegangen?"

„Irgendwann war die Zeit meiner großen Trauer vorüber." Gedankenverloren rühre ich in meinem Becher. „Sie hatte mich eine lange Zeit fest im Griff und zog mich wie eine Ertrinkende mit sich in die Tiefe. Irgendwann, nach vielen Monaten, war ich wie leer geweint und fühlte mich nur noch ausgelaugt und kraftlos. Doch dann, als ich an diesem tiefsten Punkt angelangt war, wendete sich das Blatt. Meine Trauer wurde zu einem Kraftfeld, zu einer richtigen Energiequelle. Ich war noch da, ich war am Leben! Mein Kopf sprudelte geradezu über vor Plänen, was ich machen wollte."

„Und wie lange bist du allein geblieben?", will Martin wissen.

„Nun", überlege ich kurz, „es vergingen vier Jahre, bis ich mein Herz wieder einem Mann gegenüber öffnete. Einer meiner Reitschüler war auf der Suche nach einem neuen Reitpferd. Ich hatte mich für ihn etwas umgehört und von einem geeigneten Tier ganz in unserer Nähe erfahren. Um mir vorab ein Bild zu machen, ob Pferd und Reiter zusammenpassen könnten, hatte ich mich mit dem Verkäufer, Karsten Mattes, auf dem Gelände des Reiterhofes verabredet. Das Pferd hat mein Reitschüler nicht gekauft, es war viel zu schön für einen Mann, so ein Black-Beauty-Pferd. Er traute wohl auch Karsten nicht über den Weg, dem sein etwas zweifelhafter Ruf als Pferdehändler bereits vorausgeeilt war. Aber Karsten lud mich zum Abendessen ein und wir wurden ein Paar."

Martin wird ungeduldig neben mir. Er leert seinen Kaffeebecher in einem Zug und reicht mir seine Hand, um mich hochzuziehen. „Weiter geht's, der Wald ruft, jetzt habe ich genug über Exmänner gehört", sagt er entschieden.

„Die sind nun alle History! Vergiss sie einfach, du lebst jetzt ein anderes Leben und darin gibt es nur noch uns zwei."

Leichter gesagt als getan, denke ich mir. Mit Karsten muss ich mich wegen Emilie jeden Tag auseinandersetzen. Den kann ich so einfach nicht aus meinem Leben streichen.

4. Kapitel

Karsten ... Meine Gedanken wandern zurück. *Vater meines besonderen Kindes! Es hat auch schöne Zeiten mit ihm gegeben. Nie werde ich den Moment vergessen, als wir uns zum ersten Mal über den Weg liefen. Wir waren verabredet, um ein Pferd für einen meiner Reitschüler zu testen ...*

... langsam steuerte ich mein Auto den schmalen Plattenweg entlang und parkte den Geländewagen neben einem flachen Stallgebäude. Suchend blickte ich mich um, keine Menschenseele weit und breit. Wo war der Typ, hatte ich mich in der Uhrzeit vertan?

Mein Blick wanderte den Spurenweg entlang, der zu dem Springplatz und der Reithalle führte. Zweimal im Jahr werden auf dieser Anlage Wettbewerbe ausgetragen. Ein großes Reitturnier am Anfang der grünen Saison und die regionalen Meisterschaften im Herbst.

Hier bin ich bereits als ganz junges Mädchen am Start gewesen. Das hatte ich beinahe vergessen.

Kleine Blitze der Erinnerung zucken durch mich hindurch, wie bei einer Diashow. Zu der Zeit hatte dort hinten am Ende des Weges noch eine Scheune gestanden, in der wir unsere Pferde für das Turnierwochenende untergebracht hatten. Heutzutage hat jeder Reiter einen Pferdehänger oder einen kleinen Transporter, aber damals ritten wir zu den nahegelegenen Wettbewerben.

Es war eine unbekümmerte Zeit. Wir schliefen bei unseren Pferden im Stroh, die noch nicht in komfortablen Aufstellboxen einquartiert wurden, sondern nebeneinander angebunden in der Scheune, knietief im goldgelben Stroh standen. Die Teilnehmer trafen sich zum Abendessen im Gasthof und es wurde ordentlich getrunken und gelacht. Zu später Stunde putzten wir uns im Toilettenwagen, der einsam auf der Wiese stand, mit eiskaltem Wasser die Zähne und bauten uns mit unseren Schlafsäcken ein Lager im Stroh, gleich neben den Pferden. Im Schein der Taschenlampen erzählten wir uns Geschichten und unser Schlaflied war das Schnauben und das nächtliche Heukauen der Pferde.

Bei diesem kurzen Rückblick in die Vergangenheit musste ich unwillkürlich lächeln. Ich war noch ganz versunken in meine Gedanken, als ich von weitem die klappernden Hufe eines Pferdes hörte.

Ein kohlschwarzes Pferd tänzelte heran, schön wie Black Beauty. Temperamentvoll schüttelte es seinen kleinen, edlen Kopf, dass die lange Mähne von links nach rechts flog. Ich sah das Weiße in seinen weit geöffneten, glänzenden Augen. Es trabte und galoppierte fast auf der Stelle, dass die Hufeisen kleine, blitzende Funken auf dem Asphalt versprühten.

Ein großgewachsener Mann führte es unbeeindruckt und ungemein lässig am Zügel. Eine Hand ruhte an dem warmen Pferdehals. Er murmelte ihm beruhigende Worte zu. Seine schlanke Gestalt mit den blonden, vom Wind zerzausten Haaren steckte in verwaschenen Jeans, Reitstiefeletten und einem karierten Button-down-Hemd, mit hochgekrempelten Ärmeln. Sein Fokus war voll und ganz auf das Pferd gerichtet, das aufgeregt schnaubend um ihn herum tänzelte. Fasziniert beobachtete ich ihre Zwiesprache, während sie näherkamen.

Als der blonde Mann mich bemerkte, wendete er den Blick, und seine leuchtend blauen Augen trafen auf meine.

Mein Körper reagierte wie von einem Blitz getroffen. Hitze schoss mir ins Gesicht und meine Beine fühlten sich plötzlich an wie aus Pudding. Ein warmes Kribbeln breitete sich in meinem Bauch aus und ich kam mir vor wie ein junges Mädchen, das zum ersten Mal von seinem Schwarm angesprochen wird.

Sein Gesicht verzog sich zu einem spitzbübischen Lächeln. Ich hatte mich sofort in ihn verknallt.

An diesen Moment werde ich mich immer erinnern… es hat mich fast umgehauen.

Beinahe hatte ich vergessen wie schön es sich anfühlte, von einem Mann umworben zu werden, in verliebte blaue Augen zu blicken und die Schmetterlinge im Bauch zu spüren. Karsten war so unvermittelt in mein Leben geplatzt und riss mich mit seinem unbekümmerten Elan mit. Es blieb keine Zeit für Fragen oder Zweifel. Nach drei Monaten kündigte er seine Wohnung und zog bei uns ein.

„Was hältst du davon, wenn ich dir als Gegenleistung deine Wohnung renoviere? Und wenn du deine Pferde in meinen Stall stellst, übernehme ich auch dafür die Kosten."

In der darauffolgenden Woche rückten die ersten Handwerker an, um mir eine neue Küche einzubauen.

Karsten, zwei Jahre jünger als ich, führte mit seinem Vater zusammen einen Fischgroßhandel. Auf dem Gelände des Fischmarktes wurde die Nacht zum Tag gemacht. Ab vier Uhr morgens herrschte dort Hochbetrieb. Die LKW standen Schlange, um ihre Ware zu entladen, in gekühlten Hallen aufzuschichten und den Einkäufern anzubieten.

Hinter dem Haupttor, von dem zwei gewaltige, aus Stein gemeißelte Meeresgötter, bewaffnet mit Dreizack und Fischernetzen, mit grimmigem Blick den Besucher empfingen, wehte ein raue Wind.

Karsten liebte die frühen Morgenstunden auf dem Fischmarkt. Mit glänzenden Augen berichtete er mir von dieser fremden Welt.

„Der Umgangston ist rüde, Eli. Den Respekt der anderen musst du dir erst verdienen. Nur wer gut handeln kann und gewieft ist, bekommt die Anerkennung der anderen. Ohne die kannst du hier nicht überleben. Wenn du das aber erreicht hast, gehörst du sozusagen zur Familie. Eine Hand wäscht die andere. Wenn du zu dieser Gemeinschaft gehörst, helfen dir die anderen aus der Patsche, wenn du dich im Einkauf verkalkuliert hast. Ansonsten lassen sie dich am ausgestreckten Arm verhungern. Da wird dann auch schon mal ordentlich gemauschelt. Aber so läuft das hier nunmal. Alle kennen sich untereinander. Beim Frühstück an den Imbissbuden geben sich Händler, Einkäufer, Ganoven, Kiezgrößen und Zuhälter untereinander die Hand. Der Schwarzmarkt blüht und es gibt nichts, was du hier nicht kaufen, besorgen oder in Auftrag geben kannst.“

Seine Freizeit verbrachte Karsten im Reitstall. Er hatte einen eigenen Stalltrakt angemietet und handelte nebenbei mit Springpferden. Es waren schnelle Geschäfte mit günstigen Pferden, die alle irgendwo einen kleinen Makel aufwiesen. Nach kurzer Zeit wechselten sie für ein paar hundert Euro mehr den Besitzer. Das aufgebaute Netzwerk war groß und funktionierte reibungslos. Pferdehandel ist nicht unbedingt seriös. Eher so wie der Handel mit Gebrauchtwagen. Wenn die Möglichkeit besteht, wird der Käufer getäuscht.

Meine Freunde und Familie reagierten skeptisch auf Karsten. Zwar freuten sie sich für mich, machten aber dennoch keinen Hehl aus ihrer Verwunderung über meine Wahl.

„Bist du dir wirklich sicher, Eli? Nichts gegen Karsten", meinten sie, „aber er ist ja doch ein sehr einfacher Mann."

Auch sein Vater ermahnte seinen Sohn und versuchte, ihm ins Gewissen zu reden: „Junge, lass die Finger von der Frau, die ist eine Nummer zu groß für dich."

Trotzig verteidigten wir unsere Liebe und hielten zueinander. Lachend schoben wir alle Einwände beiseite, es fühlte sich zu gut an, um bereits an uns zu zweifeln.

Ben und Lilian begegneten Karsten offen und voller Neugierde. Sie waren inzwischen sechs und zehn Jahre alt. Lilian hatte sich den Umständen entsprechend gut entwickelt, doch Ben war mein kleines Sorgenkind. Beide waren bildhübsch, mit ihren blonden Haaren und Augen in der Farbe von Bluejeans. Lilian war nicht die beste Schülerin, lernte aber fleißig genug, um gute Noten mit nach Hause zu bringen. Umringt von ihren Freundinnen aus der Schule und dem Reitstall war sie ständig verabredet. Ben dagegen war immer wieder verhaltensauffällig. Im Kindergarten, in der Vorschule und beim Sport fiel er auf durch seinen Trotz und seine Bockigkeit. Er hatte etwas an sich, das die anderen Kinder gegen ihn aufbrachte. Wo immer er auftauchte, wurde er gemobbt und in Streitigkeiten verwickelt. Wie ein in die Ecke getriebenes kleines Tier wehrte er sich mit Händen und Füßen.

Karsten war kinderlieb und zeigte keinerlei Berührungs-ängste. Offen ging er auf Ben und Lilian zu und zog sie sofort auf seine Seite. Karsten war kein intellektueller Typ, er hatte kein Interesse an Kunst und Kultur und es küm-merte ihn auch nicht, was in der großen weiten Welt ge-schah. Er war weder belesen noch sprach er eine Fremd-sprache. Aber es bereitete ihm Freude, zu schenken. Er war großzügig und begeisterungsfähig. Im Restaurant bestellte er den teuersten Wein und die besten Speisen. Grinsend zog er eine Rolle Hunderter aus der Hosentasche, die nur mit einem Gummiband umwickelt waren, und beglich die Rechnung. Seine Natürlichkeit und sein jungenhafter und doch zugleich männlicher und rauer Charme zogen mich in seinen Bann.

Wenn er Mittags vom Großmarkt kam, hielt er vor der Schule, um Ben abzuholen, der stolz vor seinen Kumpels in den Land Rover von Karsten kletterte. Zu Ostern schenkte er den Kindern zwei kleine Hasen und wenig spä-ter überraschte er Lilian mit einem eigenen Reitpony. So-gar Karstens Vater bemühte sich um meine Kinder. Ben durfte am Nachmittag mit Trecker fahren, um den Boden auf dem Reitplatz zu glätten, und Lilian fand Unterstützung im Springreiten von der gesamten Familie Mattes. Ge-meinsam unsere Freizeit auf dem Reiterhof mit den Pfer-den zu verbringen, schweißte uns fest zusammen. Das war vollkommen neu für mich und es war genau das, was ich wollte.

Am frühen Abend fuhr ich mit den Kindern nach Hause, um für uns das Abendessen vorzubereiten während Karsten noch im Reiterstübchen ein Bier mit den Stallkollegen trank.

An den Wochenenden fuhren wir als Team gemeinsam zu den Reitturnieren oder ans Meer, um mit unseren Pferden über den Strand zu galoppieren. Die Kinder waren stolz, ein Teil der Familie Mattes zu sein, liebten Karsten und sahen in ihm sehnsüchtig einen Ersatz zu ihrem verstorbenen Papa.

Mit Gesprächspartnern außerhalb des Großmarktes oder des Reitstalls fühlte Karsten sich unsicher und weigerte sich sogar, mich zu Einladungen meiner alten Freunde zu begleiten. Es war für mich ok, meine Freunde und Familie in den Hintergrund zu stellen, vielleicht auch als trotzige Reaktion auf die Ablehnung, die sie Karsten gegenüber signalisierten. Wir waren uns als Familie genug, und unser Sport bot uns ausreichend Unterhaltung und Gesprächsstoff. Reiter sind ein geselliges Volk, es wird gelacht, Sprüche werden geklopft, es wird getrunken und gefeiert. In dieser Welt fühlte Karsten sich pudelwohl, dies war sein Terrain, sein Revier. Bier trinken, fachsimpeln, von den jungen Mädchen bewundert werden. Er rief ihnen zu: „Hallo Engelchen, alles klar?" Oder: „Na Herzchen, wie geht es uns denn heute?"

Sie kicherten und schwärmten für ihn. Es störte mich nicht weiter, nur allzu gut kannte ich Karsten und ließ ihm seinen kleinen Spaß. Zu Hause würden wir gemeinsam darüber lachen, ich war sein „Partner in Crime". Abends beim Essen vertraute er mir seine kleinen Gaunereien an, berichtete mir mit lachenden Augen, welchen Trottel er heute über den Tisch gezogen hatte oder wer wieder einmal auf ihn hereingefallen war. Seine Flirts wertete ich als harmlos. Er war nicht der feurige Liebhaber, für den er sich gerne mit frivolen Bemerkungen am Tresen ausgab. Meine Wünsche oder Vorgaben nahm er nicht an, er war zufrieden mit kurzem Standardsex bei gelöschtem Licht. Karsten bemerkte gar nicht, dass ich keine Befriedigung fand. Es war ihm nicht möglich, sich offen mit diesem Thema auseinanderzusetzen. Peinlich berührt war es ihm unangenehm, darüber zu reden. Sex war in seiner Gedankenwelt mit etwas Schmutzigem verbunden. „Eine Nummer schieben", wie er gerne sagte. Mit knisternder Erotik oder zärtlichen Streicheleinheiten war er als Naturbursche überfordert.

Deshalb zerbrach ich mir nicht den Kopf, wenn er wieder einmal mit einem jungen Mädchen säuselte. Sein knochenharter Job am Fischmarkt in der eisigen Kälte der Kühlräume und die frühen Arbeitsstunden zu nachtschlafender Zeit hatten zusätzlich ihren Tribut gefordert. Dazu die vielen Biere im Reiterstübchen ... *Hunde, die bellen, beißen nicht.*

Drei Jahre vergingen. Dann sagte Karsten eines Abends zu mir: „Eli, ehrlich gesagt würde ich irgendwann auch gerne ein eigenes Kind haben, was meinst du dazu?"

Ich haderte eine ganze Zeit mit mir, bis ich schließlich einwilligte. Zu gut konnte ich ihn verstehen und brachte es nicht über mein Herz, ihm diesen Wunsch zu verwehren. Lilian und Ben waren inzwischen neun und dreizehn Jahre alt. Das Baby würde ein totaler Nachzügler werden und mich meine Unabhängigkeit kosten. Dabei war ich so froh, dass die beiden endlich aus dem Gröbsten heraus waren und ich arbeiten konnte. Aber Karsten war meinen Kindern ein liebevoller Ersatzvater und hatte es verdient, selbst Papa zu werden.

Es war eine Fehlentscheidung! Nicht das Kind an sich, aber die Entscheidung, mit Karsten ein gemeinsames Kind zu bekommen. Er war gar nicht wirklich bereit, sich dauerhaft zu binden.

Paare können sich trennen, Ehen werden geschieden, aber ein Kind verbindet zwei Menschen bis an das Ende ihres Lebens.

Von dem Moment an, an dem ich ihm meine Schwangerschaft verkündete, veränderten sich Karsten und unsere Partnerschaft. Im selben Jahr hatte sein Vater sich aus der Firma zurückgezogen und war in seinen wohlverdienten Ruhestand getreten. Karsten war nun allein für die Firma verantwortlich.

Um Kosten zu sparen, hatte Karsten als eine seiner ersten Handlungen die teuren Versicherungen gekündigt, die ihn schützten, falls ein Kunde in die Insolvenz ging, bevor die Außenstände beglichen waren. Diese Entscheidung bekam seine Firma jetzt teuer zu spüren.

Der Verantwortung, die auf Karsten zukam, war er nicht gewachsen, weder privat noch beruflich. Er hatte sich zu weit vorgewagt und wusste nicht mehr weiter. Es gab keinen Weg zurück. Für den Weg nach vorne fehlten ihm Mut und Weitblick.

Er wurde immer aggressiver. Sein Minderwertigkeitsgefühl versteckte er unter rüden und abwertenden Äußerungen, die vor niemandem mehr halt machten. Männer, die in seinen Augen nicht Manns genug waren, betitelte er als „schwule Säue", Frauen als „die blöden Pflaumen". Er sprach höhnisch von „fetten Ärschen" und „Möpsen", und „wie hohl in der Birne" alle in seinem Umfeld waren.

Sein Frauenbild war in jungen Jahren durch seine Mutter geprägt worden, eine herrische, starke Frau ohne einen Funken Empathie. Einerseits wünschte Karsten sich eine ebenso starke Frau an seiner Seite, die ihm die Liebe schenken sollte, die er als Junge schmerzlich vermisst hatte. Andererseits wollte er sie, wenn sie ihn nicht mehr ausreichend bewunderte und sich sein minderwertiges Ego meldete, wegen ihrer Übermacht erniedrigen und demütigen. Ein böser Zwiespalt, der nicht gut ausgehen konnte.

Unsere kleine Tochter kam zwei Wochen zu spät auf die Welt. Meine Ärzte wollten mir keinen Glauben schenken, als ich ihnen den genauen Tag der Empfängnis mitteilte. Sie stellten ihre eigenen Rechnungen auf, und anhand der Ultraschalluntersuchungen datierten sie den errechneten Geburtstermin immer weiter nach hinten. Dabei war ich mir zu einhundert Prozent sicher. Wir schliefen nicht so häufig miteinander, als dass es zu Irrtümern gereicht hätte. Damals wusste ich noch nichts über die Gefahren, denen ein ungeborenes Baby bei einer Übertragung von mehr als vierzig Schwangerschaftswochen im Mutterleib ausgesetzt ist. Als schließlich die Geburt künstlich eingeleitet wurde, nahm das Drama seinen Lauf. Das Fruchtwasser war bereits grün und die Herztöne unseres Babys signalisierten Stress.

Eine gefühlte Ewigkeit lag ich allein im Kreißsaal. Karsten hatte mich nicht begleitet. „Eine Geburt ist mir zu ekelhaft", hatte er wenig aufmunternd gesagt und mich am Morgen vor dem Krankenhausportal abgesetzt. Nun war ich ganz allein mit meinen Wehen, und die Sorge um unser ungeborenes Baby überrollte mich wie ein Güterzug. Niemals hatte ich damit gerechnet, dass etwas schiefgehen könnte.

Die Ärzte und Hebammen ließen sich nichts anmerken, aber inzwischen war ihre Anspannung greifbar geworden. Die lockeren Gespräche waren verstummt. Knappe Anweisungen gingen hin und her. Die Blicke, die sie sich untereinander zuwarfen, verrieten Sorge. Hektik breitete sich aus. Zwischen den anfeuernden Rufen der Hebamme drangen Wortfetzen der Ärzte zu mir durch: „Es muss jetzt schnell gehen, wir müssen uns beeilen, der Sauerstoff wird knapp, es hat die Nabelschnur fest um den Hals."

Verdammt, Karsten, warum bist du nicht hier bei mir? Jetzt brauche ich dich, wo bist du? Meine Stoßgedanken blieben ungehört, und die Hebamme hämmerte weiter mit ihren Kommandos wie ein Feldwebel auf mich ein.

Endlich, mit einer letzten heftigen Presswehe wurde Emilie geboren. Aber anstatt sie mir zur Begrüßung auf die Brust zu legen, drehten die Ärzte sich mit meinem Baby von mir weg und behandelten sie an einem hohen Tisch. Ich sah nur den Ring weißer Kittel von hinten, gesenkte Köpfe und routinierte Handgriffe. Voller Anspannung lauschte ich auf den erlösenden ersten Schrei meines Kindes. Endlose Augenblicke verstrichen, bis ich zu meiner Erleichterung ihr dünnes Stimmchen hörte. *Ist alles gut gegangen? Wie geht es ihr? Was genau ist geschehen?* So viele Fragen schossen mir durch den Kopf. Die Tränen liefen mir über das Gesicht, als der Oberarzt mir Emilie endlich vorsichtig auf meine Brust legte. Sie sah mich mit offenen Augen ganz ruhig an, dieses bezaubernde kleine Wesen.

Offiziell wurde von Sauerstoffmangel während der Geburt, gesprochen. Emilie wurde in der dreiundvierzigsten Schwangerschaftswoche auf die Welt geholt. Durch die Übertragung im Mutterleib war es zu einer mangelhaften Sauerstoffversorgung gekommen. Gleichzeitig hatte sie bereits im Mutterleib den ersten Stuhlgang, der das Fruchtwasser grün färbte. Dadurch entstand eine Kettenreaktion. Sie schluckte und atmete das verschmutzte Fruchtwasser ein und verklebte damit Teile der Lunge und der Lungenbläschen. Erschwerend kam hinzu, dass bei Emilie während der Geburt die Nabelschnur in einer Schlinge um ihren kleinen Hals lag, die sich im Geburtskanal zuzog.

Es war nicht sicher, in welcher Weise oder wie stark ihr Handicap ausgeprägt sein würde. Emilie war ein hübsches, ruhiges Baby. Auf den ersten Blick wirkte alles an ihr normal und wir dachten schon, wir wären nochmal mit einem blauen Auge davon gekommen. Aber bereits nach einem halben Jahr bemerkte die Kinderärztin eine Entwicklungsverzögerung. Emilie dreht ihr Köpfchen nicht, wenn ich mit einer kleinen Klingel an ihrem Ohr schellte. Sie drehte sich auch nicht um und lernte später ohne die Unterstützung einer Krankengymnastik weder sitzen noch krabbeln und erst recht nicht laufen. Zwar stellten wir mit viel Übung immer wieder einen Fortschritt fest, aber der Abstand in der Entwicklung zu anderen Kindern wurde immer größer. Emilie wurde im Universitätsklinikum allen nur denkbaren Untersuchungen unterzogen, in der Hoffnung auf weitere Erkenntnisse, mit denen wir ihr Hilfe und noch mehr Unterstützung geben könnten.

Karsten war mir in dieser Zeit keine große Hilfe. Er weigerte sich einfach, Emilies Handicap anzuerkennen, und fand alle Therapien sinnlos. Lieber verbrachte er seine kostbare Freizeit im Stall und mit den Kumpels am Tresen. Vielleicht ertränkte er aber auch nur seine Unsicherheit und seinen Frust, unfähig mit mir oder einem Freund über die Probleme zu reden, die über ihn hereinbrachen.

Es war an der Zeit, umzuziehen. Meine Wohnung bot nicht mehr genügend Platz für drei Kinder und ich wollte meinen ehemaligen Schwiegereltern, die über uns wohnten, nicht noch mehr zumuten. Es war für sie schwer gewesen, einen neuen Mann in meinem Leben zu akzeptieren.

Unser neues Häuschen im Grünen bot unserer Patchworkfamilie etwas mehr Luft und lag ganz in der Nähe unserer Pferde. *Am Ende wird doch noch alles gut,* dachte ich.

Lilian konnte bequem mit der Bahn ihre alte Schule erreichen, aber Ben sollte zum Halbjahr seine Schule wechseln. Ihm würde ein Neuanfang guttun. Inzwischen war ein Aufmerksamkeitsdefizitsyndrom bei Ben diagnostiziert worden und es machte ihm und uns ordentlich zu schaffen.

Bens Blickwinkel war ein anderer. Es war ihm gleichgültig, ob die Aufmerksamkeit, die er auf sich zog, positiv oder negativ war. Er log, klaute, und hatte sogar einen Brand auf dem Gelände unseres Reiterhofes gelegt. Nur dem schnellen Eingreifen des Stallbesitzers war es zu verdanken, dass der Brand der Siloballen nicht auf das Stallgebäude übergegriffen hatte. Mit dem Trecker riss der Bauer die brennenden Rundballen auseinander und war dabei von dichtem, giftigem Qualm der brennenden Folie eingehüllt gewesen.

Einen Therapieplatz konnte ich nicht für Ben ergattern. Diese Termine waren begehrt und wurden nur an Familien herausgegeben, in denen sich beide Elternteile mit einbrachten. Dazu hatte ich Karsten nicht überreden können. Ebenso wie Emilies Handicap war für ihn auch Bens ADS einfach nicht vorhanden. Unser Kinderpsychologe, bei dem wir alle paar Wochen einen sogenannten Kurztermin hatten, verschrieb Ben Medikenet oder Ritalin.

Karsten war mit der Gesamtsituation überfordert und wurde immer übellauniger. Die Firma am Großmarkt lief schlecht, und er vergriff sich seinen Mitarbeitern gegenüber immer häufiger im Ton.

Es war ihm auch zu viel, mit uns zusammenzuleben. Er wäre gerne fortgelaufen und hätte uns allein gelassen, aber auch dafür war es nun zu spät. Stattdessen verbrachte er immer mehr Zeit am Tresen und aus dem einstigen Feierabendbier wurde erschreckend viel mehr. Wenn er betrunken nach Hause kam, ließ er seine schlechte Laune an Lilian und Ben aus. Kaum ein Abend verlief ohne Türen knallen und Demütigungen.

Lilian war so unglücklich darüber, dass sie stark an Gewicht zunahm. Das reizte Karsten nur noch mehr und er fing an, sie damit unter Druck zu setzen und zu erniedrigen. „Zum Turnier nehme ich dich nur mit, wenn du bis zum Wochenende zwei Kilo abgenommen hast, sonst verkaufe ich den Gaul", rief er ihr vor allen Leuten hinterher und setzte noch einen drauf: „Da kannst du Gift drauf nehmen, und laufe bloß nicht heulend zu deiner Mutter, dann war's das endgültig mit uns und deiner Reiterei."

Auch für Bens Probleme hatte Karsten nur Hohn und Spott übrig. „Der Idiot", sagte er, „hat überhaupt nichts, der ist einfach nichts wert."

Viel zu lange klammerte ich mich an die Hoffnung, es könnte sich alles wieder einrenken und wieder so schön werden, wie es einmal war. Schließlich waren wir doch eine Familie. Ich traute mich nicht aus meiner Komfortzone und hatte noch nicht den Mut gefunden, meine Hoffnung zu begraben und einen Neuanfang zu wagen.

Ich schämte mich dafür, als Mutter versagt zu haben. Mich nicht genügend neben meine Kindern gestellt zu haben. Karstens Quälereien geschehen zu lassen, anstatt mich für Lilian und Ben gerade zu machen. In Karsten war so viel Wut und Zorn gegen sich und die Welt angestaut, dass sie uns manchmal Angst machte und geradezu lähmte. Sie war schnell verraucht, wenn man sich ihr nicht in den Weg stellte, aber ich wollte mir lieber nicht vorstellen, wozu er in seiner Aggressivität fähig wäre, wenn man ihn in so einem Moment weiter reizte.

Ein Therapeut bei Profamilia sagte mir nach einem langen und tränenreichen Beratungsgespräch: „Sie wissen, was sie tun müssen."

„Ja", antwortete ich unglücklich, „aber ich bin noch nicht so weit."

Es gab nichts mehr, wofür Karsten meine Bewunderung verdient hätte und so suchte er sie sich woanders. Sie war ein lebenswichtiges Elixier für sein minderwertiges Ego.

Wir trennten uns, als Emilie zwei Jahre alt war. Damals war ich die letzte im Reitstall, die von seinem Verhältnis zu einem der jungen Mädchen Wind bekam. Es lief wohl schon eine ganze Weile mit den beiden, aber ich war naiv genug, um die fadenscheinigen Storys zu glauben, die er mir auftischte. Am Ende sagte mir ein Kumpel aus dem Reitverein die Wahrheit auf den Kopf zu. *Mein Gott*, dachte ich, *wie blind ich doch gewesen bin.* Karsten verbrachte gerade mit diesem Mädchen das Wochenende an der See und ich hatte seine Lügengeschichte wieder einmal geglaubt. Sonntagabend kam er nach Hause und tat, als wenn überhaupt nichts gewesen wäre. Doch seine Koffer hatte ich ihm bereits gepackt und vor die Haustür gestellt! Keine weitere Nacht wollte ich mit diesem Mann unter einem Dach leben.

Noch lange Zeit danach fühlte ich mich wie ein gedemütigtes Opfer. Er war der Schuldige, der Verräter, Lügner und Fremdgeher.

Unsere Trennung wurde zu einem hässlichen Rosenkrieg um Geld, verletzten Stolz und um unser gemeinsames Kind. Karsten drohte mir: „Dich mache ich fertig, du wirst schon sehen, jetzt gibt es Lack!" Dafür hatte ich nur ein Schulterzucken übrig. Karsten konnte mir keine Angst mehr einjagen.

Aber es kam zu einem erbitterten Tauziehen um Emilie. Er lockte sie damit, dass sie in seinem Bett schlafen durfte. Als Mutter von drei Kindern wollte ich das keinesfalls zulassen. So ging bereits morgens ihre Zerrissenheit los, in welchem Bett sie am Abend schlafen würde. Irgendwann konnte sie nicht mehr spielen, war in sich gekehrt und führte Selbstgespräche in einer Sprache, die wir nicht verstanden. Häufig stand sie mit leerem Blick einfach so da, sprach mit Harvey, wie ich diese unsichtbare Person nannte. Es gibt einen alten schwarz-weiß-Film mit James Stewart, in dem er mit einem großen, unsichtbaren weißen

Hasen mit Namen Harvey spricht. Ihre kleinen Händchen gingen dabei unaufhörlich auf und zu, auf und zu. Es brach mir fast das Herz. Obwohl wir feste Tage vereinbart hatten, ging Karsten so weit, sie auch an meinen Tagen zu fragen: „Emilie, willst du nicht lieber mit zu Papa kommen und mit Papa zusammen in einem Bett schlafen?" Emilie konnte an nichts anderes mehr denken. Irgendwann ertrug ich ihren Zustand der Zerrissenheit nicht länger und gab dem Tauziehen nach. Für ihren kleinen Seelenfrieden musste ich aufgeben und zulassen, dass Emilies Lebensmittelpunkt in Zukunft bei Karsten sein würde, mit der jungen neuen Freundin als ständige Babysitterin.

Lilian litt schwer unter der Trennung. Sie hatte in diesem Sommer ihre Schulzeit beendet und sich entschlossen, für sechs Monate nach England zu gehen. Meine große Tochter hatte sich selbstständig ohne meine Hilfe einen Job auf einer Farm in Cornwall gesucht, in dem sie für ihre Arbeit mit den Pferden Kost und Logis frei bekam. „Mami, sei mir nicht böse, aber ich muss raus hier, fort von zu Hause, um meine Gefühle und Gedanken zu sortieren. Vielleicht komme ich dort zur Ruhe."

Lilian wusste nicht, wie sie mit ihrer Enttäuschung über Karsten und dem Schmerz, zum zweiten Mal ihren Vater verloren zu haben, umgehen sollte. Es war unerträglich für sie, diesem Mann zu begegnen – Karsten, der sie nun im Reitstall ignorierte und nichts mehr von ihr wissen wollte. Einmal kam sie, völlig in Tränen aufgelöst, von einer Reiterparty: „Mami", schluchzte sie, während ein Weinkrampf ihren Körper schüttelte, „Karsten stand direkt neben mir und knutschte wild mit seiner Freundin. Warum macht er das nur, warum tut er mir so weh!"

Lange wiegte ich sie in meinen Armen und ihre Verzweiflung zerriss mir das Herz. Es war schwerer zu ertragen als mein eigener Kummer.

Täglich trafen wir aufeinander. Es war nicht möglich, sich aus dem Weg zugehen. Im Stall, beim Reiten und bei unserer täglichen Übergabe von Emilie. Auch mein Herz krampfte sich zusammen als würde eine Hand in meine Brust greifen und in der Faust zerquetschen. Karsten war mir doch noch so vertraut. Seine Stimme, sein Geruch!

Wieder kämpfte ich mit meinem eigenen Schmerz, der zwar meine Kinder mit einschloss, aber mehr in Gedanken als mit Taten. Bis zu dem Tag, als die neue Freundin gleichmütig und ohne einen Hauch von schlechtem Gewissen im Reiterstübchen äußerte: „Das ist nun mal so, da müssen Elisabeth und die Kinder halt durch!"

Als mir das zu Ohren kam, sah ich rot. In meinen Gedanken erblickte ich wieder meine Kinder, im Schlafanzug kurz vor Weihnachten in unserem Garten stehend. Von Karsten zur *Strafe* ausgesperrt, klappernd vor Kälte an unserem Teich ausharrend, bis Karsten großmütig die Terrassentür öffnete und sie wieder hereinließ. Wir hatten so viel erlebt, ausgehalten und ihn immer noch geliebt, mehr als dieses junge Mädchen auch nur erahnen konnte!

Am nächsten Tag marschierte ich in die Stallgasse, in der sie gerade ihr Pferd sattelte. Ich sprach sie mit Namen an und als sie sich zu mir umdrehte, flog meine geballte Faust in ihr Gesicht. „Das ist für meine Kinder!"

Ich hatte extra vorher geübt, da ich keine Ahnung hatte, wie man einen Faustschlag austeilt. Mit einem erstaunten „Oh" taumelte sie rückwärts gegen ihr Pferd.

Bis heute schäme ich mich dafür, fühlte mich aber hinterher tatsächlich sehr viel befreiter. Lilian und Ben fanden es super und nur das zählte.

Am nächsten Tag bekam *die neue Freundin* ein blassblaues Veilchen und damit war die Sache zwischen uns geklärt. Noch Tage danach begegneten mir die Leute im Stall mit anerkennendem Daumen-hoch-Zeichen und verschwörerhaftem Grinsen.

Seine Firma konnte Karsten nicht mehr lange halten und es dauerte lediglich ein knappes Jahr, da musste sie Insolvenz anmelden. Seine junge Freundin zog ihres Weges und Karsten wurde für einige Jahre arbeitslos.

Karsten liebte seine Tochter, aber er machte so vieles falsch. Nicht mutwillig, aber aus Unwissenheit und Bequemlichkeit. Und auch um mich zu ärgern.

Wenn ich Emilie mittags aus dem Kindergarten abholte, waren am Morgen weder ihre Zähnchen geputzt noch ihr langes blondes Haar gekämmt. Sie trug noch die Kleidung vom Vortag, stinkend nach kaltem Zigarettenrauch und Schweiß.

„In Emilies Brotdose lagen schon wieder eine Bifi und ein Schokoladencroissant!" Die Kindergärtnerinnen guckten mich vorwurfsvoll an, und ich zuckte als Antwort mit den Schultern. „Bitte versuchen Sie, Emilies Vater darauf anzusprechen", baten sie mich.

„Dann wird er es erst recht so weitermachen", gab ich zur Antwort.

Im Erlenweg angekommen, war es unser kleines Ritual, zu baden, einzucremen, Zähnchen putzen und die Haare mit einer Spülung zu waschen, damit sie sich leichter kämmen lassen und nicht ziepen. Frische Wäsche anzuziehen und danach entweder zur Ergotherapie, Krankengymnastik oder Logopädie zu fahren. Emilie liebte ihre Termine und ging gerne dorthin.

Aber unsere schönste Therapie war, mit ihrem Pony „Flöckchen" in den Wiesen spazieren zu gehen. Emilie saß ohne Sattel auf dem schaukelnden Pferdchen und spürte so mit ihrem kleinen Körper jede kleinste Bewegung in Flöckchens Rücken. Wir schlenderten durch die Wiesen, sangen *Hey Pippi Langstrumpf, trallahi trallaha tralla hoppsasa* ... und pflückten dabei Wiesenblumen vom Wegesrand. Am frühen Abend brachte ich sie wieder zu Karsten.

Lilian und Ben machten eine qualvolle Zeit durch. Karsten hatte uns in den wichtigsten Jahren ihrer Entwicklung begleitet und enormen Einfluss auf die Kinder ausgeübt, die ihn als Vater angesehen hatten.

Bei Ben war ich mit meinem Latein und meinen Nerven am Ende angekommen und bat das Jugendamt um Unterstützung und Hilfe zur Erziehung. Gemeinsam einigten wir uns darauf, ein geeignetes Internat zu suchen und so kam es, dass ich an einem sonnigen Nachmittag kurz vor den großen Ferien mit Ben durch die Landschaft kurvte, um Internate zu inspizieren. Wir waren schon seit Stunden unterwegs, hatten unseren Picknickkorb längst geleert und langsam machte sich Enttäuschung breit in unseren Köpfen. Keines der Internate hatte bisher Bens Zustimmung finden können. Nur noch ein einziges stand auf unsere Liste. Wir hatten etwas Mühe, den beschriebenen Weg zu finden. Nachdem ich ein paar mal den Wagen gewendet hatte, sahen wir endlich das durch Ranken verdeckte Hinweisschild mit dem Pfeil. Kurz darauf standen wir vor dem schmiedeeisernen Eingangsportal zum Schloss. Der holprige Weg zum alten Herrenhaus führte uns vorbei an alten Gutshäusern, Gemüsegärten und Bootshäusern. Durch eine geöffnete Flügeltür konnten wir Kanus und Jollen fein säuberlich nebeneinander aufgereiht liegen sehen. Unser Weg passierte einen Tennisplatz, auf dem eine Gruppe Jungs mit ihrem Tennistrainer und einer Ballmaschine übte. Wir parkten unseren Geländewagen vor der Freitreppe des Herrenhauses und blickten uns um. Nur einen Steinwurf entfernt erstreckte sich ein See, eingerahmt von üppigem Schilf und einem Bootssteg, der im Nirgendwo zu enden schien. Mit ausgestreckter Hand kam uns der Internatsleiter die Treppe hinunter entgegen und begrüßte uns: „Hallo Ben, schön, dass du da bist, ich hoffe, du angelst gerne?"

Bens Grinsen reichte von einem Ohr bis zum anderen. Damit war die Entscheidung gefallen und Ben zog nach den Sommerferien in das Schloss am See.

5. Kapitel

Meinen Job als Berufsreiterin übe ich freiberuflich aus, weil ich mich wegen Emilies Behinderung nicht an feste Arbeitszeiten halten kann. Den Reitunterricht gebe ich nach Absprache und die Pferde, die ich trainiere, kann ich mir frei einteilen, wie es in meinen Tagesablauf passt.

Dadurch bin ich flexibel genug, um mich ganz und gar auf mein neues Leben mit Martin einzulassen. *Wie ein wachgeküsstes Dornröschen komme ich mir vor.*

Wir nennen es liebevoll, *unsere Phase drei*. Beide sind wir einmal verheiratet gewesen. Er geschieden und ich verwitwet. In *Phase zwei* haben wir beide eine langjährige Beziehung gehabt, die bei ihm kinderlos geblieben war.

Nun hat uns das Leben die Chance auf eine dritte, neue Liebe geschenkt.

Eine kleine private Stichstraße, mehr wie eine verlängerte Auffahrt, führt hinunter zu seinem Anwesen. Nicht leicht zu finden und von außen nicht einsehbar, markiert durch eine alte, nostalgische Straßenlaterne. Auf der linken Seite ein paar gutbürgerliche Doppelhaushälften, alle sehr ordentlich, mit bepflanzten Blumenkübeln oder einer Gartenbank vor der Haustür. Auf der gegenüberliegenden Seite stehen schlichte Reihenhäuser, die mit der Rückseite und ihrem schmalen Gärtchen mit jeweils einem kleinen Gartentor direkt an Martins Privatstraße münden.

Martins Haus, im Bauhausstil an einen Hang gebaut, ist eingebettet in eine sehr gepflegte hügelige Gartenanlage. Voller Stolz spaziert Martin mit mir durch den parkähnlichen Garten. Ein rot gepflasterter Weg führt uns vorbei an perfekt getrimmten Rasenflächen, Rhododendren, Azaleen und Hortensien, Beete mit Stauden, Rosen und sogar einem Bauerngarten mit Gemüse. Umgeben von großem, alten Baumbestand, darunter Mammutbäume, Tulpenbäume, Hartriegel, Kiwibäume und Kaukasische Flügelnüsse. „Aber dieser ist der Schönste von allen", erklärt mir Martin und weist mich auf eine riesige, prächtig gewachsene Araukarie hin.

Unser Weg führt uns weiter, vorbei an einem Tennisplatz und einem überdachten Schwimmbad, davor ein kleiner Fischteich mit einem kugelförmigen Netz, um die roten und goldenen Koi-Karpfen vor den gierigen Schnäbeln der Fischreiher zu schützen. Mein Blick fällt auf ein chinesisches Teehäuschen, eine Gartensauna und am Ende betreten wir sogar ein Hühnerhaus mit zehn gackernden Hennen.

Auf den ersten Blick bin ich wahrlich beeindruckt, aber ich fühle auch noch etwas anderes, was ich noch nicht richtig einordnen kann. Dieses Anwesen hat etwas Melancholisches an sich. So viele neue Eindrücke stürzen auf mich ein, und ich möchte noch einmal allein diese Runde schlendern, langsam und bedächtig, um alles in mich aufzusaugen.

Mein erstes Ziel ist das Schwimmbad. Das Wasser ist mit einer automatisch betriebenen Rollplane zugedeckt und nicht mehr geheizt. Ein paar lieblose Kunstpflanzen stehen noch hier und da herum, um ein bisschen mediterranes Flair zu verbreiten. Mein umherschweifender Blick fällt auf eine kleine Sitzgruppe, auf deren Tisch alte Zeitschriften liegen, aufgequollen, zerfleddert und getrocknet. Verblasste Kinderzeichnungen an den Wänden verraten mir, hier hat es mal eine Zeit gegeben, in der Kinder jauchzend und lachend ins Becken gesprungen sind, mit Freunden geplanscht haben und einfach Spaß hatten. Vielleicht wurden hier Kindergeburtstage gefeiert oder es wurde gemeinsam mit Mama und Papa im Wasser gespielt. Ein paar vergessene Badelatschen und eine Kinderbadehose liegen auf einer Bank. Daneben ein paar Plastikspielsachen und eine kleine Rutsche. Alles ist ausgeblichen und hat an Farbe verloren. An der vertäfelten Decke haben sich ein paar Holzverstrebungen gelöst und hängen leicht herab. Eine tote, vertrocknete Maus liegt in der Ecke. Eine erstarrte Stille umgibt mich. Wie trostlos, denke ich mir. In diesem Pool ist schon lange niemand mehr geschwommen, hier gibt es kein Leben mehr, keine Ausgelassenheit, keine Freude.

Auch der Tennisplatz liegt verwaist vor mir. Das Netz hängt schlaff herab. Am Zaun liegen noch zwei alte, vom Wetter zerfranste Tennisbälle. Ich schließe meine Augen und kann das rhythmische Plong des Ballwechsels beinahe hören. Das Lachen und die fröhlichen Zurufe. Das stöhnende Ausatmen bei einem kräftigen Schlag und die rutschenden Füße auf dem Grandplatz, um den Ball noch zu bekommen.

Gleich hinter dem Tennisplatz liegt das Hühnerhaus. Ein großer Feigenbaum überdacht den Weg dazwischen und rankt sich an der hohen Umzäunung des Tennisplatzes empor. Das Gackern der Hühner schlägt mir entgegen. Herrlich bodenständig und ländlich. Martin hatte mir erzählt, dass es anfänglich auch einen Hahn gegeben hatte. Aber wegen seines frühmorgendlichen Krähens musste der arme Kerl sein Leben vorzeitig beenden. Die Nachbarn hatten sich beschwert. Eine von vielen weiteren Beschwerden und

Streitigkeiten, die nicht selten vor Gericht landen. Mit seinem „Platz da hier komme ich"-Habitus hat Martin sich in seiner Nachbarschaft keine Freunde gemacht. Wenn er mit seinen Autos die Stichstraße hinab donnert, müssen die übrigen Anwohner sehen, dass sie schnell zur Seite springen. „Es ist schließlich meine Straße und die haben hier rechtlich gesehen gar nichts zu suchen", argumentiert er unversöhnlich. Im Gegenzug flattern Anzeigen ins Haus: Die Hühner gackern zu laut, die Außenbeleuchtung blendet die Nachbarn, allgemeine Lärmbelästigung und Baumwurzeln dringen durch das Erdreich in fremde Gärten.

Typisch Mann, denke ich mir, *Diplomatie gehört nicht unbedingt zu seinen Stärken. Das können wir Frauen doch deutlich besser.*

Mein Rundgang führt mich weiter zum Teehäuschen. Es sieht verwunschen aus, als wäre es in einen richtigen Dornröschenschlaf gefallen. Bei diesem Gedanken muss ich schmunzeln, auch ich fühle mich gerade wie eine Prinzessin, die, aus dem Tiefschlaf geweckt, sich mit staunenden Augen umsieht. Vor dem Häuschen ist eine hübsche kleine Terrasse, umgeben von einer niedrigen Mauer aus Schiefergestein, bereits verwittert, und hier und dort sprießt kleines Farnkraut aus ihr hervor. Zwei eiserne Feuerschalen und ein paar Pflanzentöpfe mit verdorrten Gewächsen stehen vor dem Eingang. Das war bestimmt einmal wunderschön hier. Ein verzauberter kleiner Rückzugsort auf diesem XXL-Anwesen.

Die Eingangstür ist leicht verzogen und lässt sich nur widerwillig öffnen. Die Scharniere quietschen und der Holzrahmen der Glastür schabt über dem Fußboden. Das Glas ist beinahe blind vom Staub. Es ist dunkel hier drinnen.

Muffiger Geruch schlägt mir entgegen. Langsam gewöhnen sich meine Augen an die Dunkelheit und vor mir tauchen eingestaubte, aufeinandergestellte Gartenmöbel auf. Ich sehe gerahmte und völlig vergilbte Fotografien von Reitern und Pferden im Turnieroutfit. Zwei vertrocknete Lorbeerkränze mit verblasster Schärpe erinnern an längst vergangenen Ruhm, und auf dem Regal zeugen matte Zinnbecher und angelaufene Pokale von einstigen Erfolgen. In der Spüle liegen noch ein paar Weingläser. Unter meinen Füßen raschelt trockenes, hereingewehtes Laub und überall liegen Heerscharen von toten Insekten. In der Mitte des Raumes steht ein runder, gemauerter Grill, auf dem sich die Kissen der Gartenmöbel stapeln. Von oben, durch den Abzug, schlängeln sich zögernd ein paar Efeuranken hinab. Wie langgliedrige Geisterfinger bewegen sie sich durch den Luftzug der geöffneten Tür, suchend und tastend. Ein Schaudern durchläuft meinen Körper und ich bekomme eine Gänsehaut. Längst haben Spinnen sich dieses Reich erobert und mit ihren zarten, so perfekten Netzen überzogen. Hier ist die Zeit irgendwann stehen geblieben. Die gesellige Runde, die hier einst lustige Abende verbrachte, hat sich in alle Winde zerstreut und das fröhliche Lachen ist lange verklungen.

Das Haus ist aufgeteilt in verschiedene Wohntrakte, die auf mehrere Ebenen verteilt sind. In den siebziger Jahren gebaut, für meinen Geschmack mit zu viel kaltem Marmor und noch mehr düsterem Mahagoniholz ausgestattet. Einige Bereiche sind in den letzten Jahren durch Martins Handwerker überarbeitet worden. Es gibt ein modernes Büro im Dachgeschoss, das über eine Wendeltreppe zu erreichen ist. Lichtdurchflutet, mit Klimaanlage und einer charmanten Dachterrasse, auf der Spalierobst gepflanzt ist. Wie von dem Bug eines Schiffes kann Martin ein Auge auf die Nachbarschaft werfen, aber auch auf seinen Garten und das Schwimmbad.

Der Wohnbereich ist von seinen Mitarbeitern ebenfalls renoviert worden, genau wie die Küche. Nur die riesige Eingangshalle, wie eine Höhle aus Marmor, die Schlafzimmer und die Bäder, sind noch in ihrem ursprünglichen Zustand. Es gibt einen sogenannten Kinder-und-Haushalt-Trakt. Die dort liegenden Zimmer, in denen die Kinder und das Kindermädchen untergebracht waren, befinden sich in einem recht schäbigen Zustand. Eines der Zimmer hat noch nicht einmal ein richtiges Fenster. Es gibt zwar einen Lüftungsschlitz, aber kein Tageslicht. Hier ist jetzt ein Büro für die Buchhalterin eingerichtet. Die anderen beiden trostlosen Zimmer benutzen die Kinder, wenn sie zu Besuch kommen. Sie haben schon vor vielen Jahren mit ihrer Mutter dieses Haus verlassen und kommen nur unregelmäßig vorbei, obwohl sie nur wenige Minuten mit dem Fahrrad entfernt wohnen.

So sehr ich mich auch bemühe, es fällt mir schwer, mich hier wohlzufühlen. Ich mag weder Marmor noch das altmodische, dunkle Holz. Die Räume sind so riesig, dass wir meistens in der Küche sitzen und das Wohnzimmer gar nicht erst betreten. Zu viel Licht müsste gedimmt werden, Kerzen angezündet und mit Blumen dekoriert werden, um das über einhundert Quadratmeter große Wohnzimmer behaglich wirken zu lassen. Die geblümte Bettwäsche, Toilettenpapier mit Engeldekor und die altbackenen Tischdecken sind schnell ausgetauscht, aber die Einrichtung des

Hauses entspricht überhaupt nicht meinem Geschmack. Es gibt keine Bücher und die wenigen Bilder an den überdimensional großen Wänden wirken verloren und nichtssagend.

Der Haushalt wird seit einigen Jahren von Martins Hauswirtschafterin geführt. Sie bereitet das Essen vor, kümmert sich um die Hühner, erledigt die Einkäufe, wäscht, putzt und dekoriert das Haus nach ihren Vorstellungen. Sie zündet sogar abends die Kerze vor dem Hauseingang an. Am nächsten Morgen, wenn sie zur Arbeit kommt, bläst sie die Flamme wieder aus.

Und nun bin ich plötzlich da ... eine neue Frau an der Seite des Chefs, die die Hierarchie im Haushalt ganz sicher ins Wanken bringen wird. Eine etwas unangenehme Situation, aber ich bin nicht bereit, hieran zu scheitern.

Die ersten gemeinsamen Wochen verbringen wir in unglaublicher Harmonie miteinander. Vorsichtig, damit wir nichts zerstören. Wir bewundern uns gegenseitig und lesen uns jeden Wunsch von den Augen ab. Unser Sex wird mit jedem Mal besser. Nie zuvor habe ich einen Mann erlebt, der so unermüdlich darauf bedacht ist, mich als Frau zu befriedigen. Immer zuerst ich, bevor er an sich denkt.

„Es macht mich stolz, wenn ich eine so tolle Frau, wie du es bist, glücklich machen kann, Eli. Du bist meine Traumfrau. Ich habe mein ganzes Leben lang auf dich gewartet."

Seine Komplimente verblüffen mich etwas und machen mich verlegen. Das sind so große Aussagen. Ich bin überhaupt nicht so toll, wie er sagt.

Es herrscht Einigkeit zwischen uns. Wie durch ein magisches Band fühlen wir uns miteinander verbunden. Unbewusst spiegeln wir uns und nehmen viel voneinander an, wie beispielsweise Sprache und Gestik.

Immer wieder bringt er mich zum Lachen. Er liebt es geradezu, sich für mich zum Affen zu machen. Früh am Morgen joggen wir bereits gemeinsam durch den Wald. Martin läuft in einem viel schnelleren Rhythmus als ich und so rennt er zwischendurch schelmisch grinsend um mich herum oder rückwärts neben mir her. Wir haben beide viel Energie und Kraft, die sich durch unsere Partnerschaft noch verstärkt.

Nach der Joggingrunde duschen wir gemeinsam. Martin duscht sehr heiß und sehr lange. Da spielt mein Kreislauf nicht mit und so husche ich nur kurz mit hinein. Sein morgendliches Lieblingsritual besteht darin, uns gegenseitig zu waschen und zu liebkosen. Sorgfältig von Kopf bis Fuß einzuseifen und zu berühren. Ihm ist dieser Ablauf so wichtig, dass er mir seine Enttäuschung vorwurfsvoll mitteilt, wenn ich zu spät komme. Er hat seine Prinzipien und möchte keinesfalls darauf verzichten. „Es stärkt unsere Bindung für den Tag."

In der Zwischenzeit bereitet die Hauswirtschafterin für uns ein kleines Frühstück vor. Nichts Aufwendiges unter der Woche. Wir trinken Tee, Martin löffelt seinen Mövenpick Sahnejoghurt und ich knabbere zwei Scheiben Knäckebrot mit fettarmem Käse, bevor ich mich auf den Weg in den Reitstall mache.

„Du solltest eine Scheibe weglassen", meint er zu mir.

„Wie bitte?", fragte ich erstaunt nach.

„Du musst etwas abnehmen", kommt seine Antwort wie aus der Pistole geschossen.

„Du siehst gut aus, aber mit zwei Kilo weniger würdest du noch besser aussehen. Wir werden dich ab jetzt jeden Morgen auf die Waage stellen und dein Gewicht notieren."

Sprachlos gucke ich ihn an. Mein Knäckebrot schmeckt auf einmal wie Spachtelmasse und klebt mir am Gaumen.

Er hat meine Achillesferse getroffen. Mein ganzes Leben lang leide ich unter diesem Minderwertigkeitsgefühl. Nicht hübsch genug, nicht schlank genug, nicht gut genug zu sein. Ich hatte so gehofft, es nun endgültig überwunden zu haben, aber da ist es wieder. Mein Dämon hat nur geschlummert und ist nun wachgetriggert worden. Ich bin 176 cm groß und wiege 66 kg. Ich habe noch nie so gut ausgesehen wie jetzt und wieder einmal reicht es nicht für die ersehnte Anerkennung.

Schon als Kind fühlte ich mich häufig nicht gut genug und nicht genügend geliebt. Es gab nichts, was ich besonders toll konnte. Ich fand mich nicht hübsch und konnte meinen Körper, der immer etwas zu mollig war, nicht leiden. Außerdem bin ich ziemlich schüchtern, was mir häufig als Arroganz ausgelegt wurde. Ich erinnere mich nicht gerne an meine Schulzeit. Jedes Schuljahr kam mir wie ein Kampf vor. Im Sportunterricht, wenn die Mannschaftsführer ihre Mannschaft auswählen durften, blieb ich bis zum Ende auf der Bank sitzen. Keiner wollte mich. Mit vor Scham niedergeschlagenen Augen wurde ich von dem Lehrer der einen oder der anderen Mannschaft zugeteilt. Vielleicht gibt es Kinder, die nach dem Motto *jetzt erst recht* über sich hinauswachsen und anfangen zu kämpfen. Ich gehöre eher zu denen mit der weißen Fahne. Aufgeben, zurückziehen und sich nicht anmerken lassen, wie weh es tut. Bereits in meiner Kindheit habe ich angefangen, mich durch Essen zu trösten.

Richtig wohl fühlte ich mich immer schon im Reitstall. Hier war ich ein anderer Mensch, vollkommen in meinem Element. Wenn es einen Ort gab, der mich beflügelte, dann war ich hier genau richtig. Bei den Pferden entwickelte ich Selbstbewusstsein, war beliebt und konnte meine Freunde zum Lachen bringen und unterhalten. Nicht als Pausenclown, ich war einfach fröhlich, ausgelassen und schlagfertig.

Als ich dreizehn Jahre alt war, ging mein sehnlichster Wunsch in Erfüllung. Mein Vater kaufte ein Reitpferd!

Nicht wirklich für mich, sondern eher weil es chic war. Ein weiteres Statussymbol neben dem Jaguar in der Garage und den Ferienwohnungen am Meer und in der Schweiz. Er machte mich damit zu dem glücklichsten Mädchen auf der ganzen Welt. Seit ich denken kann, stand auf meinen Wunschzetteln, die ich mit kindlicher Handschrift verfasst hatte, immer nur dieser eine Wunsch: Ich wünsche mir bitte ein Pony oder ein Pferd!

Mit meinen Freundinnen vom Reiterhof nahm ich an kleineren Reitturnieren teil, aber meine Familie war niemals unter den Zuschauern. Einmal lief ich nach einem erfolgreichen Wochenende zu meinem Vater, um ihm voller Stolz von meinem zweiten Platz im Springen zu berichten. Ich war mir sicher, nun endlich das ersehnte Lob von ihm zu bekommen, aber er blickte nur kurz von seiner Zeitung auf und fragte: „Warum hast du nicht gewonnen?"

Am Tisch hörte ich oft den Satz: „Elisabeth, iss nicht soviel, du wirst zu dick." Aus Scham und Frust aß ich nur noch mehr. Es gelang mir nicht, seine Anerkennung zu bekommen. Meine Freunde aus dem ländlichen Reitstall kamen nicht aus den gesellschaftlichen Kreisen, die mein Vater für erstrebenswert hielt. Später wählte ich in seinen Augen den falschen Beruf.

Es gab nichts, womit ich ihn hätte beeindrucken können. Als ich den Mann traf, den ich heiraten wollte, und mit fünfundzwanzig Jahren schwanger wurde, war sein einziger Kommentar: „Scheiße, musste das sein?"

Und nun sitze ich wieder an einem Tisch und der Mann, um dessen Anerkennung ich buhle, sagt zu mir: „Eli, iss nicht so viel, du bist zu dick!" Meine Kindheit holt mich ein und lässt mich verstummen. Ich versuche, mir nicht anmerken zu lassen, wie sehr mich seine Worte demütigen und verletzen.

In meiner Familie wurde nicht gestritten, niemals wurde die Stimme erhoben. Konflikte wurden nicht gelöst, sondern unter den Teppich gekehrt. Mit Kummer oder Problemen musste jeder für sich allein klarkommen, wir sprachen nicht darüber.

So ist es jetzt auch. Ich erwidere nichts und füge mich seinem Wunsch, damit er mich auch weiterhin liebt.

In diesem Moment habe ich ein weiteres kleines Stückchen von mir verloren …, mir ist klar, eine perfekte Beziehung gibt es nicht und eine Beziehung ohne Kompromisse auch nicht, aber müssen sie so schmerzhaft sein?

6. Kapitel

Kurze Zeit später begleite ich Martin nach Spanien.

„Elisabeth, ich möchte dir unbedingt mein liebstes Hobby präsentieren, meine Jacht. Am Wochenende fliegen wir nach Barcelona. Die Time Out liegt dort in der Werft und wird für die kommende Saison vorbereitet. Wir sind mit dem Kapitän verabredet, um die Tour für den Sommer zu besprechen."

Es ist unsere erste Reise zusammen als Paar und mir wird schlagartig bewusst, wie gut es sich an Martins Seite anfühlt. Zielstrebig und weltmännisch führt er uns durch Flughäfen, Check In und Sicherheitskontrollen. Ein Mann, der sich auskennt und weiß, wie er an sein Ziel kommt.

Meine Spannung steigt, je näher wir Barcelona kommen. Ich habe keine Ahnung, was mich erwartet ...

Mich erwartet kein Boot, sondern ein richtiges Schiff! Elegant und schneeweiß liegt es vor mir. Neunundzwanzig Meter lang und einhundert Tonnen schwer. Der englische Kapitän begrüßt uns an der Gangway. Mittelgroß, mit einem sehr schlanken, sehnigen Körper und dem federnden Gang eines Sportlers. Braun gebrannt und barfüßig reicht er mir lächelnd die Hand. Mein Blick fällt auf den makellosen Teakholzboden. Meine erste Lektion: keine Straßenschuhe an Bord. Wir schlüpfen aus unseren Schuhen und werfen sie in einen geflochtenen mallorquinischen Korb. Auf dem glänzenden, frisch lackierten Mahagoni-Esstisch stehen eine Karaffe mit gepresstem Orangensaft und einige Tapas für uns bereit. Eine weiße, gepolsterte Sitzbank, sowie Korbstühle mit blauweiß gestreiften Kissen laden uns zum Verweilen ein, aber dafür ist später noch Zeit. Martin möchte sofort die Technik und die Renovierungsarbeiten überprüfen und auch ich recke neugierig den Hals. Zu meiner linken Hand führt eine Treppe hinauf zum Oberdeck. Rundherum verläuft ein Weg aus frisch geschliffenem Teakholz. Der feine Holzstaub kitzelt mir in der Nase und es riecht leicht ranzig nach Gummi.

Durch eine getönte, doppelseitige Glasschiebetür betreten wir den Salon. Meine Füße versinken in einem dicken, hochflorigen grauen Teppich. Zu beiden Seiten stehen üppige Sofas aus weißem Velours. Eingerahmt von verspiegelten und beleuchteten Glasvitrinen, eine gut bestückte Bar mit eleganten, hohen Hockern und ein weiterer Esstisch für acht Personen. Mehrere versenkbare Fernseher, damit man aus jeder Position TV gucken kann, falls das Wetter nicht perfekt ist. An der Decke leuchtet ein dimmbarer, verspiegelter Sternenhimmel. Durch eine geöffnete Tür schaue ich in die Küche. Alles da, was man braucht, um täglich acht Personen mit mehreren Gängen zu verwöhnen. Ein zusätzlicher Ausgang gibt der Köchin oder dem Koch die Möglichkeit, diskret ein- und auszugehen. Ein Gang führt uns weiter an einer Gästetoilette vorbei. Mit rosa Marmor gefliest und mit einem Waschbecken in Form einer goldenen Muschel mit ebenfalls vergoldeten Wasserhähnen. Gegenüber ein weiterer Ausgang. „Je nachdem, ob das Schiff längsseits oder mit dem Heck an der Kaimauer anlegt", erklärt Martin mir. Eine Treppe führt hinab zu drei Gästekabinen. Eine großzügige Suite, ein eher normales Zimmer mit Kingsize Bett, eigenem Bad, Schreibtisch, TV und Kühlschrank und eine kleinere Doppelkabine mit zwei Einzelbetten und Duschbad. Unsere Kabine, die Master-Kabine, ist eine Suite auf zwei Ebenen. Das Bad hat neben einer Dusche auch einen Whirlpool und eine separate Toilette. Auch hier gibt es einen Schreibtisch und eine Sitzecke mit einem kleinen Sofa. Die getönten Scheiben lassen sich mit einer Fernbedienung uneinsehbar machen.

Über eine kleine Treppe steigen wir hinauf zur Brücke – hier ist das Herz des Schiffes. In der Mitte, wie ein Thron, der Kapitänsstuhl. Umgeben von nautischen Geräten, sieht es hier wie in der Kommandozentrale eines Raumschiffes aus. Funkanlagen und jede Menge Bildschirme, eingelassen in glänzendes Mahagoni und Leder.

„Dieser Raum hat rundherum getönte Fensterscheiben und ist abgedunkelt, damit das Sonnenlicht den Blick auf die Anzeigen und Monitore nicht beeinträchtigt", setzt Martin seine Erklärung fort. Unzählige Kontrollleuchten blinken in unterschiedlichen Farben. Es gibt eine lange, lederne Sitzbank mit Kissen, ein Platz, auf dem Seekarten ausgebreitet werden, Regale mit nautischen und maritimen Fachbüchern, und jede Menge Ferngläser und Walkie-Talkies.

Ein paar weitere Stufen führen hinauf auf das Flydeck.

„Auch von hier oben lässt sich das Schiff über eine Flybridge steuern." Martin zieht die Abdeckung von den Armaturen und deutet auf die unterschiedlichen Displays und Joysticks.

Gleich hinter dem Steuerstand befindet sich eine schneeweiße Bar mit hohen Hockern, die fest im Deck verschraubt sind. Wieder ein großer Esstisch mit Eckbank und behaglichen Korbstühlen. Ich entdecke einen eingebauten Gasgrill, einen Jacuzzi und jede Menge Liegeflächen zum

Sonnenbaden. Im hinteren Bereich des Decks sind das Beiboot und der Jetski untergebracht, die mit einem Kran zu
Wasser gelassen werden. Über die hintere Außentreppe
gelangt man wieder zum Heck des Schiffes und der überdachten Terrasse. Weitere Treppen führen links und rechts
hinunter zur Badeplattform. Über diese Plattform gelangt
man in den Crewbereich. Vorne, auf dem eleganten, langgezogenen Bug gibt es weitere Liegeflächen. Riesige,
nebeneinander aufgereihte Fender liegen wie überdimensionale Kanonenkugeln neben den beiden Ankerwinden.
Die Mannschaft hat drei kleinere Kabinen, aber immer
noch mit eigenen Bädern, eine separate Küche, sowie eine
eigene Messe. Eine kleine Treppe führt hinab in den Maschinenraum des einhundert Tonnen schweren Schiffes.

Was für ein Traumschiff – der pure Luxus!

Bei einer Paella mit Meeresfrüchten besprechen wir mit
dem Kapitän die Reiseroute für die kommende Saison.

„Ich würde gerne Ostern hier in Barcelona mit der Überfahrt nach Mallorca starten", beginnt Martin. „Ungefähr
zwei Monate zwischen Mallorca, Ibiza und Formentera
pendeln und danach, um die Sommerferien herum, Malta
ansteuern. Dort gibt es ganz wunderbare Tauchplätze." Er
zeigt dem Kapitän seinen Kalender und rollt eine Seekarte
auf dem Tisch aus.

„Je nach Wetterlage können wir den frühen Herbst an der
Amalfiküste verbringen, bevor die Crew dann das Schiff
wieder zurück in den Heimathafen überführt. Wir müssen
nur vor den Herbststürmen wieder zurück sein."

„Of course, that's not a problem", nickt der Kapitän zustimmend und vertieft sich mit Martin in die Seekarte.

Der Kapitän wird zwei weitere Crewmitglieder anheuern. Es werden endlos lange Listen geschrieben und Aufgaben verteilt. Es fühlt sich großartig an, dazuzugehören. Wir sind ein richtiges Team und schmieden Pläne. Der Kapitän ist souverän und wirkt unheimlich kompetent auf mich.

Mein Englisch ist fließend, als junges Mädchen habe ich eineinhalb Jahre in den USA verbracht, und dort in Florida und New York mit Pferden gearbeitet. Martins Englisch ist erstaunlicherweise nicht besonders gut. Liebevoll beobachte ich ihn. In seiner Branche muss Martin sehr viel Englisch sprechen und schreiben, aber er verwechselt pausenlos die Zeiten. Das lässt mich innerlich ganz leicht schmunzeln, wie sympathisch!

Meine Aufgabe wird darin bestehen, der Köchin und Stewardess meine Vorstellungen und Wünsche mitzuteilen, und mich um die Einrichtung und Deko zu kümmern. Gott sei dank – damit kann ich die Kissen im Leopardendesign auswechseln und auch den goldenen Panther, der als Kunstobjekt in unserer Kabine steht, verschwinden lassen. Ich habe so viele Ideen, und als die beiden Männer sich in ein Gespräch über Dichtungsringe und Pumpen vertiefen, nippe ich selig an meinem Glas Vina Sol und mache mir voller Elan meine eigenen Notizen .

Die Tage in Barcelona haben mich mit Schwung erfüllt. Voller Tatendrang beginne ich damit, Martins Anwesen für mich zu erobern. Beinahe täglich schleppe ich neue Dinge heran, um das Haus und die Einrichtung zu kultivieren. Da ich immer mehr Zeit bei Martin verbringe, nehme ich ein paar meiner Lieblingsstücke aus meinem Haus mit. Wir hängen zwei meiner großen Bilder eines israelischen

Künstlers bei ihm auf, und ich fühle mich sofort wohler. Meine Motivation steckt auch Martin an, und ich kann ihn schnell von einigen neuen Anschaffungen überzeugen. Er freut sich über mein Engagement, sein Haus zu verschönern. Eifrig tauschen wir einige Möbel aus, kaufen neue Lampen, Windlichter, Blumenvasen und dekorative Bildbände. An den Wochenenden durchstöbern wir Vintage Märkte, emsig Ausschau haltend nach verborgenen Schätzen. Niemals kommen wir ohne Beute nach Hause.

Mit der Hauswirtschafterin läuft es so weit ganz ok. Meine Sorgen waren eher unbegründet. Tagsüber bin ich meistens nicht da und an den Wochenenden arbeitet sie nicht. Wir sind höflich, aber doch etwas befangen miteinander und gehen uns, wenn möglich, aus dem Weg. Sie ist mir gegenüber etwas argwöhnisch, was ich daran erkenne, dass sie die Teebecher kontrolliert. Morgens nehme ich mir für die Autofahrt in den Reitstall gerne einen heißen Becher Tee mit ins Auto. Wenn ich den nicht sogleich wieder mit zurückbringe, macht sie mich umgehend darauf aufmerksam.

„Frau Hartmann, kann es sein, dass Sie noch einen Becher bei sich Zuhause haben, der in unseren Haushalt hier gehört?" Wachsam wie ein Schießhund hat sie ihren Bestand im Blick.

Von Martin bekomme ich eine EC-Karte, um damit die Einkäufe für sein Haus zu bezahlen. Aber auch hier stoße ich auf Skepsis.

„Führe bitte ein extra Portemonnaie mit meiner Karte, Eli, und bewahre alle Quittungen und Belege auf, damit ich sie kontrollieren kann."

Akribisch prüft Martin jeden Einkaufsbon und jeden Kassenzettel, um sicher zu sein, dass nichts, was ich von seinem Geld bezahle, zu mir in den Erlenweg gelangt. Mich kränkt dieses Misstrauen, aber vielleicht ist er zu häufig ausgenutzt worden? Es wäre zumindest eine Erklärung. Meine rosarote Brille lässt noch keine Kritik oder ein „Hinterfragen" zu. So bin ich unermüdlich in meinem Repertoire an Rechtfertigung und Entschuldigungen. Mag sein, dass meine gutgläubige Art etwas naiv ist, aber ich kann einfach nicht aus meiner Haut.

7. Kapitel

Wie sitzen in der Küche, weil es hier viel gemütlicher ist als im Wohnzimmer. Es brennt nur wenig Licht, dafür um so mehr Kerzen. Der flackernde Schein beleuchtet unsere Gesichter und wirft Schatten um uns herum an die Wände.

Die erste Flasche Rotwein haben wir bereits geleert und Martin hat gerade mit einem satten Ploppen den Korken aus einer neuen Flasche herausgezogen. Meine nackten Füße liegen auf seinem Schoß und er streichelt gedankenverloren meine Zehen. Der Rotwein und die Dunkelheit um uns herum haben uns in eine geheimnisumwobene Stimmung versetzt.

„Meine Eltern liefen sich zum ersten Mal auf dem Hauptbahnhof über den Weg", beginnt Martin im Plauderton zu erzählen. „Sie war gebürtige Schwedin und befand sich auf ihrem Weg in die Schweiz, um dort ihr Studium aufzunehmen. An einem Zeitungskiosk traf sie dann auf den Mann ihrer Träume, meinen Vater. Sie verliebten sich so blitzartig ineinander, dass sie ihre Pläne auf ein Leben als emanzipierte, selbstständige Frau über Bord warf und bei meinem Vater blieb. Sie brach alle Brücken hinter sich ab, kündigte ihr Studentenzimmer mit Blick auf den Genfer See und heiratete meinen Vater. Sie wurde ziemlich schnell schwanger mit mir."

Martin lässt die tiefrote Flüssigkeit in seinem bauchigen Glas leicht kreisen, bevor er einen Schluck daraus trinkt. Eine kurze Pause entsteht, ehe er weiterredet.

„Mein Vater war sehr dominant und sie wagte nur kurz, sich ihm entgegenzusetzen. Wahrscheinlich bereute sie ihre Entscheidung, auf jeden Fall fing sie an zu trinken. Sie wurde Alkoholikerin. Ich habe kein gutes Verhältnis zu meiner Mutter gehabt, sie war eine schwache Frau. Einmal habe ich ihr etwas anvertraut und gebeten, es nicht meinem Vater zu sagen. Sie hat mich noch am gleichen Abend verpetzt, als er nach Hause kam. Das habe ich ihr nie verziehen. Von dem Tag an war sie nicht mehr meine Mutter. Kurz vor ihrem sechzigsten Geburtstag ist sie gestorben, im Krankenhaus, an den Folgen ihrer Alkoholsucht. Multiples Organversagen. Wir haben uns nicht mehr versöhnt. Meine Mutter ist ohne Trauerfeier anonym beerdigt worden."

Ein leicht verächtlicher Zug umspielt Martins Mundwinkel.

„Mein Vater hat sich sofort ihrer besten Freundin zugewandt, mit der er gemeinsam am Sterbebett gesessen hatte. Sie haben umgehend geheiratet."

„Sie wurde einfach so ausgetauscht?", frage ich entsetzt.

„Meine Mutter hat keine Lücke hinterlassen", sagt Martin zu diesem Thema abschließend. „Sie ist so unbedeutsam für mich, dass ich noch nicht einmal ein Foto von ihr habe."

Schockiert über diese Aussage forsche ich in Martins Gesicht nach, aber in seinem Blick spiegelt sich kein Bedauern. *Was für ein trostloser Lebensabschnitt und wie herzlos seine Kindheit war*, denke ich betrübt. *Das muss einen jungen Menschen doch zutiefst prägen. Daher rührt also sein, manchmal sonderbares Verhalten.*

Allein der Gedanke, meine Mutter aus meinem Leben zu verbannen, ist unvorstellbar. Sie, der wichtigste Mensch in meinem Leben. Ihre Liebe ist vollkommen bedingungslos, weder an Erfolg noch an Äußerlichkeiten gebunden.

Martin unterbricht meine Gedanken. Er schenkt uns etwas von dem Rotwein nach und beginnt von seiner Schwester zu erzählen, die Physiotherapeutin ist und eine uneheliche Tochter hat, die sie allein großzieht.

„Das Kind meiner Schwester wurde durch einen One-Night-Stand auf der Toilette einer Hafenkneipe gezeugt. Sie hat den Typen nie wiedergesehen. Wegen dieser ungeplanten Schwangerschaft hat mein Vater sie aus dem Haus geworfen. Das kleine Mädchen, das sie nach neun Monaten zur Welt brachte, wurde auf den Namen Bastiana getauft. Allerdings nicht wegen der ursprünglich altgriechischen Bedeutung, nämlich der weiblichen Entsprechung von Sebastian, welches *die Verehrungswürdige* bedeutet, sondern um daran zu erinnern, dass die kleine Bastiana ein Bastard war."

„Das ist ein Scherz?", frage ich Martin, erkenne aber an seinem unberührtem Gesicht sogleich, dass diese Geschichte ernst gemeint ist.

„Kennt Bastiana etwa den wahren Gedanken hinter ihrem Namen?"

„Na klar, wir haben nie einen Hehl daraus gemacht."

Wie kann man einem Kind sowas antun? Können Kinder, oder junge Menschen aus so einem kalten, lieblosen Zuhause ohne seelische Verletzungen herausgehen? Wohl kaum.

Martin redet weiter. Der Rotwein hat seine Zunge gelöst und er hat noch eine dritte Geschichte für mich parat.

„Meine Ehe war nicht wirklich eine Liebesheirat, sie war eher ein Deal, schließlich bin ich Kaufmann." Dabei richtet er sich mehr in seinem Stuhl auf und packt meinen Fuß, der noch immer in seinem Schoß liegt, etwas energischer.

Jetzt erzählt er mir etwas, auf das er stolz ist, denke ich, während ich seine, vom Rotwein blau verfärbten Lippen betrachte.

„Ich habe einen Vertrag ausgearbeitet, und meine damalige Freundin hat diese schriftliche Vereinbarung unterzeichnet. Ihre Aufgabe bestand darin, innerhalb einer Spanne von zwölf Monaten von mir schwanger zu werden und meine Kinder zu gebären. Wenn ihr das gelang, würde ich sie heiraten, ansonsten müsste sie nach Ablauf dieser Frist mein Haus für immer verlassen. Die Zeit verstrich und sie wurde nicht schwanger. Sie bettelte inständig um eine Verlängerung auf weitere sechs Monate, die ich ihr nach einigen Überlegungen bewilligte. Es klappte nun tatsächlich und sie überbrachte mir die frohe Botschaft. Ich habe dann noch gewartet, bis sie hochschwanger war, und als ich sicher war, dass nun nichts mehr schief gehen würde, habe ich sie geheiratet. Selbstverständlich mit einem strengen Ehevertrag."

Unauffällig ziehe ich meine Füße von seinem Schoß.

Diese Geschichten empfinde ich als so abstoßend und fremdartig, dass ich sie kaum glauben kann. Das passt so gar nicht in mein Heile-Welt-Bild. Ich weiß gar nicht, wie ich damit umgehen soll. Entsprechen diese Geschichten tatsächlich der Wahrheit oder übertreibt Martin jetzt maßlos, um mir spannende Storys zu erzählen?

Ich betrachte sein Gesicht. Suche nach Anzeichen von Bedauern, Mitgefühl oder einem Empfinden von Ungerechtigkeit. Aber da ist nichts. Er empfindet das alles als vollkommen richtig und es entspricht seinen Prinzipien. Selbst jetzt noch, nachdem viele Jahre vergangen waren.

Weit entfernt meldet sich eine Stimme in mir, die voller Entsetzen protestiert. Auch mein Bauchgefühl mischt sich ein und flüstert mir zu: Sei wachsam, mit dem Mann stimmt etwas nicht.

Aber ich schiebe meine rosarote Brille, die verrutscht ist, wieder gerade und sperre meine Instinkte, die sich ganz hinten in meinem Kopf einen Weg zu bahnen versuchen, energisch beiseite.

Das ist alles lange her. Dieser Martin, der mir heute gegenüber sitzt, ist längst ein anderer geworden. Außerdem kann er gar nichts dafür, genau betrachtet ist er ja derjenige, der einem Leid tun muss.

Dann ist da noch ein neues Gefühl hinzugekommen. So eine Art unausgesprochenen Pakt zwischen uns, ein „wir gegen den Rest der Welt".

Zu dem Zeitpunkt an dem ich in Martins Leben trete, hat er keine echten Freunde um sich herum und auch nur geringen Kontakt zu seiner Familie. Da ich einen sehr großen Freundeskreis um mich herum habe, ist er begeistert, neue Leute kennenzulernen. Platz ist genug da, Geld spielt keine Rolle, und ich bin eine gute Gastgeberin und Köchin. Alle sind neugierig, den Mann an meiner Seite kennenzulernen. Also laden wir pausenlos Freunde, Bekannte und Familie ein, zu uns nach Hause oder an Bord seines Schiffes.

Wir bringen den Tennisplatz und das Schwimmbad wieder in Schuss. Nach einigem Betteln erklärt Martin sich bereit, den Pool wieder anzuheizen: „Nur wenn ihr auch regelmäßig schwimmt, sonst ist mir der Spaß zu teuer!"

Die Kinder kommen zu Besuch, erst zögerlich, dann immer regelmäßiger. Martins Sohn ist im gleichen Alter wie

Ben, der seine freien Wochenenden nun ebenfalls bei uns verbringt. Begeistert drischt er uns auf dem Tennisplatz die Bälle um die Ohren. Er ist der einzige, der richtig gut spielen kann und im Internat regelmäßig Tennisunterricht nimmt.

Martins Tochter Smilla ist dreizehn Jahre alt. Sie ist recht klein und hat dunkelblondes, feines Haar ohne einen besonderen Haarschnitt. Ihre Haut ist blass, schon beinahe weiß, mit vielen Sommersprossen. Ein Teint, der auf Sonnenstrahlen mit allergischen roten Flecken reagiert und selbst im Sommerurlaub kaum Bräune annimmt.

Sie ist eine begeisterte Reiterin, hat allerdings nie ein eigenes Pferd von ihrem Papa bekommen, obwohl er so viele Pferde in den vergangenen Jahren besessen hat, dass er sie wohl nicht mehr aufzählen könnte. In den letzten Jahren hat sie Reitbeteiligungen auf den Ponys anderer Mädchen gehabt.

Nun endlich darf sie eines der alten Turnierpferde mitreiten, das noch in Martins Besitz ist und das er ursprünglich für seine Freundin gekauft hatte. Sie ist wahnsinnig stolz darauf, ein Pferd von ihrem Vater reiten zu dürfen.

Smilla ist ein merkwürdiges Mädchen. Ein wenig verwahrlost kommt sie mir vor. Obwohl sie häufig krank ist, trägt sie im Winter keinen Schal, reitet in der Kälte mit weit ausgeschnittenen dünnen Shirts und trägt selbst bei Schneefall nicht unbedingt Socken in ihren Schuhen. Niemand achtet darauf, wie sie aus dem Haus geht.

Ihre Mutter hat seit der Scheidung von Martin so viele eigene Probleme auf der Seele liegen, dass sie nicht die Kraft findet, sich fürsorglich um ihre zwei Kinder zu kümmern. Vielleicht ist sie aber auch selber ohne Fürsorge aufgewachsen, genau wie Martin.

Martins väterlicher Einsatz war bisher, einmal im Jahr mit den Kindern in einen Robinson Club zu fahren und dort durch einen Animateur die Kinder zwei Wochen lang zu bespaßen. Das ist nicht viel. Keine Unterstützung für ein Hobby, einen Sportverein oder gar ein Musikinstrument. Sie sind ausgesprochen einfach gekleidet, ausgelatschte Schuhe und Jacken, die dringend eine Waschmaschine von innen sehen müssten.

Das Mädchen ist innerlich völlig zerrissen, zu welchem Elternteil sie halten soll. Zu Hause bei ihrer Mutter wird voller Verachtung über ihren Vater, den Bonzen, geschimpft. Wenn sie ihren Vater besucht, begleitet sie das ständige Gefühl, die Mama zu verraten. Dabei kämpft sie wie ein kleines biestiges Kätzchen um Daddys Aufmerksamkeit.

Immer wieder fallen mir ihre bösen Blicke auf, mit denen sie mich beobachtet. Sie ist eifersüchtig auf die Liebkosungen und die Zärtlichkeiten, die ich von ihrem Vater erhalte. Auch ich finde, dass Martin übertreibt und sich in Gegenwart der Kinder etwas zurückhalten sollte.

„Martin, wäre es nicht eine gute Idee, ab und zu etwas mit den Kindern alleine zu unternehmen? Ich muss doch nicht immer dabei sein", frage ich ihn. „Einen Vater-Tochter-Abend würde Smilla sicher sehr genießen und könnte mein Verhältnis zu ihr verbessern."

Er teilt meine Meinung nicht. „Da müssen sie durch", ist seine schlichte Antwort. „Ich habe keine Lust, mit den Kindern etwas alleine zu unternehmen, das ist mir einfach zu langweilig. Ich wüsste nicht, über was ich abendfüllend mit ihnen reden sollte."

Smilla hasst mich … nicht immer, aber oft. Ihre Mutter erwartet es so von ihr. Sie suggeriert ihr, wenn ich nicht wäre, würden Mama und Papa wieder als Paar zusammenfinden. Eines Abends finden wir sogar einen Zettel auf unserem Bett, in dem steht: *Papa, wann hört dieser Albtraum endlich auf und du kommst wieder mit Mama zusammen? Ich halte das nicht mehr aus.*

Soviel Zwiespalt und kein Ausweg für eine Kinderseele!

Und wieder vertraut er mir so etwas wie ein Geheimnis an. „Ich kann meinen Kindern gegenüber keine Liebe empfinden."

Ich schaue ihn ungläubig an und hole schon Luft, aber die Frage nach dem *Warum* kommt dann doch nicht über meine Lippen. Ich sehe an ihm vorbei zum Fenster. Ein dicker, grün schillernder Brummer sucht verzweifelt nach einem rettenden Ausweg. Es gibt keinen, sein Tod auf der Fensterbank ist vorbestimmt. Mir ist heiß und auch in meinen Ohren summt es laut. Meine Gedanken schreien geradezu danach, beantwortet zu werden. Ich traue mich nicht. Ich habe Angst vor der Antwort, die ich herausfordern würde, und erlaube mir nicht, diese Gedanken in meinem Kopf zu Ende zu formulieren. Das wäre zu schrecklich und könnte das Ende meines Dornröschen-Traumes sein.

Er ist in diesem Muster aufgewachsen und hat von seinen Eltern weder Liebe noch Zuwendung erfahren. Woher soll er es also können?

Mein Herz ist so groß und ich habe so viel Liebe zu geben, vielleicht schaffe ich es, seine Wunden mit der Zeit, zu heilen.

8. Kapitel

Martin ist ruhelos und jagt mit einem geradezu unheimlichen Tempo neuen Eindrücken und Erlebnissen hinterher. Unser Leben ist so intensiv, impulsiv und atemberaubend, dass keine Zeit für meine Zweifel bleibt. Kleine und große Herausforderungen gilt es anzunehmen, Prüfungen zu bestehen und Abenteuer zu erleben.

Meine erste Herausforderung besteht darin, den Tauchschein zu machen. Martin und seine Kinder haben ihren „Open Water Diver" bereits im vergangenen Jahr in Spanien gemacht und nun soll ich nachziehen, damit wir gemeinsam die Unterwasserwelt erobern können. Mit der Theorie habe ich mich bereits über eine DVD und einem Handbuch vertraut gemacht und noch während des Fluges nach Mallorca lerne ich eifrig. Wir haben eine eigene Tauchausrüstung an Bord der Time Out. Mich erwartet eine Box, mit meinem Namen beschriftet. Darin befinden sich mein eigener Tauchanzug, 2 Millimeter dicker als der von Martin, damit ich nicht so schnell friere. Eigene Flossen, Handschuhe, ein scharfes gezacktes Messer mit einer Halterung, eine Tauchermaske und ein kleines Antibeschlagspray, sowie ein Tauchcomputer, der unter Wasser genaue Angaben gibt über Tauchzeit, Temperatur, Tauchtiefe und Dekompressionszeiten. Ein privater Tauchlehrer ist eigens für mich engagiert worden. Täglich kommt er auf die Time Out, um mir das Tauchen beizubringen und uns auf unseren Tauchgängen zu begleiten.

Meinen ersten Versuch habe ich noch in einem öffentlichen Schwimmbad. Ein überaus merkwürdiges Gefühl, bei 30 Grad im Neoprenanzug, mit Taucherflossen und den schweren Sauerstoffflaschen auf dem Rücken an den Beckenrand zu watscheln. Jetzt bloß nicht hinfallen. Der Schweiß tropft mir bereits in die Augen und brennt, nur noch ein paar Meter bis zum Beckenrand. Die Mädchen in ihren knappen Bikinis beobachten mich gelangweilt. Wahrscheinlich sind sie regelmäßig hier und ich bin nicht die erste Tauchschülerin, die sie ungelenk mit Taucherflossen zum Beckenrand taumeln sehen. Endlich bin ich im Wasser und spürte sofort dankbar die Schwerelosigkeit. Die Ausrüstung und das Blei in meiner Weste lassen mich hinabgleiten. Langsam steigt das Wasser an meiner Taucherbrille hoch, bis es über meinem Kopf zusammenschlägt. Das Geschrei der badenden Kinder nehme ich nur noch gedämpft wahr, dafür meine eigene Atmung über den Lungenautomaten. Ein gleichmäßiges, ruhiges Einatmen und Ausatmen. Laut und dominant, beinahe meditierend.

Bleigewichte in der Weste und das Zu- und Ablassen von Luft über einen Inflatorschlauch an der Tarierweste helfen mir beim Abtauchen, Auftauchen oder auf gleichbleibender Tiefe zu bleiben. In meinem Theoriebuch habe ich gelesen, zusätzlich zum Austarieren hilft das eigene Lungenvolumen. So kann man sich in Höhlen oder am Meeresgrund über die Tiefe der eigenen Atmung leicht hoch- und wieder herabsinken lassen. Eine ruhige, gleichmäßige Atmung ist Grundvoraussetzung für einen sicheren Tauchgang. Bloß nicht hyperventilieren, weder in einer engen Höhle noch bei einem Nachttauchgang, auch nicht, wenn der Sauerstoff ausgeht oder Haie um uns herumkreisen.

Ich blickte nach oben, über mir sehe ich nur noch strampelnde, gebräunte Beine und aufgeblasene, schaukelnde Plastiktiere. Einige Sonnenstrahlen brechen durch die Wasseroberfläche. Ich sinke noch ein Stückchen weiter, bis ich den Boden des Beckens unter mir spüre. Hier hocke ich nun, am Grund eines öffentlichen Schwimmbades, über mir eine Horde kreischender, halb nackter Badegäste, und ich habe gerade das Gefühl, zu mir selbst zu finden. Glück durchströmt mich und füllt meinen Körper gänzlich aus. So eine Ruhe in mir habe ich nie zuvor gefühlt. Es ist, als würde mich nur der Neoprenanzug zusammenhalten, um mich daran zu hindern, mit dem Wasser zu verschmelzen. Mein Mund wird ganz trocken und ich spüre einen dicken Kloß in meinem Hals aufsteigen.

Ich blinzle eine einzelne Träne weg.

Mein zweiter Tauchgang findet bereits im Meer statt. Was für eine faszinierende Welt sich hier für mich auftut. Meine Alltagsgedanken, die mich in der Regel begleiten und mich ruhelos machen, nehme ich nicht mit hinab in die Tiefe. Oh, ich liebe das Tauchen. Nur unter Wasser kann ich vollkommen abschalten und das Geräusch meiner gleichmäßigen Atmung hilft mir, mich zu konzentrieren und zu entspannen.

Nach einer Woche bestehe ich meine Prüfung und kann mich nun „Open Water Diver" nennen. Vor Stolz und Freude darüber platze ich beinahe.

Wir haben meinen Vater und seine Freundin Linda eingeladen, uns auf diese Reise zu begleiten. Die beiden Männer verstehen sich auf Anhieb gut, sind sie doch aus ähnlichem Holz geschnitzt. Mein Dad ist schwer beeindruckt von der Time Out und Martins offensichtlichem Reichtum. In seinen Augen blitzt zum ersten Mal Anerkennung auf – ich habe endlich alles richtig gemacht. Erschlankt und gutaussehend schmücke ich nun die Seite eines Millionärs und habe sogar einen Tauchschein bestanden – wie exotisch! Das kann er zuhause seinen Golf- und Bridge-Freunden erzählen. Plötzlich habe ich Bedeutung für ihn. Es schmerzt, wenn man sich als Objekt betrachtet fühlt und nicht als ganzer Mensch, der nicht nur einen Körper hat, sondern auch Fähigkeiten, Wünsche, Bedürfnisse und Gefühle. Warum nur bin ich vorher so unsichtbar gewesen, ich bin doch immer noch dieselbe? Nur weil ich für die Gesellschaft zu dick gewesen bin? Mein Wert als Mensch hat doch nichts mit meinem Gewicht zu tun. Aber nicht nur mein Vater, sondern auch Freunde und Bekannte reagieren so auf meine neuartige Erscheinung. Das bestürzt mich einerseits, auf der anderen Seite fühle ich mich aber auch geschmeichelt, endlich gesehen und umgarnt zu werden. Auch ich kann mich jetzt leiden, sogar im Bikini. Mag sein, dass ich vorher etwas unnahbarer gewesen bin, da ich mich selber nicht besonders mochte.

Der Urlaub ist geprägt von traumhaften Tauchgängen rund um die Küste. Einmal begegnen wir einer Barrakuda-Schule. Die jungen Fische stehen zu Hunderten in der Strömung und lassen uns ohne Scheu in ihre Mitte. Sie machen einfach Platz, um hinter uns ihre Reihen wieder zu schließen. Wir fühlen uns wie ein Teil von ihnen.

Oder Millionen kleinerer Schwarmfische, die sich vor unseren staunenden Augen aufdrehen, zu gigantischen Formationen, um räuberischen Feinden zu entkommen.

An der Steilküste einer vorgelagerten Halbinsel treffen wir auf Leopardenmuränen, die nicht wie gewöhnlich in Spalten oder Höhlen stecken, sondern wie Hunde eingerollt in ihrem Körbchen liegen. Wir können die ganze Muräne auf ihrem Nest liegend sehen. Und es sind viele, mindestens 20 an der Zahl und dicht beieinander. Zornig, mit geöffneten Mäulern beobachten sie uns, als wir dicht über sie hinwegtauchen.

Ein weiteres Abenteuer wartet auf uns. Mit unserem einheimischen Tauchguide wollen wir auf Jagd nach Zebramuscheln und Tintenfischen für unser Abendessen gehen. Bewaffnet mit scharfen Messern und Netzen zum verstauen unserer Beute, tauchen wir ab in die Tiefe. Die Tiere sind nicht leicht zu entdecken. Nahezu perfekt getarnt verschmelzen sie mit ihrer Unterwasserwelt. Hier und da entdecke ich eine Zebramuschel, die, viel schwerer als gedacht, mit dem Messer vom Stein abzulösen ist. Die beiden Männer finden zwei Oktopusse, die sich in eine Höhle zurückziehen. Unser Guide langt mit seiner behandschuhten Hand hinein und hat sogleich ein sich windendes Tier in der Hand. Er zeigt Martin genau, wo er das Messer ansetzten muss, um es zu erlegen. In seinem Todeskampf hüllt uns der Oktopus in eine kleine Wolke aus Tinte. Den zweiten tötet Martin. Es ist ein schauriges Schauspiel, aber ich finde es nur fair, sich dem Anblick zu stellen, wenn man den Anspruch stellt, diese Tier essen zu wollen. Wieder an der Oberfläche, fahren wir mit dem Dingi an Land, um die erbeuteten Tintenfische an einem Stein auszuschlagen, damit das Fleisch schön zart wird. Anschließend wandern sie mit frischen Kräutern und Knoblauch auf unseren Grill. Während der Zubereitung verströmen die Muscheln einen unangenehmen Geruch nach Schwefel und ich zweifle stark an ihrem guten Geschmack. Die Oktopusse sehen aus wie eine formlose, grau gesprenkelte glitschige Masse. Nie würde ich auf die Idee kommen, im Restaurant Calamari zu ordern. Bereits der Anblick der Saugnäpfe bereitet mir Ekel. Aber diese haben wir selbst erlegt, und ich werde zumindest ein Stück kosten aus Respekt dem Tier gegenüber, das für uns sein Leben lassen musste.

Dies ist der erste Urlaub seit vielen Jahren, den ich in Gesellschaft meines Vaters verbringe. Seine jetzige Lebensgefährtin ist fünfzehn Jahre jünger als er, attraktiv, sportlich und sehr temperamentvoll. Ich kann Linda gut leiden und freue mich auf die gemeinsamen Tage.

Wir verwöhnen die beiden auf der Jacht, aber an Land übernimmt mein Vater die Führung. Er kennt die Insel wie seine Westentasche und überrascht uns mit seinen Geheimtipps.

Voller Begeisterung zeigt er uns die schönsten Golfplätze der Insel und lädt uns auf deren Terrasse zu einem Drink ein mit Blick auf das achtzehnte Loch. Er weiß, wo uns oben in den Bergen die beste Lammkeule serviert wird oder wo die schönsten Wochenmärkte stattfinden. Wo man den leckersten Fisch und das beste Tatar essen kann. Wir trinken Anima Negra in versteckten Bars und führen lebhafte Gespräche.

Dankbar über diese unbeschwerte Zeit, die ich in Gegenwart meines Vaters verbringen darf, will ich sie nicht trüben, indem ich darüber nachdenke, was in der Vergangenheit zwischen uns alles schief gelaufen ist.

Nur selten liegen wir im Hafen. Viel schöner ist es, mit der Jacht in einsamen, romantischen Buchten zu ankern. Noch vor dem Frühstück laufen wir Wasserski oder schwimmen ein paar Runden um das Schiff herum.

Ankern wir in einer neuen Bucht, erkunden wir mit dem Jetski die neue Umgebung. Aber die Abendstimmung ist für mich die schönste Zeit. Dann wird das Meer ganz ruhig und glatt und das Wasser wirkt wie mit Folie überzogen. Als Kind habe ich gerne die Augsburger Puppenkiste im Fernsehen geschaut. Dort wurde das Meer durch eine Plastikfolie dargestellt. Und so sieht es tatsächlich am Abend aus. Hin und wieder durchschneiden die Rückenflossen von vorbeiziehenden Tümmlern die Wasseroberfläche. Leise plätschern und glucksen kleine Wellen gegen den dümpelnden Schiffsrumpf. Die untergehende Sonne verleiht dem Wasser einen goldenen Glanz und lässt auch unsere gebräunte Haut strahlen. Sonne und Salzwasser haben mir hellblonde Strähnen ins Haar gezaubert, so ein richtiges Surferblond – ich finde es toll. Die Schiffsplanken unter unseren nackten, braun gebrannten Füßen sind noch warm, und mit einem Gin and Tonic in der Hand lehnen wir an der Reling, sehen den Delfinen hinterher, bis unser Steward uns signalisiert, Dinner is ready.

Unser Kapitän steuert die Jacht nach Ibiza, wo wir zu viert durch die bezaubernde Altstadt bummeln und uns einfach treiben lassen. Wir kaufen luftige Sommerkleider, Korbtaschen und Strandtücher und finden immer wieder hübsche Dinge, um das Schiff zu verschönern. Neue Kissenhüllen, große Muscheln und mediterrane Obstschalen. Wir schlendern über Wochenmärkte und beobachten Menschen, die hier leben. Marktfrauen und Händler, die ihre Waren anpreisen, feilschen und verkaufen. Alte Leute, ganz in schwarz gekleidet, an der Hauswand sitzend. Gesichter, vom Wetter gegerbt und vom Leben zerfurcht. Fischer unten am Hafen, die ihren Fang bereits verkauft haben und nun dabei sind, ihre Netze auszubessern. Die bunten Boote dümpeln nebeneinander vertäut, über ihnen kreischende Seevögel, die sich um die Fischreste in den Netzen streiten. Es riecht so beißend streng nach Fischabfällen, dass ich die Luft durch den Mund einatme.

Langsam wird es Zeit für uns, an die Rückreise zu denken. Aber nicht, ohne noch einen Abstecher nach Formentera zu machen. Die Insel liegt nur neun Kilometer südlich von Ibiza und die Strände gehören mit ihrem hellen, feinen Sand und dem türkisfarbenen, glasklaren Wasser zu den schönsten des Mittelmeeres.

Rasselnd gleitet der Anker mit der dicken Kette hinab und bohrt sich in den schneeweißen Meeresgrund. Das Wasser ist so klar, dass ich den Grund sehen kann. Meeräschen umkreisen unser Schiff in der Hoffnung auf Futter. Zu Recht, denn wir füttern sie gerne mit altem Brot. Es ist ein Spektakel, sie kommen in großen Schwärmen pfeilschnell angeschossen und verwandeln das Wasser in einen brodelnden Whirlpool.

Wir ankern in Sichtweite unseres Lieblingsrestaurants „Juan y Andrea" am Playa Illetes. Fast sofort kommt ein Zodiac herangebraust. Ein gutgebauter jungen Spanier, mit nacktem Oberkörper steht aufrecht am Steuer. Er winkt uns lachend zu und zeigt dabei seine perlweißen Zähne, „Hola". Sein Hemd hat er sich um die Hüfte gebunden und quer über seiner definierten Brust hängt ein Walkie-Talkie. Lässig schiebt er sich die Sonnenbrille in die schwarzen, gegelten Haare und nimmt, immer noch grinsend, unsere Reservierung entgegen.

In der Karibik könnte es nicht schöner sein als hier. Der weiße Sand an diesem blitzsauberen Strand ist so fein wie Vogelsand. Das Wasser ist frei von Gräsern und Algen, es glitzert türkis und selbst in größerer Tiefe ist der Grund noch glasklar zu erkennen.

Bei Juan y Andrea sitzen wir direkt am Strand, mit den Füßen im Sand. Zerstäuber sprühen in regelmäßigen Abständen Eiswasser durch die Luft, um die Temperatur angenehm zu halten. Wir bestellen frische Meeresfrüchte, Weißwein und Pellegrino. Glücklich und neugierig lasse ich meine Augen umherschweifen. Die Atmosphäre ist entspannt und sehr lässig. Viele gutaussehende Menschen haben an den Tischen Platz genommen. Einige Paare, aber auffallend viele Familien mit mehreren Generationen. Wie herrlich, wenn ein Vater seine Kinder mit Partnern und Enkelkindern an einen so schönen Ort einlädt und alle an einem Tisch sitzen, plaudern, gemeinsam essen, lachen und alle sich wohlfühlen – kann es etwas Schöneres geben?

Nach dem Essen spazieren wir den Strand entlang, direkt an der Wasserkante. Hier geht es sich angenehmer als im tiefen Sand. Kleine Wellen plätschern heran und umspülen immer wieder sanft unsere nackten Füße. Mein neues, bodenlanges Kleid wird durch den warmen, leichten Wind in Bewegung gebracht. Es ist im Nacken gebunden und lässt den Rücken frei. Abwechselnd presst sich der dünne Stoff eng an meinen Körper oder bläht sich leicht auf.

Hand in Hand schlendern wir den leeren Strand entlang. Es ist wahnsinnig romantisch, mein Herz pocht heftig in meiner Brust und ich habe das Gefühl, es müsste gleich überlaufen vor soviel Liebe und Glück.

Es gibt für mich kaum eine Geste von größerer Zusammengehörigkeit als zwei Menschen, die Hand in Hand gehen. Vielleicht, weil es noch weit über das Sexuelle hinausgeht und uns Vertrauen, Sicherheit und Schutz signalisiert, seit unserer Kindheit.

Es ist einfach märchenhaft, ich habe meinen Prinzen gefunden.

9. Kapitel

Um zeitlich ungebundener für Martin zu sein, reduziere ich meine Reiterei. Ich verkaufe eines meiner Springpferde, einen braunen Wallach, der mir bisher wenig Freude, dafür aber viel Arbeit gemacht hat. Beim Abendessen berichte ich Martin von meinen Plänen: „Ich bin eigentlich ganz froh, den Braunen verkauft zu haben. Aber von meiner wunderbaren Stute Callista möchte ich mich auf keinen Fall trennen."

„Du siehst aus, Elisabeth, als hättest du längst einen Plan." Martin sieht mich erwartungsvoll an.

„Nun, der Bauer meint, ich soll mit ihr züchten. Die Idee ist nicht verkehrt, denn sie kann nicht nur auf eine erfolgreiche Karriere als Turnierpferd zurückblicken, sondern auch auf einen hervorragenden Stammbaum. Sie besitzt sogar die Auszeichnung einer Staatsprämienstute, quasi das Elitesiegel für die Zucht. Ich habe mir schon einen passenden Hengst ausgesucht."

Martin lacht. „Na, dann trinken wir mal auf dein Züchterglück, Eli."

Wie schnell sich Dinge doch anders organisieren lassen, denke ich mir. *Und wie häufig steckt man in Abläufen fest, die längst zur Routine geworden sind, jedoch fehlt der Mut, sich aus der Komfortzone zu bewegen. Oder die Lebensumstände verändern sich und damit auch die Prioritäten, so wie bei mir jetzt.*

Damit mein Haus im Erlenweg nicht leer stehend wirkt, vermiete ich die Dachgeschosswohnung an einen alleinstehenden jungen Mann. Durch die Mieteinnahme tragen sich die anfallenden Kosten für das Haus von allein und es ist bewohnt. Am Abend brennt Licht in den Fenstern, im Winter läuft die Heizung und ein Auto parkt unter dem Carport.

Aber auch auf dem Anwesen von Martin passiert so einiges. Unsere Hauswirtschafterin hat den Handwerkern und Gärtnern einige Male Kaffee gekocht und ihnen eine Kanne in die Werkstatt gestellt, in der sie bei schlechtem Wetter ihre Frühstückspause verbringen. Als Martin zufällig davon Wind bekommt, reagiert er außer sich vor Zorn. Er hält ihr vor versammelter Mannschaft eine lautstarke Standpauke. „Sie bestehlen mich", beschimpft er sie. Dann rechnet er ihr vor, wie viele Löffel seines Kaffees sie in der vergangenen Zeit durch das unerlaubte Kaffeekochen für die Mitarbeiter geklaut hat.

„Diesen Betrag werde ich Ihnen vom Lohn abziehen. Mein Vertrauen haben Sie sich mit diesem dreisten Diebstahl ebenfalls verspielt!"

Für die arme Frau bricht eine Welt zusammen und sie stammelt, den Tränen nahe: „Oh bitte, ich werde den Kaffee natürlich ersetzen. Bitte verzeihen Sie mir, ich habe mir nichts dabei gedacht!"

Doch Martin ist richtig in Fahrt gekommen und lässt sich nicht erweichen. Der Gärtner und die zwei anwesende Handwerker bekommen auch noch gleich ihr Fett weg.

Wie Schulkinder stehen diese gestandenen Menschen mit gesenkten Köpfen vor ihm und lassen seinen Ausbruch an Schimpftiraden über sich ergehen. Die beiden älteren Männer sind auf ihre Jobs angewiesen.

Nur der jüngere Handwerker, ein gutaussehender, hochgewachsener Mann, steht Martin aufrecht gegenüber und hält seinem Blick furchtlos stand. Das macht Martin nur noch wütender, will er ihn doch in die Knie zwingen und seine Macht demonstrieren. Dieser junge Handwerker hat mir in der letzten Woche mit einer kleinen Reparatur geholfen, und ich bin ihm sehr dankbar gewesen. Er wird jetzt nicht einknicken. Er ist zu jung und sein männlicher Stolz verbietet ihm geradezu, in meiner Gegenwart demütig den Kopf zu senken.

Als Martin sie anschreit, „ich hasse es, von soviel Dummheit umgeben zu sein", verlasse ich leise den Raum. Das ist mir zu viel, so darf man nicht mit Menschen umgehen.

Ich bin unangenehm berührt zu erleben, wie brutal und überheblich Martin mit seinen Mitarbeitern umgeht. Da spielt sich nichts auf Augenhöhe ab. Es ging nicht um das Verhältnis von Arbeitgeber zu Arbeitnehmer. Er demütigt sie – er will sie erniedrigen! Er hat sich seine eigene Hierarchie aufgebaut, in der er ganz oben an der Spitze thront und er fordert Gehorsam ein.

„Sieh mir zu, Elisabeth, und lerne, wie man Mitarbeiter führt", sagt er etwas später zu mir in der Küche. „Wir sind die Herrschaften, die anderen das Dienstpersonal. Die brauchen klare Anweisungen und komme bloß nicht auf die Idee, dich mit ihnen gleichzusetzen oder dich mit ihnen zu verbrüdern."

Gerade will ich Luft holen, um dem etwas entgegenzusetzen, als er fortfährt: „Und von der Frau an meiner Seite erwarte ich bedingungslosen Schulterschluss und Zustimmung in allen Entscheidungen, die ich treffe."

Am nächsten Morgen liegen zwei Kündigungen auf unserem Küchentisch. Die der Hauswirtschafterin und des jungen Handwerkers.

Zu meinem Erstaunen macht Martin mich für beide Kündigungen verantwortlich und ist der Meinung, ich hätte die Frau ganz bewusst aus dem Haus geekelt. „Na, das hast du ja gut hingekriegt, hoffentlich bist du nun zufrieden", meint er sarkastisch.

Ich bin ziemlich perplex und suche nach Worten: „Wie kommst du denn darauf? Ich habe doch gar nicht viel mit ihr zu tun gehabt. Wenn wir nicht auf Reisen sind, fahre ich nach wie vor am Vormittag in den Reitstall, kümmere mich um Emilie und mein Haus. Wenn ich am frühen Abend zurück zu dir komme, hat sie bereits Feierabend. Also, an mir hat es ganz sicher nicht gelegen. Wir sind etwas distanziert, aber stets höflich miteinander umgegangen. Allerdings hätte ich nach so einem Einlauf von meinem Chef den Job auch gekündigt."

Wir stehen noch in der Küche, Martin lässt seine Hand mit der Kündigung des Handwerkers sinken und fixiert mich mit einem merkwürdigen Blick, den ich nicht deuten kann.

„Du hast dich mit ihm angefreundet", zischt er zwischen zusammengepressten Zähnen.

„Was meinst du? Mit wem habe ich mich angefreundet?"

„Lüg mich nicht an. Ich habe doch Augen im Kopf. Hast du denn überhaupt kein Schamgefühl? Wie peinlich du bist. Die Frau vom Chef macht sich an männliche Bedienstete ran, du machst mich zum Gespött meiner Leute."

Jetzt beginne ich mir Sorgen zu machen. Ich versuche mich zu erklären, obwohl es gar nichts zu rechtfertigen gibt, und ihn von seiner verzerrten Wahrnehmung zu befreien. Wie kann er nur so eine abschätzige Meinung von mir haben?

Martin ist inzwischen laut geworden und steht jetzt ganz dicht vor mir. Verzweifelt weiche ich einen Schritt zurück und fange an zu weinen. Alles, was ich sage, dreht er mir im Munde um. Er rückt nach und steht wieder so dicht vor mir, dass Angst in mir aufsteigt. Er hört mir überhaupt nicht zu, und er wird immer wütender. Sein Vorwurf ist geradezu lächerlich, wie kann er nur so etwas von mir denken? Der Handwerker hat mir geholfen, wir haben ein paar Sätze miteinander geredet, ich habe ihn angelächelt und mich bedankt. Das ist alles gewesen.

Inzwischen bin ich so weit zurückgewichen, dass mein Rücken die Wand berührt. Mit vor Wut verzerrtem Gesicht steht er vor mir. Speicheltropfen und sein warmer Atem benetzen mein Gesicht.

Meine Instinkte kommen durch. Ich versuche, meine aufsteigende Panik zurückzudrängen, lasse meine Schultern hängen und senke den Kopf. *Kleinmachen, ruhig bleiben, keine Widerworte, nicht provozieren, hämmerte es in meinem Kopf.*

Da schlägt er mit seiner geballten Faust so heftig neben meinem Ohr gegen die Wand, dass ich seine Knochen brechen höre. *Der Mann ist ja total irre geworden! Es kommt mir alles so surreal vor, wie ist diese Situation so dermaßen außer Kontrolle geraten?*

Keuchend steht er über mir. Ich wage nicht zu atmen, ducke mich und hebe einen Arm in Erwartung seines Schlages schützend über meinen Kopf. Dann, so schnell wie sich die Situation aufgebaut hat, ist es plötzlich vorbei.

Er richtet sich auf, atmet noch einmal tief durch und macht einen Schritt zur Seite. Er lässt mich passieren, ich kann gehen. *Nichts wie raus hier.* Ohne ein Wort zu sagen, laufe ich die Treppe hinab, schnappe mir meinen Schlüssel und mein Portemonnaie. Atemlos, ohne mich umzudrehen flüchte ich aus diesem Haus. Erleichtert höre ich hinter mir die Haustür ins Schloss fallen. Mit schnellen Schritten eile ich zu meinem Auto, springe auf den Fahrersitz und starte den Wagen. Auf der Fahrt zu mir nach Hause muss ich auf halber Strecke rechts heranfahren.

Zitternd lege ich meine Hände in den Schoss und lege die Stirn vornüber an das kühle Lenkrad. Meine Selbstbeherrschung bricht endgültig zusammen und mein Körper wird von einem Weinkrampf und lautem Schluchzen geschüttelt. Völlig aufgelöst und erschöpft erreichte ich irgendwann mein Haus im Erlenweg – meine sichere Burg.

Das Handy schalte ich aus und igle mich ein. Es herrscht totale Funkstille zwischen Martin und mir. Ich brauche Zeit, um meine Gedanken zu ordnen. Er hat eine Grenze überschritten, die ich unmöglich hinnehmen kann.

Am frühen Abend des dritten Tages fahre ich zurück zu Martin.

Mein Entschluss ist gefasst. Kalt und feucht umklammern meine Hände das Lenkrad. Meine Halsschlagader pocht so stark, dass ich meinen Schal mit einer Hand lockere, um mehr Luft zu bekommen. Langsamer als gewöhnlich fahre ich die vertraute Strecke von mir zu seinem Anwesen. Im Schritttempo, beinahe zögerlich biege ich unter der nostalgischen Laterne in seine Auffahrt ab. Am Ende des Weges sehe ich sein hell erleuchtetes Haus.

Er weiß nicht, das ich herkomme. Fast hoffe ich, Martin wäre nicht daheim. Knirschend kommt mein Wagen zum stehen. Mit geschlossenen Augen atme ich ein paarmal tief durch, wische meine feuchten Finger an der Jacke ab und öffne entschlossen die Autotür. Auf dem Weg zur Haustür sträubt sich alles in mir und meine Schritte werden immer kürzer und langsamer je näher ich der Tür komme. In meinem Kopf versucht sich ein Fluchtinstinkt seinen Weg zu bahnen und ich wende leicht den Kopf, um nach meinem Auto zu schielen. *Jetzt nicht feige werden*, ermahne ich mich.

Plötzlich wird mit Schwung die Haustür vor mir aufgerissen. Da steht Martin, bleich im Gesicht mit dunklen Augenringen und Dreitagebart. Die Finger seiner linken Hand sind dunkelblau verfärbt und geschwollen.

„Du bist zu mir zurückgekommen", stammelt er, „du bist zu mir zurückgekommen. Ich lausche Tag und Nacht darauf, dein Auto in der Einfahrt zu hören, und jetzt bist du endlich da." Tränen laufen ihm dabei über sein Gesicht.

Ihn so zu sehen, sticht mir direkt ins Herz und mein Widerstand löst sich in Luft auf. Wortlos lasse ich seine Umarmung zu und bringe es nicht fertig, ihm zu sagen, dass ich gekommen bin, um meine Sachen abzuholen.

Mir ist nicht ganz klar, warum, aber dieses Ereignis bindet mich emotional noch mehr an Martin. Diese zwei Seiten an ihm zu erleben, in seine Abgründe zu blicken, machen mich sprachlos und fassungslos.

Aber ich sehe die Zerrissenheit und den Schmerz und auch eine tiefe Verletzlichkeit und das berührt mich sehr. Er hat mir seine Geheimnisse offenbart und nun habe ich das Gefühl, ihn schützen zu müssen. Plötzlich komme ich mir stark vor, wie seine Komplizin. Es macht ihn für mich menschlicher, denn ich habe Schwächen gefunden. Er ist nicht mehr dieser Übermensch, der er gerne vorgibt zu sein und der keine Gelegenheit auslässt, seine Überlegenheit anderen gegenüber zu demonstrieren.

Gleichzeitig werde ich durch die heiß-kalt-Spielchen, die er mit mir treibt, magisch angezogen. Wie bei einer Süchtigen drehen sich meine Gedanken nur noch um Martin.

10. Kapitel

Gemeinsam mit unseren Jungs sitzen wir am Frühstückstisch. Ben verbringt das Wochenende bei uns und auch Fynn hat hier übernachtet. Heute ist mein Geburtstag. Die Kinder haben für mich einen Kuchen gebacken und den Tisch gedeckt. Heißer Tee dampft in meinem Becher, es gibt frisch gepressten Orangensaft und wachsweich gekochte Eier im Glas mit einem Schuss Olivenöl und Schnittlauchröllchen.

„Wow, das sieht ja ganz köstlich aus", nicke ich den Kindern anerkennend zu. Neben meinem Kürbiskernbrötchen liegt eine kleine Schachtel mit einer roten Schleife. Gespannt und voller Vorfreude ziehe ich an dem Band und öffne das Kästchen … ein Autoschlüssel liegt darin. Fragend schaue ich Martin an: „Was ist denn das?"

„Komm mit!", ruft er aufgeregt, und zieht mich im Pyjama die Treppenstufen hinunter zur Eingangshalle. Er öffnet die Tür, die zur beheizten Doppelgarage führt. Dort, neben seinem Sportwagen, steht ein mir unbekanntes Auto, ein glänzender Audi Q5.

Etwas ungläubig gehe ich um das Auto herum, schirme mit den Händen an den Schläfen das Licht ab, und beuge mich vornüber, um hineinzuschauen. Sanft streiche ich mit den Fingern über den dunklen Lack – tiefblau schimmert er unter meiner Hand, meine Lieblingsfarbe! Das Nummernschild trägt meine Initialen und das Datum von unserem ersten Abend bei mir zuhause, an dem wir zusammengekommen sind. Ich drücke auf den elektrischen Türöffner in meiner Hand – klack! Vorsichtig öffne ich die Fahrertür und gleite auf den Fahrersitz. Der Geruch von Leder und neuem Auto hüllt mich ein. Die Sportsitze sind zweifarbig, schwarz und cognacbraun und mit elektronischen Reglern in alle nur erdenkliche Sitzpositionen zu dirigieren. Über mir ein getöntes Panoramaschiebedach mit Sonnenjalousie. Die Tür schließt sich mit einem satten Geräusch. Meine Hände liegen auf dem Lenkrad, und gedämpft höre ich Martin und die Jungs draußen reden. Für einen kurzen Augenblick scheint die Zeit innezuhalten. Meine Augen wandern langsam umher. So behütet wie in einem Kokon, denke ich.

Jäh werden meine Gedanken unterbrochen. Die Beifahrertür wird aufgezogen und Martin lässt sich auf den Sitz neben mir fallen. Hinten steigen Ben und Fynn ein.

„Können wir eine Probefahrt machen?", johlen sie aufgeregt.

„Jetzt, im Schlafanzug?" Lachend und etwas zögernd drücke ich auf den Startknopf. Der Motor springt an und ich fahre langsam rückwärts aus der Garage. Martin erklärt mir die technischen Einzelheiten, doch ich kann gar nicht richtig zuhören. So viel Technik, damit kann ich mich später noch beschäftigen. Das Auto hat einfach alles, was Audi zu bieten hat. Mir fehlen die Worte. Noch nie habe ich ein neues Auto besessen, geschweige denn so ein Luxusauto! Wie bedankt man sich denn für so ein Geschenk?, ist alles woran ich im Moment denken kann. Dieses Geschenk ist zu groß und macht mich verlegen. Martin reicht mir den Fahrzeugschein und meint entschuldigend:„ Er ist auf die Firma zugelassen. Wenn ich das Auto ein paar Jahre über meinen Betrieb laufen lasse, musst du noch nicht einmal Steuern und Versicherung bezahlen, nur tanken musst du selber."

Etwas befangen rutsche ich auf dem Sitz hin und her auf der Suche nach den richtigen Worten. Jedes Dankeschön kommt mir in meinem Kopf geradezu lächerlich vor.

Aber dann hat Martin noch ein Geschenk für mich. Er kramt aus seiner Bademanteltasche ein kleines Cellophantütchen hervor, darin befindet sich ein kleiner Stapel gelber Karten. Er reicht mit das kleine Päckchen und zuckt etwas zerknirscht mit den Schultern. *Was kommt denn nun noch*, denke ich. Etwas unsicher ziehe ich die Schleife auf und fingere ein Kärtchen heraus, darauf steht: STOP! Gehe einen Schritt zurück und gib dir mehr Mühe!

„Wenn ich mal wieder zu weit gehe, reichst du mir eine gelbe Karte!"

„Oh, Martin." Mir schießen die Tränen in die Augen. „Ein schöneres Geburtstagsgeschenk könnte ich mir nicht vorstellen." Erleichterung, Glück und so viel Liebe durchfluten mich, niemals hätte ich mit dieser Selbstreflektion gerechnet.

Endlich fällt die Anspannung über das teure Auto von mir ab. Mit einem Mal ist es ganz einfach, sich zu freuen und die Begeisterung zuzulassen. Gleichzeitig lachend und schniefend falle ich Martin um den Hals und bedecke sein Gesicht mit kleinen Schmetterlingsküssen. Wie von einer schweren Kette befreit, lasse ich übermütig meinen Emotionen freien Lauf. Ich drehe das Autoradio laut und reiche Martin lachend die Hand: „Komm, lass uns tanzen."

Martin lässt sich von mir anstecken und gemeinsam albern wir ausgelassen herum. Wir tanzen im Bademantel und Pyjama auf dem Parkplatz, bis Martin mich irgendwann einfach über seine Schulter wirft und ausruft: „Alle Mann zurück an den Frühstückstisch!"

„Oh Mann, Mama", höre ich Ben vorwurfsvoll rufen und sehe, wie die Jungs die Augen verdrehen. „Ihr seid echt peinlich."

Das nächstes Projekt, das Martin sich für uns ausgedacht hat, ist unsere Platzreife auf dem Golfplatz.

Er überrascht mich mit seiner Planung: „Nächste Woche geht es los, Eli, ich habe uns zu einem Platzreifekurs angemeldet."

„Ach, ich weiß nicht, Martin, das erwischt mich etwas auf dem falschen Fuß, ich kann mir nicht vorstellen, neben der Reiterei auch noch die Zeit zum Golfspielen zu finden. Mein Herz gehört den Pferden und beide Sportarten sind unglaublich zeitintensiv. Außerdem wäre ich gerne vorher gefragt worden."

Eine kleine Pause entsteht und ich bemerke Martins Unmut. Dann wischt er meine Argumente dominant mit einem einzigen Satz beiseite. „Wenn wir das jetzt nicht zusammen beginnen, Elisabeth, endet hier unsere gemeinsame Freizeitgestaltung. Willst du hinten runterrutschen?"

Herausfordernd sieht er mich an. Sein Blick erschreckt mich – das ist nicht nur so daher gesagt, es ist sein bitterer Ernst!

Ich komme mir vor wie ein klitzekleines Hündchen. Ich möchte nicht zurückbleiben und den Anschluss verlieren, ich will mit! Warum hat er nicht vorher mit mir darüber gesprochen. Mich in die Planung einbezogen oder einfach gesagt: „Schatz, es bedeutet mir viel, lass uns zusammen Golf spielen lernen." Ich hätte niemals nein gesagt. Aber über meinen Kopf hinweg zu entscheiden und mich damit so unumstößlich zu konfrontieren, verletzt mich. Wo ist die Augenhöhe in unserer Partnerschaft?

„Nein, natürlich nicht", antworte ich. Unglücklich und hilflos füge ich mich ohne weitere Widerworte. Martin merkt gar nicht, wie hartherzig er in diesem Moment auf mich wirkt und wie traurig mich seine Aktion gerade macht. Höchstwahrscheinlich ist er als Kind mit eben diesem Ton aufgewachsen und kennt es gar nicht anders.

So finden wir uns, voll ausgestattet, an einem regnerischen Vormittag auf dem Golfplatz ein. Martin startet energiegeladen in diese Kurswoche und macht seine Sache richtig gut. Die Bälle fliegen, die Schwünge mit den unterschiedlichen Schlägern sehen gut aus, und seine Antworten zu den Platzregeln kommen präzise, wie aus der Pistole geschossen. Ganz anders als bei mir. Meine innere Ablehnung ist noch zu groß, als dass ich mich von ihr befreien kann. Eigentlich macht es mir Spaß, neue Herausforderungen anzunehmen, aber ich bekomme meinen Kopf einfach nicht frei. Immer wieder kreisen meine Gedanken darum, ob er mich tatsächlich fallen lassen oder zurücklassen würde, wenn ich ihn nicht bedingungslos auf seinem Weg begleite.

Am Ende dieser Woche besteht Martin als erster aus unserer kleinen Gruppe den Test für die Platzreife. Zwar schaffe ich den schriftlichen Teil, in dem die Platzregeln abgefragt werden, brauche aber auf dem Platz sehr viel mehr Schläge als erlaubt, um den Ball einzulochen. Der mentale Kampf, den ich in den vergangenen Tagen ausgefochten habe, hat mich innerlich ausgelaugt. Der Misserfolg deprimiert mich und ich spiele mit dem Gedanken, aufzugeben. Ich habe kein Vertrauen zu mir selbst und mir ist zum Heulen zumute.

Martin ist es, der mich wieder aufbaut und mir Mut zuspricht: „Du schaffst das, Eli. Komm schon, du bist doch unsere Sportskanone. Übernächste Woche kannst du die Prüfung wiederholen, bis dahin kannst du dir jeden Tag Unterrichtsstunden buchen, ich habe schon mit dem Trainer gesprochen. Ich möchte doch so gerne mit dir zusammen spielen", schmeichelt er mir, und nimmt mich in den Arm.

Seinen Erfolg behält er für sich und wartet geduldig auf meinen nächsten Prüfungstermin. Zwei Wochen später und nach einigen zusätzlichen Unterrichtsstunden darf auch ich endlich mit einem Handicap von 56 auf den Platz.

Martin jubelt und feiert mich so euphorisch, dass ich lachen muss. Erst jetzt verkündet er im Freundeskreis unsere erfolgreich erworbene Platzreife.

Martin und ich üben fleißig auf der Driving Range und erobern uns den Golfplatz langsam, aber stetig. Um unser Handicap zu verbessern, nehmen wir an einigen Turnieren teil. Dabei gelingt es uns immer mal wieder, unser Handicap um ein paar Punkte zu unterspielen und damit zu optimieren. Diese kleinen Erfolge spornen uns richtig an. Mein Schwung hat sich gut entwickelt und durch meine Reiterei habe ich ein gutes Körpergefühl. Es fällt mir nicht schwer, die Anleitung des Golftrainers umzusetzen, und es beginnt, mir richtig Spaß zu machen.

Das Golffieber hat uns regelrecht gepackt. Wir fliegen zum Golfen nach Irland, in die Türkei, nach Bulgarien und Spanien. Sogar auf dem Schiff haben wir jetzt immer öfter ein leichtes Reisebag mit Golfschlägern dabei.

An einem Sonntagmorgen haben wir uns nach einer langen Turnierpause mal wieder in unserem Heimatclub in die Turnierliste eingeschrieben. Der Wetterbericht sagt einen herrlichen Tag voraus und wir starten voller Enthusiasmus auf unsere vierstündige 18-Loch-Runde. Martin und ich sind verschiedenen Gruppen zugeteilt worden. Ein Turnierflight besteht aus vier Spielern, die gegenseitig pro Loch die Anzahl ihrer Schläge zählen und auf einer Scorekarte notieren. Mein Flight besteht neben mir aus drei Männern. Alle drei sind hervorragende Golfer. Charmant äußern sie sich immer wieder anerkennend über mein Spiel. Sie beflügeln mich geradezu und ich werde von Loch zu Loch entspannter und sicherer in meinem Ablauf. Ihnen habe ich es zu verdanken, dass ich an diesem Sonntagvormittag mental unschlagbar gut drauf bin und mir einfach alles gelingt. Die Bälle fliegen höher und weiter als sonst. Schnurgerade rollen sie über den kurz getrimmten Rasen und kommen auf dem Grün dicht an der Fahne zum Halten. Ein letzter Putt und der Ball kullert ins Loch. Es ist ein Wahnsinnsgefühl.

Beschwingt über mein erfolgreiches Ergebnis sitze ich mit einem Aperol Spritz in der Hand auf der Mauer der Club-Terrasse. Von hier kann ich die letzte Bahn sehen. Ganz bewusst habe ich mich nicht zu meinen Flight-Partnern an den Tisch gesetzt, obwohl es so üblich ist, die gespielte Runde mit einem Getränk ausklingen zu lassen. Ich habe mich bei ihnen für die nette Begleitung bedankt und mich entschuldigt. Martin wäre stinksauer, mich fröhlich plaudernd an einem Tisch, umringt von Männern, zu sehen. Das Risiko gehe ich ganz gewiss nicht ein.

Während ich allein hier sitze, und die anderen Flights beobachte, wie sie das 18. Loch meistern, kriechen üble Gedanken in mir hoch. Meine Euphorie ebbt ab und am Ende bleibt nur noch mein Bauchgefühl, dass mich eindringlich warnt. *Vielleicht habe ich Glück und er hat auch einen guten Tag erwischt,* bete ich insgeheim.

Nach und nach trudeln die nachfolgenden Gruppen ein, lassen sich erschöpft an den Tischen nieder, bestellen Getränke und erzählen von unglaublichen Schlägen, die ihnen irgendwo, an der Bahn XY, gelungen sind.

Als ich Martin erblicke, rutscht mir mein Herz in die Hose. An seiner Körpersprache erkenne ich sofort, dass er eine schlechte Runde gespielt hat, verdammt! Ich laufe ihm entgegen, um den Rest des Weges mit ihm gemeinsam zu gehen.

Kurz darauf werden die Ergebnisse bekannt gegeben. Tatsächlich habe ich das Turnier gewonnen und mein Handicap um eine stattliche Anzahl von Punkten verbessert. Etwas steif lasse ich die Siegerehrung über mich ergehen. Meine Gedanken sind schon zu sehr auf Martin fokussiert. Er sitzt mit einem frostigen Gesichtsausdruck am Tisch und funkelt mich mit seinen grauen Augen an. Er gratuliert mir nicht und drängt zum Aufbruch. Schweigend sitzen wir nebeneinander in seinem Porsche Panamera.

Stumm warte ich einfach nur auf den Einlauf, der jetzt auf mich zukommen wird. Martin ist nicht in der Lage, sich für mich zu freuen. Sofort schmilzt meine Freude über den Sieg dahin. *Mein Erfolg ist nichts mehr wert, wenn ich ihn nicht teilen kann. Freude zu empfangen und zu geben, gemeinsam Ziele zu erreichen, den Erfolg zu teilen, ist es nicht dieses Mitgefühl, das unser Leben ausmacht?*

Nach einer Weile bricht er die Stille: „Elisabeth, wenn du jetzt hier Ehrgeiz entwickelst, canceln wir das ganze. Ich bezahle uns diesen Sport und ich bestimme. Gib acht, dass du immer ein paar Punkte hinter mir zurückbleibst. Es ist mir ganz gleich, wie du das anstellst ... und ab sofort gibt es für dich keine Trainerstunden und auch keine Turniere mehr."

Langsam atme ich durch meine geöffneten Lippen aus, bis auch der letzte Rest Sauerstoff aus meiner Lunge gedrückt ist. Dann zähle ich bis fünf, bevor ich wieder durch die Nase einatme. Es ist mal wieder so weit. Meine Fingernägel drücken so fest in meine Handballen, dass sie kleine helle Halbmonde hinterlassen. Ich blicke aus dem Seitenfenster und konzentriere mich auf die Außenwelt. Landschaft zieht an mir vorbei, Wiesenblumen am Wegesrand, Hunde, die spazieren geführt werden, Familien mit Rad fahrenden Kindern, sie lachen und treten klingelnd in die kleinen Pedale, fahren, so schnell sie können. Da draußen scheint warm die Sonne und die Menschen wirken friedlich. Aber vielleicht täuscht der äußere Schein und auch sie haben das eine oder andere „Ach" unter ihrem Dach? Welches das wohl sein mag?

Seine eisige Distanz wird noch eine Weile anhalten, um mich damit zu bestrafen. Es ist ja nicht das erste Mal. Fröstelnd verschränke ich die Arme vor meiner Brust und fühle mich schrecklich einsam. Ich wäre jetzt gerne bei mir zu Hause im Erlenweg, statt mit ihm in den Eispalast zurückzukehren.

Ich ziehe mich zurück in meine eigene Gedankenwelt, dahin kann er mir nicht folgen.

Es sollt von nun an schwierig bleiben. Mein Golfspiel ist zensiert worden, dennoch will Martin nicht auf meine Gesellschaft während seiner Golfrunde verzichten. Er kann es nicht aushalten, irgendetwas allein zu machen. Spielen wir zu zweit, lässt er gleich auf der ersten Bahn ganz beiläufig, aber sehr bewusst, ein paar Sätze fallen, die mich im Kopf so für mein Spiel blockieren, dass ich immer häufiger den Ball aufnehme und nur noch mitgehe, um ihm Gesellschaft zu leisten.

11. Kapitel

Nach der Winterpause, in der Martins Jacht in einem sicheren Hafen vertäut liegt, um den Stürmen und Naturgewalten zu trotzen, ist es endlich wieder soweit, die neue Saison geht los!

Voller Vorfreude besteigen wir den Flieger nach Mallorca, um an Bord zu gehen. Wir reisen mit leichtem Gepäck, denn unsere Sommergarderobe ist auf der Time Out geblieben. Die Kleidung an Bord ist leger. Shorts oder lässig gekrempelte Chinos und für den Abend einen Cashmerepulli. Meine luftigen Sommerkleider würden zu Hause keinen Anlass finden, getragen zu werden. Ebenso wie die kurzärmeligen Hemden von Martin ein totales No Go wären. In der Stadt trägt der Mann ausschließlich langärmelig und schlägt zweimal um, aber hier auf der Jacht leben wir nach unseren eigenen Regeln. Elegante Garderobe, Sakkos oder High Heels sind hier ebenso überflüssig wie echte Brillanten oder zu viel Make-up. Es ist einfach unnötig, denn nirgendwo sieht man entspannter und hübscher aus als nach zwei Tagen an Bord. Der Teint von der Sonne geküsst, die Haare von Sonne und Salzwasser blond gesträhnt, mit bunten Armbändern oder Muschelketten auf der gebräunten Haut …

Trotzdem kommen wir nie mit leeren Händen. Martin hat immer irgendwelche Ersatzteile im Gepäck und auch ich komme mit gesammelten Errungenschaften an Bord. Diesmal habe ich Rezeptvorschläge ausgedruckt, ein paar Gewürze dabei, neue Geschirrtücher und Tischsets, Konfitüre, mein Lieblingsknäckebrot und ganz wichtig: neue weiße Polohemden für die Crew mit dem gestickten Na-

119

men der Jacht, „Time Out", auf der linken Brustseite. Zu den einheitlichen dunkelblauen Shorts sieht das neue Outfit einfach super aus.

In dieser Saison hat unser Kapitän, anstatt einer weiblichen Köchin und Stewardess, einen Stuart angeheuert, der auch für uns kocht. Es ist eine harte Branche, im Jachtservice zu arbeiten. Nur der Kapitän bleibt das ganze Jahr über in fester Anstellung. Der Rest der Crew wird für die Saison angeheuert. Dann gibt es nur noch wenig freie Zeit. Wenn der Schiffseigner an Bord ist, wird rund um die Uhr gearbeitet, erst recht, wenn Gäste dabei sind und alle Kabinen belegt sind. Jeden Morgen um 7:00 wird das Schiff für den Tag vorbereitet. Es wird vom Salzwasser abgewaschen, abgeledert, frische Handtücher müssen bereitgelegt sein für die frühmorgendlichen Schwimmer oder Wasserskiläufer. Der Jetski, das Beiboot und der Seabob werden mit dem Kran zu Wasser gelassen. Dafür sind, je nach Wind und Welle, zwei bis vier Leute notwendig. Abends wird alles wieder hochgezogen und gesichert.

Das Frühstück ist wohl die aufwendigste Mahlzeit in der Vorbereitung. Zwei Karaffen Orangensaft müssen frisch gepresst werden, Früchte geschnitten, Aufschnitt- und Käseplatten werden zubereitet, Honig, Konfitüren, eine große Schale mit griechischem Joghurt, aufgebackenes Brot sowie Eierspeisen und Kaffeespezialitäten nach Wunsch. Die Kabinen werden täglich geputzt, dazu kommen Lunch, Sundowner mit Snacks und Fingerfood sowie ein Dinner mit drei Gängen.

Die Crew wohnt in ihrem Bereich auf engstem Raum, hat also in der Zeit, in der wir an Bord sind, weder Freizeit, noch besteht die Möglichkeit sich zurückzuziehen oder irgendeinen Ausgleich zu ihrer Arbeit zu machen. In der Crewarea laufen zudem ohne Unterlass Waschmaschine, Trockner und Bügeleisen, damit unsere Wäsche und die Handtücher täglich frisch sind.

Es ist ungemein wichtig und erfordert viel Erfahrung, die Mannschaft für die Saison zusammenzustellen. Spannungen in der Crew kann man sich nicht leisten, und ein Mitglied mittendrin auszuwechseln kommt einer kleinen Katastrophe gleich.

Mit unserem Stewart Jonathan hat unser Kapitän einen echten Schatz gefunden. Jonathan ist jung, gutaussehend und extrem höflich. Wo er auftaucht, verbreitet er gute Laune. Er hat so viel Freude an seinen Aufgaben, lässt sich niemals aus der Ruhe bringen und erledigt alles, was ihm aufgetragen wird, zuverlässig und mit einer großen Portion Leidenschaft.

Nun packen wir gemeinsam meine Tasche aus und ich breite meine *Mitbringsel* vor ihm auf dem Tisch im Salon aus. „Wenn Sie kommen ist es immer ein bisschen wie Weihnachten", meint er strahlend und hält sich probeweise ein Polohemd vor die Brust.

Aufmerksam studiert er die Rezepte, die ich für ihn mitgebracht habe. „Just in case you run out of ideas", necke ich ihn.

Diese Reise wird etwas Besonderes. Das Schiff soll nach Malta überführt werden, damit wir die Sommerferien dort mit unseren Kindern verbringen können. Das bedeutet, wir haben eine lange Schiffsreise vor uns, in der wir Tag und Nacht unterwegs sind. Die Reisegeschwindigkeit ist mit elf Knoten eher langsam angesetzt, damit das Schiff ohne größere Vibrationen und vor allem energiesparend an sein Ziel kommt. Unser Zeitfenster sagt gutes Wetter voraus, ich habe einen Stapel Bücher dabei und Martin hat sein Angelzeug mit Ködern und Wobblern für Großfische aufgerüstet. Los geht's, Schiff ahoi!

Entspannt stechen wir in See. Diesmal gibt es nur uns, das Schiff und Wasser, so weit das Auge reicht. Keine Gäste, keine perfekte Organisation, keine durchgeplanten Landausflüge und keine Bordanimation – herrlich. Ich mache es mir oben auf der Flybridge mit meinem Buch bequem und lasse zwischendurch immer wieder meine Augen über die unendliche Weite des Meeres gleiten in der Hoffnung, Delfine zu erblicken. Das Wasser ist spiegelglatt und friedlich, Die Luft ist geschwängert vom Salzgehalt des Wassers und hinterlässt Salzkristalle auf der Reling. Ich streiche mit einem Finger darüber und probiere es mit meiner Zungenspitze, es schmeckt köstlich. So vergehen viele geruhsame Stunden. Martin hat seine Angelruten mit Wobblern bestückt und hinten am Heck in Halterungen befestigt. Die Köder werden hinterhergezogen, wie echte Beutefische.

Eingelullt von den leisen, gleichmäßigen Motorengeräuschen, dem Wind in meinem Haar und der Sonne, die meinen Körper so wohlig wärmt, schließe ich die Augen. Nicht ganz, nur so weit, dass die Sonnenstrahlen hinter meinen Wimpern glitzern, wie durch einen Vorhang. Meine Ohren lauschen auf die Gischt der Bugwelle und wie das Wasser am Rumpf des Schiffes vorbei gleitet. Unter meinen nackten Händen und Füßen, da, wo sie auf dem sonnengewärmten Teakholz aufliegen, spüre ich das leichte Vibrieren der Schiffsmotoren.

Kurz bevor ich ins Traumland übergleite, höre ich das schrille Surren der Angelsehne. Das ist wie ein Startschuss … alle hören es und sind sofort auf den Beinen. Der Kapitän drosselt das Tempo und wir stürzen die Treppen hinunter zur Badeplattform. Martin schnappt sich seine Angel und fängt an, sie langsam einzuholen. Es beginnt ein erbitterter Kampf mit dem Fisch. Noch wissen wir nicht, was sich am anderen Ende befindet, aber es ist stark und kämpft beharrlich um sein Leben. Martin versucht, ihn müde zu machen, indem er ihn immer wieder ein Stück heranholt und dann wieder ziehen lässt. Unser Kapitän stoppt das Schiff. Mit einer Tauchermaske kauert er sich an den Rand der Badeplattform und geschmeidig wie ein trinkendes Raubtier taucht er sein Gesicht mit der Maske ins Wasser.

„Es ist ein Thunfisch", ruft er uns zu. „Er versucht sich direkt unter dem Schiff zu verstecken. Es ist aber nicht nur dieser eine, sondern ein ganzer Schwarm schwimmt um das Schiff herum."

Aufregung ergreift die Männer. Es dauert endlose Minuten, um diesen Kampf mit dem gut 90 cm großen Fisch zu gewinnen. Mit vereinten Kräften ziehen sie das torpedoförmige Tier schließlich mit Hilfen von zwei Keschern an Bord. Sofort wirft Martin die Angel wieder ins Wasser. Noch auf der Badeplattform wird der Thunfisch ausgenommen und zum Ausbluten an der Schwanzflosse ins Wasser gehängt. Es dauert nur wenige Minuten, da hören wir erneut das Surren der Angelsehne. Der nächste Thuna konnte dem Wobbler, der aussieht wie ein Tintenfisch, nicht widerstehen. Auch er wehrt sich kraftvoll und verbissen. Ich beobachte das Geschehen von dem Deck oberhalb der Badeplattform, und auch mich durchflutet Adrenalin, was für ein Spektakel.

In einiger Entfernung sehe ich, beinahe wie in Zeitlupe, einen riesigen Schwertfisch aus dem Wasser springen. Er katapultiert seinen schimmernden, schuppenlosen Körper mit dem langen Schwert und den spitzen, gezackten Flossen durch die Luft. Sein Rumpf glitzert wie pures Silber in der Sonne, bevor er sich mit einer eleganten Drehung auf die Wasseroberfläche klatschen lässt. Das Wasser explodiert geradezu um ihn herum. Diese Großfische sind hier, um zu jagen. Aber auch die Männer sind im Jagdrausch. Sie ziehen einen Thunfisch nach dem anderen aus dem Wasser. Einigen gelingt es, die Angelsehne durchzubeißen und in die Freiheit zu entkommen.

Ein Hai hat sich zu uns gesellt und zieht seine Kreise um unser Heck. Angelockt durch die ausblutenden Thunas erhofft er sich leichte Beute. Nach dem sechsten oder siebenten Fisch winkt Jonathan ab, es gibt keinen Platz mehr in der Gefriertruhe. Wir haben genug gebunkert, um den ganzen Sommer davon profitieren zu können.

Auf der Badeplattform sieht es inzwischen aus wie auf einem Schlachtfeld. Aber die Fischreste, Blut und Eingeweide werden kurzerhand mit dem Wasserschlauch von Bord gespült, da bekommt unser Hai doch noch seinen ersehnten Snack.

Zum Dinner bereitet uns Jonathan unseren ersten selbst gefangenen Thunfisch zu. Er hat ihn nur kurz angebraten und leicht in Sesam gewendet. Das feste, rote Fleisch ist in der Mitte noch beinahe roh. Es zergeht zart auf unserer Zunge und wir essen andächtig und voller Stolz.

Wir haben uns für die Hundewache einteilen lassen. Das ist die unbeliebteste Zeit von Mitternacht bis 4:00 früh. Viel gibt es nicht zu tun. Der Kurs ist eingegeben und das Schiff fährt mit Autopilot. Wir beobachten die Schiffe um uns herum auf dem Radar. Es sind große Containerschiffe, die auf den Handelsrouten unterwegs sind, oder Fischerboote. Ansonsten ist nachts nicht viel los.

Die Stimmung ist friedlich, die meisten Lichter auf dem Schiff haben wir gelöscht. Unsere Augen haben sich längst an die Dunkelheit gewöhnt und mit der Armaturenbeleuchtung und dem Schein des Mondes sehen wir genug. Heute ist Vollmond und die Nacht ist sternenklar und wolkenlos. Es ist immer noch angenehm warm und wir haben die Seitentür geöffnet, um die klare, frische Nachtluft hereinzulassen.

Zwischendurch husche ich immer mal wieder in die Küche hinunter, um uns einen frischen Tee, Kaffee oder ein paar Kekse zum Knabbern zu holen.

Durch die Seitentür lauschen wir unserem geliebten Geräusch der Bugwelle und dem Plätschern des am Rumpf entlanggleitenden Wassers. In der Ferne beobachten wir Wetterleuchten, und sogar das Wasser um uns herum leuchtet. Eine Ansammlung von Mikroorganismen sendet durch den Berührungsreiz Lichtsignale aus. Es scheint hellblau, türkis und grün zu lumineszieren.

Auf der Brücke leuchten und blinken kleine Kontrolllämpchen und der Radarschirm zeigt Kreise, auf denen hin und wieder Schiffe auftauchen, die weit entfernt von unserem Radius ihren Häfen entgegenfahren.

Martin hat sich in eine Seekarte vertieft und während ich an meinem Tee nippe, bemerke ich noch ein anderes Geräusch. Unsere gleichmäßig brechende Bugwelle hat sich verändert. Nun ist ein immer wiederkehrendes Platschen hinzugekommen.

Vorsichtig steige ich die dunklen Stufen hinunter und trete durch die geöffnete Seitentür ins Freie. Mein Blick schweift über das Meer. Das Mondlicht spiegelt sich wie eine beleuchtete Straße auf dem Wasser, als würde er uns den Weg weisen.

Ich beuge meinen Oberkörper über die Reling – ein großer Tümmler springt vorne neben unserer Bugwelle. Das Wasser, durch das wir fahren, und die hoch schäumende Gischt leuchten hell durch die Mikroorganismen.

Der Delfin wird geradezu angestrahlt. Sein Körper ist gut dreieinhalb Meter lang, grau, mit einem hellen Bauch. Weit lehne ich mich über die Reling und strecke meine Hand nach ihm aus. Ich bin viel zu hoch, als dass ich ihn hätte berühren können, und es dauert eine Weile, bis er mich bemerkt. Aber dann lässt er sich zurückfallen, bis er auf gleicher Höhe mit mir ist. Bei jedem Sprung, den er macht, sehe ich in sein Auge. Er hält seinen Kopf leicht schief und blickt mich direkt an. Er springt inzwischen etwas höher aus dem Wasser und ich habe das Gefühl, er versucht meiner Hand näherzukommen. Wie bei einem Fabelwesen perlen die leuchtenden Wassertropfen von ihm ab, und wenn er ins Wasser eintaucht, hinterlässt er eine runde Leuchtspur, die sich in Wellen ausbreitet. Unter Wasser beschleunigt er kurz mit ein paar kräftigen Bewegungen seines Körpers, um dann wieder nach oben zu schnellen in eine perfekte Flugkurve.

Nur ganz kurz wende ich mich ab, um Martin zu rufen und zu mir zu winken. Aber damit ist der magische Moment unterbrochen. Der Delfin zieht wieder nach vorne, um noch eine Weile mit der Bugwelle zu springen. Er wechselt von links nach rechts, und wir erhaschen nur noch ab und zu einen Blick auf ihn.

Kurz vor 4.00 Uhr kommt Jonathan auf die Brücke, um uns abzulösen. Wir machen unseren Eintrag ins Logbuch und verabschieden uns.

„Bist du sehr müde?", fragt Martin.

„Eher aufgekratzt", antworte ich ihm.

„Na, dann komm mal mit, mein Schatz."

Anstatt ins Bett zu gehen, schnappen wir uns unsere Bettdecken und ein paar große Badetücher. Wir bauen uns ein Lager ganz oben auf der Flybridge, wo über uns nur noch der Sternenhimmel ist.

Ich liege in Martins Arm und wir schauen gemeinsam in den nächtlichen Himmel. So unendlich viele Sterne.

„Da, schau, dort, wo ein breiter Streifen von besonders vielen Sternen ist, das ist die Milchstraße."

Ich folge mit den Augen seinem ausgestreckten Arm.

„Dort ist der große Wagen und da hinten ist das Sternbild von dem großen Bären."

Sternschnuppen fliegen durch den Nachthimmel. Heißt es nicht, wenn man eine Sternschnuppe sieht, geht ein Wunsch in Erfüllung? Und wenn ich viele Sternschnuppen sehe, dann könnte es doch vielleicht auch ein größerer Wunsch sein, oder?

Ich wünsche mir so sehr, dass er mich endlich fragt …! Mehr Romantik als das, was wir in dieser Nacht erlebt haben, kann ich mir kaum vorstellen. Mein Herz schäumt geradezu über. Ich bin total verliebt in diesen Mann. Er bringt mich zum Lachen, wir passen in vielerlei Hinsicht gut zusammen und ergänzen uns. Ich beobachte weiter meine Sternschnuppen und möchte noch nicht einschlafen. Meine Augenlider werden immer schwerer und mein letzter Gedanke, bevor ich die Schwelle ins Traumland überschreite, gilt nur einem einzigen Wort: Ich würde JA sagen.

12. Kapitel

Ich bewundere Martin für seine Gabe, mit Problemen umzugehen. Er jongliert geradezu mit ihnen. Egal, wie viele es auf einmal sind, weder mangelt es ihm an Lösungsvorschlägen noch verliert er jemals den Überblick. Stark und selbstbewusst tritt er ihnen entgegen, immer den Blick nach vorne gerichtet, niemals zurück. Misserfolge hakt er einfach ab. Er hält sich nicht lange damit auf, irgendetwas oder irgendwem hinterherzutrauern. Seine Energie scheint schier unerschöpflich.

Wie sehr ich doch diese kräftige Schulter liebe, an die ich mich lehnen darf! Viele Jahre bin ich als Einzelkämpferin unterwegs gewesen und ich tue mich immer noch schwer, Entscheidungen zu fällen. Die Suche nach Lösungen für meine *Baustellen* bringen mich schnell um den Schlaf und führen mich manchmal an den Rand der Verzweiflung. Was für eine Erleichterung, Schutz unter dem Flügel dieses starken Mannes zu finden. Endlich darf ich mich auch einmal klein fühlen und in eine weibliche Rolle schlüpfen.

Meine Arbeit als Berufsreiterin ist häufig ziemlich herb und es wird erwartet, auch als Frau seinen „Mann" zu stehen. Die Arbeit ist körperlich anstrengend und auch meine häuslichen Probleme zehren an den Kräften. In den vergangenen Jahren habe ich nur selten die Gelegenheit gefunden, meine derben Stallboots und Reithosen gegen ein hübsches Kleid und hohe Schuhe zu tauschen.

Ich habe Vertrauen zu Martin und genieße es, ihm die Führung zu überlassen und einfach mal nur hinterherzugehen. Martin hat von mir Kontovollmacht bekommen und erledigt die Überweisungen für mich, online.

Ebenso wie seine Stärke liebe ich seine Art, mich zum Lachen zu bringen. Smilla hat letzte Woche mit den Augen gerollt und schnippisch gemeint: „Na, mal sehen, ob du in zwei Jahren immer noch über seine Witze lachen kannst."

Wir berühren uns pausenlos. Hand in Hand gehen wir spazieren. Sitzen wir im Kino oder im Theater, liegt immer eine Hand auf dem Oberschenkel des anderen. Sind wir eingeladen, suchen wir uns Plätze nebeneinander. Wir mischen uns nie getrennt unter die Leute, wir bleiben dicht zusammen. Abends im Bett liegend, schlafe ich in seinem Arm ein, mit einer Hand auf seiner nackten Brust, während er noch eine Weile Fernsehen schaut. „Deine Haare kitzeln in meinem Gesicht", sagt er, „aber ich vermisse es, wenn sie es nicht mehr tun, weil du dich umgedreht hast."

Immer wieder zieht er mich auf seinen Schoß. Dann komme ich mir vor wie ein junges Mädchen, wir flüstern und tuscheln über andere und lachen über unsere Heimlichkeiten.

Er erwartet meine ungeteilte Aufmerksamkeit, gibt sie mir aber ebenso zurück. Solange wir uns in diesem Vakuum befinden, verstehen und ergänzen wir uns nahezu perfekt.

Aber wir befinden uns nicht immer in unserer geschlossenen Blase. So sehr ich mich auch bemühe, es gelingt mir nicht, unvorhergesehene Konflikte gänzlich zu vermeiden. Ich bin mir nicht unbedingt bewusst, was der eigentliche Auslöser ist oder worin mein Fehlverhalten liegt.

Ein häufig wiederkehrender Anlass sind seine Eifersucht oder nicht genügend Aufmerksamkeit. Beispielsweise wenn ich mich, für seinen Geschmack zu lange oder zu intensiv, mit anderen Menschen beschäftige. Unterhalte ich mich mit einem anderen Mann, unterstellt er mir eine Flirt-absicht. Beschäftige ich mich zu ausgedehnt mit meiner Familie, fühlt er sich von mir vernachlässigt.

Martin trumpft gerne mit Anekdoten auf, für die er mit Applaus und anerkennendem Gelächter belohnt wird. Er mag es überhaupt nicht, wenn ich unsere Freunde mit einer Geschichte unterhalte, die er gerne beigesteuert hätte. Es soll schließlich seine Show sein.

Sicherlich sollten wir mehr über unsere inneren Verletz-lichkeiten und Gefühle reden. Ich habe es aber nie gelernt, über Beziehungsprobleme zu sprechen. Ein Fehler, den ich inzwischen erkenne und der bereits in meiner früheren Partnerschaft zum Beziehungsaus führte. Bei Männern kommt erschwerend hinzu, es allgemein als unmännlich zu empfinden, ihre Befindlichkeiten und Komplexe, die in der Kindheit entstanden sind, aufzuarbeiten und zu formulie-ren. Wahrscheinlich sind sie sich dessen nicht einmal be-wusst.

So brauche ich einige Zeit, um zu erkennen, wie dünn-häutig Martin ist, wenn es um ihn selbst geht. Dieser Mann, der nach außen so ungeheuer selbstbewusst und dominant auftritt. Anderer Meinung oder Auffassung zu sein, interpretiert er geradezu als Ablehnung seiner selbst. Seine Reaktion darauf ist entweder enorm aggressiv oder er zieht sich zutiefst gedemütigt zurück. Meistens ist dieses Verhaltensmuster aber auch eine Mischung aus beidem.

Täglich notiert Martin weiterhin im Badezimmer mein Gewicht auf einem kleinen Notizblock. Ich gebe mir Mühe und verzichte auf vieles. So esse ich Abends kein Brot, kein Dessert und auch sonst vermeide ich Kohlenhydrate und Süßigkeiten. Im Restaurant bestelle ich mir meistens nur eine Vorspeise anstelle eines Hauptgerichtes. Sogar auf dem Schiff knabbere ich zum Frühstück mein Knäckebrot, während alle anderen Baguette und Toast serviert bekommen. Sind wir zu Hause, jogge ich fünfmal pro Woche und gehe zusätzlich ins Fitnessstudio. Trotzdem kann ich sein vorgegebenes Wunschgewicht von vierundsechzig kg selten halten. Er nimmt das sehr persönlich und fühlt sich von mir beleidigt, wirft mir sogar Charakterschwäche vor, denn ich habe offensichtlich gesündigt und bin nicht willens, ihm diesen Wunsch zu erfüllen. Aber genau darin liegt mein Teufelskreis. Es gibt Schwachstellen in meiner Selbstdisziplin. Wenn ich glücklich bin, kann ich von Luft und Liebe leben. Bin ich jedoch unglücklich, suche ich noch immer Trost und nasche heimlich. Da Martin Süßigkeiten liebt, gibt es einen Schrank voller Naschereien, den ich regelmäßig auffülle. Ich weiß also, wo ich mein Trostpflaster finden kann.

An den Wochenenden zieht es uns häufig in die Innenstadt, um zu bummeln und shoppen zu gehen. Er freut sich über meine Modeberatung und so tauschen wir Stück für Stück seine Garderobe aus. Die Anzügen in seinem Schrank sind altmodisch: weite, beutelige Hosen und viel zu lange Jackets, mit gepolsterten Schultern und zweireihigen Goldknöpfen.

In den neuen, schmal geschnittenen, einreihigen Anzügen von Hugo Boss sieht er einfach klasse aus. Dazu Hemden in hellblau und weiß mit Button-Down- oder Haifischkragen. Um den Look perfekt zu machen, schenke ich ihm eine Krawatte und ein Einstecktuch von Hermès.

Martin übt immer wieder Kritik an meiner Kleidung. Alles, was ich mir selber kaufe, lehnt er konsequent ab. „Eli, in der Hose hast du keine gute Figur." Oder: „In dem Kleid siehst du aus, als wärst du schwanger." Manchmal kommt der vernichtende Kommentar direkt im Anschluss an ein Kompliment: „Wie schafft ihr Frauen das nur, euch immer so hübsch zurechtzumachen? Allerdings der Rock, Eli, der geht gar nicht. Wir werden zusammen shoppen gehen. Du brauchst dringend neue Klamotten."

Er will mir seinen Stempel aufdrücken und mich formen. Natürlich möchte ich ihm gefallen. Trotzdem gehe ich nicht gerne mit Martin für mich einkaufen. Es bereitet mir enormes Unbehagen, aus der Umkleidekabine zu treten und von ihm kritisch gemustert zu werden. Eine Situation, die ich kaum ertragen kann.

Wir haben nicht immer denselben Modegeschmack und es ist ein schmaler Grat, Martin nicht zu verstimmen. Er liebt Farben, große Muster und verspielte Schnitte, ich bevorzuge einfarbige klare Linien. Bei kurz und figurbetont sind wir uns einig, aber mit Gold- und Chanel-Look kann ich mich nicht anfreunden und bleibe hartnäckig. „Ich möchte mich nicht verkleiden", verteidige ich meine Haltung. „Das bin ich einfach nicht."

Ich bin mir der Gratwanderung bewusst, will ich uns doch nicht das Wochenende verderben, indem ich ein Kleidungsstück zurückweise. Martin reagiert sofort tief gekränkt: „Du könntest mir schon die Freude machen, so zu tun, als würde es dir gefallen. Wenn ich dich nun mal darin sehen möchte, könntest du es mir zuliebe tragen."

Es gelingt mir nicht, ihm zu erklären, dass meine Selbstsicherheit eng damit verbunden ist, wie wohl ich mich in meiner Haut fühle oder in einem Kleidungsstück. Wenn ich ein Outfit tragen muss, das ich an mir nicht mag, fühle ich mich verwundbar und verletzlich.

Was ist es für eine Erleichterung, wenn ich mir selber etwas auswählen darf und er zustimmend nickt.

An einem Samstag Vormittag nehmen wir Smilla mit auf unsere Tour. Nächste Woche findet ihr Abtanzball statt und nun sind wir auf der Suche nach einem schönen Abendkleid für diesen Anlass. Wir steuern zwei Geschäfte an und fangen an, die Kleider durch zu stöbern. Die Abendkleider hängen, nach Farben sortiert, an den Ständern und wirken ganz zauberhaft. Als wenn eine Schatztruhe aus 1000 und einer Nacht geöffnet wird, glitzern und schimmern die Stoffe aus Wildseide, Taft und Satin wie Juwelen in den Spotlights der Ausstellungsfläche. Einige Modelle sind an Schaufensterpuppen drapiert, mit Modeschmuck aus farbigen Edelsteinen und hauchzarten Chiffontüchern dekoriert, dazu grazile, mit Strass besetzte Sandaletten. Hier werden Mädchenträume erfüllt: „Spieglein, Spieglein an der Wand, wer ist die Schönste im ganzen Land?"

Sie entschließt sich anders und wählt ein schlichtes Kleid in Weinrot mit Spaghettiträgern. Es ist beinahe identisch zu ihrem Konfirmationskleid vom vergangenen Jahr. Vorne ging es ihr fast bis zum Knie, hinten war es etwas länger geschnitten. Dazu einen Schal im selben Farbton, schwarze Wildlederpumps und eine kleine schwarze Handtasche mit einer Kordel zum Umhängen.

Zu Fuß bummeln wir weiter durch die Einkaufsstraße. „Jetzt brauchen wir nur noch einen passenden BH für dein Kleid", sagt Martin plötzlich. Er zieht Smilla die Stufen zu Hunkemöller hinauf und öffnet die Ladentür. Dessous und

Push-up-BHs in Hülle und Fülle. Spitze, Seide, Polsterein-lagen, kleinste Strings und Tangas, überwiegend in schwarz und bordeaux, hängen fein säuberlich aufgereiht nebeneinander. Die beiden Verkäuferinnen wirken etwas spröde, beinahe arrogant. Sie sind ziemlich sexy zurecht-gemacht. Kurze Röcke, Bluse mit tiefem Dekolleté und sehr viel Schminke in ihren jungen Gesichtern. Auf ihren High Heels stöckeln sie durch den Shop und ordnen hier und da ein paar Spitzenhöschen, wo es eigentlich nichts zu ordnen gibt.

„Du willst deiner Tochter jetzt nicht wirklich einen Push-up-BH für ihr Abendkleid kaufen", frage ich ihn etwas ungläubig.

„Ich, und nur ich, kaufe, ohne Ausnahme die BHs für Smilla", antwortet er mir kühl. „Und du gehst jetzt besser raus aus dem Laden und wartest draußen auf uns." Er greift meinen Oberarm sehr viel fester als nötig und schiebt mich zur Tür. Ehe ich noch etwas erwidern kann, stehe ich vor dem Laden auf der Straße. Ich blicke zurück und sehe ihn mit Smilla gemeinsam in der Umkleidekabine verschwin-den. Er zieht den Vorhang hinter sich zu …

Ich kann kaum glauben, was da eben geschehen ist. Ich versuche mir vorzustellen, wie es wäre, mit meinem Vater in einer engen Umkleidekabine zu stehen, vor ihm meinen Oberkörper und meine Brüste zu entblößen und einen Büs-tenhalter anzuprobieren. Er richtet mir die Träger, um zu sehen, wie der BH meine Brüste anhebt und zusammen-drückt, damit sie prall und erotisch zur Geltung kommen.

Mir wird ganz übel bei dem Gedanken, nur noch fort von hier! Verzweifelt stelle ich fest, dass ich weder Haustür-schlüssel noch Portemonnaie bei mir trage. Hektisch schaue ich mich um, wo bin ich hier, wie komme ich nach Hause?

Welches Zuhause, schießt es mir durch den Kopf. Mein Auto steht bei Martin, aber ich habe ja keinen Schlüssel. Suchend drehe ich mich um die eigene Achse, wo bin ich hier genau und wo befindet sich die nächste S- Bahn? Ich fahre nie mit dem Bus oder mit der Bahn und habe Mühe, einen klaren Gedanken und einen Entschluss zu fassen. Verdammt, warum habe ich nie eine Handtasche dabei?

Ich schlucke ein paarmal, um den brennenden Kloß, der meinen Hals verstopft, wegzubekommen, aber mein Mund ist zu trocken. Meine Augen werden gleich überlaufen und ich blinzle mit den Lidern und halte meine Nase in den Wind. Jetzt nicht auch noch heulen. Rausgeworfen und vor die Tür gestellt wie ein dummes, aufmüpfiges Kind in seine Schranken verwiesen. Wo ist die eigenständige Frau geblieben, emanzipiert und selbstbewusst, die ich früher gewesen bin? Ich hasse mich gerade und verachte mich für meine neu erlernte Abhängigkeit.

Ich stehe immer noch unschlüssig auf dem Gehsteig, als die beiden wenig später aus dem Geschäft treten. Ich weiß gar nicht, wo ich hinsehen soll, in die Augen schauen kann ich ihnen nicht.

Beide tun so, als wenn nicht das Geringste geschehen wäre. Martin plaudert betont munter daher, versucht lustig zu sein und bugsiert uns die Straße entlang. Ein paar Geschäfte weiter bleibt er vor einer Boutique stehen, wirft einen Blick ins Schaufenster und betritt, mit uns im Schlepptau, den Laden. „Die sind genau das Richtige für euch", sagt er, und zieht zwei teure Lederjacken vom Kleiderständer. „Hier", sagt er, „darin seht ihr bestimmt toll aus."

Ich will nicht, aber er sieht mich eindringlich an und sagt leise: „Eli, belästige uns jetzt nicht mit deinen Launen."

Langsam und widerstrebend ziehe ich die Lederjacke an. Schweigegeld, denke ich unglücklich. Meine Augen wandern zu Smilla, wie sie sich in ihrer Jacke vor dem Spiegel dreht und wendet. Unsere Blicke treffen sich im Spiegel. Sie wendet sich mir zu. „Die Jacke sieht perfekt aus an dir", sagt sie mit weicher Stimme und lächelt mich das erste Mal an diesem Tag an. „Du solltest sie unbedingt nehmen."

In diesem Moment kommt sie mir viel älter vor als vierzehn Jahre. Der Kloß in meinem Hals ist wieder da und brennt wie eine heiße Kartoffel in meiner Kehle.

Smilla begleitet mich mit zu meiner Friseurin, wir probieren einen neuen Haarschnitt mit Strähnchen aus – sie sieht süß aus damit. Gemeinsam lackieren wir uns die Fußnägel und sie lädt ihre Freundinnen zum Schwimmen und zu DVD-Abenden ein. Gemeinsam bereiten wir den Teig vor und jedes Mädchen darf sich ihre eigene Pizza belegen. Dann essen wir alle miteinander vor dem Fernseher. Zu ihrem Geburtstag überrasche ich Smilla mit einem neu eingerichteten Zimmer, backe ihr einen Geburtstagskuchen und organisiere ihre Pyjamaparty. Es gibt Momente, in denen wir beinahe Freundinnen sein könnten, wenn nicht die Eifersucht um ihren Vater zwischen uns stehen würde.

Das alte Turnierpferd „Duprex" steht noch immer in dem Reitstall von Martins Ex-Freundin. Smillas Anwesenheit dort wird zunehmend unangenehmer. Sie spürt deutlich, dass sie nicht länger erwünscht ist. Zu Zeiten, als Martin noch der Sponsor war, der den Stall und die Pferde großzügig finanziell stützte, war Smilla so etwas wie die Tochter vom Chef. In der jetzigen Situation ist Martin der Böse, der die Chefin verlassen hat und keine Geldmittel mehr springen lässt, und zur Persona non grata abgestempelt worden. Dasselbe gilt, wenn auch nicht laut ausgesprochen, genauso für seine Tochter.

Ich verspreche ihr, mich um einen Stallwechsel zu bemühen. Der Reitstall, den ich ins Auge gefasst habe, ist für sie mit dem Fahrrad zu erreichen und bietet gute Möglichkeiten auf eine reiterliche Weiterentwicklung und um neue Freundinnen zu finden. Zuerst muss ich aber Martin für diesen Plan gewinnen.

An einem Samstag gegen Mittag komme ich früher als erwartet nach Hause. Ich habe meine Einkäufe für das Wochenende erledigt und musste einmal kurz in den Stall. So schnell es geht wollte ich wieder zurück sein, um Martin nicht noch mehr zu verärgern. „Was willst du am Wochenende in deinem Bauernstall? Wir haben verabredet, dass du am Wochenende nicht zum Reiten fährst. Ich werde meine Zeit doch nicht verplempern, indem ich hier rumsitze und auf dich warte, Eli!"

„Bitte, Martin, es geht auch ganz schnell", versuchte ich ihn zu besänftigen. „Es ist eine Ausnahme, ich habe es dem Besitzer versprochen."

Mit der Fernbedienung öffne ich das Garagentor und stelle meinen Wagen ab, schnappe meinen Einkaufskorb und eile durch die Garage ins Haus. „Hallo, ich bin wieder da," rufe ich durchs Haus. Alles still, niemand ist da. Merkwürdig, denke ich. Martin und Smilla sollten eigentlich zu Hause sein, vielleicht sind sie im Garten oder bei den Hühnern.

Schnell verstaue ich meine Einkäufe für unser Abendessen im Kühlschrank und laufe die Treppe hinunter, um mich umzuziehen. Die Tür zu unserem Schlafzimmertrakt ist geschlossen, was ungewöhnlich ist, denn wir öffnen sie morgens, wenn wir fertig geduscht haben und angezogen sind. Die eiserne Regel im diesem Haus lautet: Eine Tür, die geschlossen ist, darf nicht geöffnet werden! Schlüssel gibt es nicht, mit Ausnahme der Gästetoilette. Eine angelehnte Tür darf geöffnet werden, eine geschlossene Tür nicht. So wissen alle, auch die Hausangestellten, wann man eintreten darf. Ist unsere Tür geschlossen, bedeutet dies im Klartext: Wir duschen, schlafen, sind nicht angezogen oder möchten nicht gestört werden!

Meine Hand schwebt zögerlich über dem Türgriff. Nein, rede ich mir zu, das gilt nicht für mich. Dies ist unser Trakt. Hier wohne ich, möchte an meinen Kleiderschrank und mein Bad benutzen. Entschlossen drücke ich die Türklinke hinunter und trete ein. Das erste, kleinere Zimmer ist mein Ankleidezimmer. Die nächste Tür führt in unser Badezimmer, danach kommt das Schlafzimmer und davon wiederum geht das Herren Ankleidezimmer ab.

Sofort höre ich das Geräusch der Dusche. Wir haben doch vor wenigen Stunden erst geduscht, denke ich mir, was ist denn nun passiert? Ich gehe den Flur entlang und stehe vor der geschlossenen Badezimmertür. Stimmen dringen durch das Geräusch des rauschenden Wassers. Es ist eindeutig Martin, den ich höre, und er redet ohne Unterlass. Mit wem spricht er denn und wer ist da bei ihm? Wie versteinert stehe ich vor dieser geschlossenen Tür, die mir den Zutritt zu unserem Bad verwehrt, und ganz langsam fängt mein Verstand an zu begreifen, was ich höre und was dort drinnen gerade geschieht.

Ich möchte es nicht hören, ich möchte es nicht wissen, ich möchte den Gedanken nicht weiterdenken, ich möchte gar nicht hier sein.

Alles in mir wehrt sich gegen die Erkenntnis, die mit voller Wucht gegen mich prallt. Mein Gesicht wird ganz heiß und glüht, als hätte mich jemand geohrfeigt.

Smillas Kichern dringt an mein Ohr, Gemurmel, plätscherndes Wasser und immer wieder seine Stimme.

Unfähig, mich zu bewegen, stehe ich einfach nur da und starre gegen die Tür. Die Minuten vergehen und irgendwann hört das Rauschen des Wassers auf. Ich höre, wie die Flügeltüren der Dusche aufgestoßen werden und sie noch in der Dusche anfangen, sich abzutrocknen, weil es in der dampfenden Kabine noch so schön warm ist. Den Ablauf kenne ich und habe ihn genau vor meinen Augen, ebenso wie unser Waschritual. Vor nicht einmal vier Stunden stand ich dort mit Martin unter der Dusche.

So stehe ich noch immer bewegungslos vor der Tür, als diese plötzlich aufgestoßen wird. Ein Schwall Wasserdampf kommt mir wie eine diffuse Wolke entgegen, feucht und warm legt er sich auf mein Gesicht, um sich hinter mir im Flur aufzulösen.

Die überraschten Augen von Martin starren mich direkt an. Er hat sich ein Handtuch um die Hüfte geschlungen und Wassertropfen hängen noch in seinen Brusthaaren. Keinen Laut bringe ich über meine Lippen und studiere ihn nur fassungslos, mit weit geöffneten Augen.

Er ist so erschrocken, dass er einige Wimpernschläge braucht, um sich zu fassen.

„Eli, du bist schon da?", fragt Martin mit einer Stimme, in der Unsicherheit mitschwingt. Hinter ihm im Bad sehe ich Smilla, die einen Bademantel überzieht und sich an uns vorbei schiebt. Im Vorbeigehen wirft sie mir einen Blick zu, der mich irritiert. Hoffentlich täuscht mich der Eindruck, den ich gerade bekomme.

Wir stehen uns immer noch gegenüber wie zwei Gegner, und ich habe noch kein einziges Wort gesagt. Mein Schweigen setzt bei ihm einen Rechtfertigungsmechanismus in Gang. „Ich habe ihr nur gezeigt, wie eine Frau sich waschen muss und wie ein Mann sich wäscht. Und auch, dass ich sie nur noch dieses eine Mal waschen darf, weil sie nun allmählich zu groß dafür wird." Dabei macht er mit seinen Händen kreisende Bewegungen, um zu simulieren, wie er ihre Brüste einseift. „Aber ich habe ihr deutlich gesagt, damit muss nun Schluss sein."

Stumm und ungläubig starre ich Martin an. Langsam bekommt er die Situation wieder unter Kontrolle und der Tonfall ändert sich. Verärgert schiebt er mich beiseite und sagt abfällig: „Mein Gott, wie spießig und verklemmt du doch bist. Da ist doch nun wirklich nichts dabei, wir sind doch schließlich eine Familie." Er schiebt mich beiseite und marschiert an mir vorbei in sein Ankleidezimmer, um sich anzuziehen.

Wie in Trance stehe ich noch immer vor dem Badezimmer. Vor meinem inneren Auge blitzen Bilder auf, als wenn ein Diaprojektor unter lautem Rattern einzelne Bilder ausspuckt und an die Wand wirft. Nach einem Moment der

Dunkelheit kommt ein neues Bild, das grell an die Wand geworfen wird.

Heißes, dampfendes Wasser. Dampf, der sich wie dichter Nebel in der Duschkabine anstaut. Zwei Körper, dicht an dicht, die sich nacheinander einseifen. Das schmatzende Geräusch der glitschigen Seife zwischen den Beinen und eingeschäumte Brüste. Keinen Zentimeter, der nicht von seinen Fingern erforscht und gesäubert wird. Hände auf Pobacken. Sein Penis, der unter dem heißen Wasser anschwillt und gewaschen werden will.

Das letzte Bild auf dem Projektor ist ihr Blick – ich meine, Triumph darin gesehen zu haben.

Oh mein Gott, denke ich verzweifelt, wie bekomme ich diese Bilder wieder aus meinem Kopf?

Das, was ich glaube, ist zu ungeheuerlich, um wahr zu sein. So etwas darf es in meinem Heile-Welt-Bild nicht geben. Es ist viel einfacher mir einzureden, Martin hat recht mit dem was er sagt. Vielleicht übertreibe ich tatsächlich. Bin ich diejenige, die zu spießig und verklemmt reagiert? Bilde ich mir das alles nur ein? Ich weiß gar nicht mehr, was ich glauben soll. Zurück bleibt ein ganz und gar ungutes Gefühl.

Wir sprechen nicht weiter über dieses Geschehen und unser Alltag läuft weiter, als wenn nichts gewesen wäre.

13. Kapitel

Die ups and downs in unserer Partnerschaft lösen in mir ein Wechselbad der Gefühle aus und lasten schwer auf meiner Seele. Martin hat sich regelrecht in meinem Kopf eingenistet und ich fühle mich unsicher in unserer Hire-and-Fire-Beziehung. *Wie kann es angehen, dass ich in einem Moment mit großen Gefühlen überschüttet werde, aber bei der kleinsten Spannung zwischen uns aus seinem Leben gefeuert werde?*

Es steckt eine Strategie hinter Martins Verhalten, aber mein Verstand weigert sich, diese klar einzuordnen. Dabei ist es im Prinzip ganz einfach: Er ist mein Märchenprinz, mein Rosenkavalier, verwöhnt mich mit seiner Liebe und schenkt mir seine gesamte Aufmerksamkeit. Umgarnt mich mit Komplimenten, Geschenken und Reisen. Dann folgt aus heiterem Himmel ein Konflikt, den er selber inszeniert, indem er den eigentlichen Verlauf der Geschehnisse umdreht oder Sachen behauptet, die so nicht stimmen. Egal, wie sehr ich versuche, mich zu rechtfertigen, er dreht mir das Wort im Munde um und formt es zu seinen Gunsten. Blitzschnell verknüpft er Dinge miteinander, reißt sie aus ihrem ursprünglichen Kontext und lässt mich unglaubwürdig dastehen, bis mein Wort keinerlei Bedeutung mehr hat und ich verstumme.

Danach kommt die Phase des totalen Rückzuges. Er schläft in einem der Kinderzimmer und zeigt mir mit kalter Schulter seine Ablehnung. Haben wir in dieser Zeit eine Verabredung mit Freunden, muss ich alleine gehen. Ist eine Reise geplant, stellt er mir die Frage: „Wie wollen wir unseren Gästen erklären, dass du nicht mehr dabei bist?"

Das alles geschieht mit einer tiefen, traurigen Ausstrahlung, die mir suggeriert: Du alleine trägst die Schuld an unseren Konflikten. Irritierenderweise ist sein Schmerz nicht vorgetäuscht – er ist echt. Voller Selbstzweifel versuche ich herauszufinden, was eigentlich geschehen ist und was diesen Streit ausgelöst hat, der dabei ist, unsere große Liebe zu zerstören.

Aber ich finde keine Antwort!

Seine Strategie verfehlt nicht seine Wirkung. Sie bindet mich von mal zu mal mehr an ihn. Der Gedanke, Martins Liebe zu verlieren, wird für mich unerträglich und ich gerate nahezu in Panik. Ohnmächtig und missverstanden fühle ich mich nicht in der Lage, mich zu erklären. Natürlich will ich unsere Beziehung aufrechterhalten und wünsche mir sehnlichst unsere glücklichen Zeiten zurück. Früher oder später fange ich an, um seine Liebe und um Verzeihung zu bitten – er lässt mich betteln! Am Ende finden wir wie zwei Ertrinkende wieder zueinander und beteuern uns gegenseitig unsere große Liebe.

„Gib dir doch mehr Mühe, damit wir uns nicht immer so streiten", meint Martin zu mir. „Mit jedem Streit bröckelt ein kleines bisschen von unserer Liebe ab."

Und ich gebe mir soviel Mühe – wie ein Hamster in seinem Rad laufe ich bis zur Erschöpfung im Kreis und komme doch niemals an mein Ziel.

Was mache ich bloß verkehrt, dass ich diesen Mann nicht halten kann?, frage ich mich immer wieder verzweifelt.

Um Martin noch mehr meine Zuneigung zu zeigen, suche ich ihm inzwischen täglich seine Anziehsachen heraus und lege sie ihm in seinem Ankleidezimmer zurecht. Wenn wir auf Reisen gehen, packe ich seinen Koffer für ihn. Zum

Mittagessen in der Firma bereite ich ihm ein Körbchen vor, in dem eine frisch gekochte Mahlzeit ist, die er nur noch in der Mikrowelle aufwärmen muss, und ein kleines Dessert, denn er liebt Süßes. Es bereitet mir Freude, mich zu kümmern und fürsorglich zu sein, was mich aber stört, ist, dass Martin meine Gesten als selbstverständlich betrachtet und sie vorwurfsvoll und bestimmt einfordert, wenn es mal nicht so ist. „Elisabeth, wo sind meine Anziehsachen, wieso hast du mir nichts rausgelegt?" Niemand trägt in seiner Firma einen Anzug. Sich Freizeitkleidung selber herauszusuchen, ist doch für einen Mann zu schaffen. Oder: „Hast du etwa mein Mittagessen vergessen?"

„Nein, Martin, natürlich nicht, ich bringe es dir nachher in der Firma vorbei, ich bin noch nicht dazu gekommen!"

Jeden Dienstag fahre ich abends zu Martin in die Firma, um etwas zu helfen und ihm Gesellschaft zu leisten. Er arbeitet immer sehr viel länger als seine Mitarbeiter und zeigt mir, wie ich Aufträge sortieren und im Archiv ablegen kann. Es haben sich im Laufe der Zeit riesige Stapel in seinem Büro angehäuft, die ich langsam, aber stetig anhand der Auftragsnummern zusammensuche und abhefte. Nach einigen Wochen ist die Arbeit für mich schnell erledigt, da nur noch die neuen Aufträge der Woche zu bearbeiten sind. Also fange ich an, in der Firma herum zu puzzeln. Zuerst ist es nur die Mitarbeiterküche, die ich aufräume, die Becher spüle und den Müll rausbringe, aber es wird schnell mehr. Solange Martin noch in seinem Büro sitzt, kann ich mir auch eine Beschäftigung suchen. Inzwischen putze ich jeden Dienstagabend die Firma. Mülleimer ausleeren, Schreibtische wischen, Staub wischen, Waschbecken, Toiletten und das Pissoir schrubben, Küche komplett putzen,

Staubsaugen und nass wischen, Handtücher, Schwämme und Geschirrtücher wechseln und zum Waschen mit nach Hause nehmen.

Gegen 20:00 Uhr machen wir gemeinsam Feierabend und gehen zu unserem kleinen Lieblingsitaliener gleich um die Ecke. Es ist ein gleichbleibendes Ritual und ich hoffe insgeheim, es würde Martin beschämen, wenn seine Frau für ihn die Firma putzt und die Urinflecken seiner Mitarbeiter vom Boden wischt. Unsere Haushälterin weigert sich beharrlich, hierher zukommen. „Die Männer dort benehmen sich wie die Schweine, die Firma putze ich nicht", hat sie sich beschwert. Wenn es Martin schon nicht peinlich berührt, sieht er immerhin meinen guten Willen, und ich kann demonstrativ meine Schuld für was auch immer, abarbeiten!

Die Phasen unserer ups and downs wiederholen sich. Zwar in großen Abständen und unterschiedlich intensiv, aber sie rauben mir meine Kraft und auch meine Willensstärke. Mir kommt es vor, als würde ich als Person langsam verblassen. Mein Fokus richtet sich mehr und mehr auf Martin, und ich frage mich in jeder erdenklichen Situation: „Würde das seine Zustimmung finden, oder was würde er dazu sagen?" Immer tiefer gerate ich in diese Abhängigkeit, die ich so schwer mit Worten erklären kann, und über die ich aus Scham nicht mit meinen Freundinnen oder meiner Familie spreche. Sogar meine Gedanken schiebe ich lieber beiseite. Sie sind mir unangenehm geworden, denn ich weiß selber nicht genau, was mit mir geschieht und warum ich so devot geworden bin.

Mir kommt ein Liedertext von Heinz Rudolf Kunze in den Sinn:

Dein ist mein ganzes Herz,
du bist mein Reim auf Schmerz ...

Äußerlich symbolisieren wir das perfekte Paar. Attraktiv und selbstbewusst, der erfolgreiche Geschäftsmann mit seiner schönen Frau im Arm. Aus dem Freundeskreis bekommen wir viele Komplimente. Meine Freundinnen sagen: „Was hast du für ein Glück, genieße diese Liebe. Martin trägt dich auf Händen, das hast du auch wirklich verdient nach all den schwierigen Jahren."

Aber es ist eine tränenreiche Liebe, die von mir Regeln und Verzicht einfordert.

Martin sieht sich selber keinesfalls als dominant. Als meine Mutter einmal scherzend zu ihm sagte, „du bist ja auch ein Macho", wurde er richtig böse. „Ihr nutzt mich doch alle aus und wollt nur mein Geld", entgegnete er aufgebracht. „Tag für Tag werde ich gedemütigt und verletzt."

Meine Mutter reagierte zutiefst erschrocken über seine Reaktion und flüsterte mir hinterher kleinlaut zu: „Mein Gott, Martin ist ja so sensibel."

Ich erkannte an diesem Ausbruch seine Dünnhäutigkeit und Empfindlichkeit sich selbst gegenüber. Ja, er glaubte das tatsächlich und sah sich selbst einerseits als Lehrmeister und guter Samariter, aber auch als Opfer, von allen ausgenutzt und ausgebeutet. Auch wenn seine Wahrnehmung in meinen Augen vollkommen verzerrt war, berührte sie doch mein Herz. Oder gerade deswegen.

Unsere Kinder kommen mittlerweile immer regelmäßiger zum Essen vorbei, langsam entwickelt sich ein richtiges

Familienleben bei uns. Smilla und Fynn kommen, wann immer sie möchten und wie es gerade passt. Ben verbringt seine freien Wochenenden bei uns und ich hoffe inständig, unsere Patchworkfamilie rauft sich zusammen und wird allen Kindern gut tun.

Lilian sehe ich nicht so häufig. Gegenwärtig wohnt und arbeitet sie in der Innenstadt. Mein Bruder Phillip zahlt die Miete ihrer ersten kleinen Zweizimmerwohnung und ihre Ausbildung zur Immobilienkauffrau nähert sich bereits dem Ende.

Sie leistet uns nicht gerne Gesellschaft. Zwar freut sie sich für mich, kommt aber nicht besonders gut mit Martin klar. Sie fühlt sich von ihm angegriffen und hat durchaus recht damit. Viel zu kritisch hinterfragt er alles, was sie macht, und setzt sie einem Kreuzverhör aus, wenn sie mit uns am Tisch sitzt. Niemand hat eine Chance gegen Martin und alle Kinder fürchten sich vor diesen *Verhören*. Man sieht ihren Gesichtern die Erleichterung an, wenn er sich jemand anderes aus der Gruppe herausgepickt.

Ben und Fynn sind gleich alt und sich in einigen Dingen sehr ähnlich. Beide haben ihre Geheimnisse und bereits gelernt, sie zu hüten. In dem Versuch, sich in ihrer Welt zu behaupten, nehmen sie es mit der Ehrlichkeit nicht besonders genau und tischen uns jede Menge Lügengeschichten auf. Ben kann nicht mit Geld umgehen und hat grundsätzlich Schulden. Immer wieder leiht er sich Geld von irgendwelchen Leuten und zahlt es nicht zurück. Der Ärger ist vorprogrammiert und er hat Angst, Sonntagabend ins Internat zurückzufahren, weil er bereits erwartet wird. Er verrät mir nicht, wofür er Geld braucht und was er damit anstellt. Aber es nimmt kein Ende und er findet aus diesem Kreislauf nicht heraus.

Fynn ist dem Körperkult der Bodybuilder verfallen. Da, wo sonst die Cornflakespackungen stehen, türmen sich jetzt die Eiweiß-Shakes. Während seiner Praktikumszeit in einer *Muckibude* hat er interessiert beobachtet, nachgefragt und dazugelernt. Seine erworbenen Kenntnisse wendet er nun auch in der Schule an. Allerdings nicht im Unterricht, sondern auf dem Pausenhof. Fynn dealt mit muskelaufbauenden Präparaten und Abnehmtabletten aus Polen, die er einzeln in Alufolie oder kleinen Tütchen verkauft. Unter dem Mantel der Verschwiegenheit steckt er mir eine Diätpille zu: „Hier, Eli, probiere die mal aus. Wirkt super und ist echt völlig harmlos. Sogar meine Mutter hat sie schon bei mir bestellt."

Lange liegt die eingetütete Tablette zwischen meiner Unterwäsche im Schrank, bis ich sie eines Tages nach meinem morgendlichen Gang auf die Waage hervorkrame. Martin hat gerade mit einem vorwurfsvollen Blick mein Gewicht notiert. Obwohl ich nicht gesündigt habe, zeigt die Waage ein halbes Kilo mehr an. Entschlossen stecke ich mir die Tablette in den Mund und spüle sie mit einem Schluck Wasser hinunter.

Nach ca. einer halben Stunde bekomme ich Herzrasen und am ganzen Körper Juckreiz. Mein hyperventilierender Puls hält fast den ganzen Tag lang an und ich habe Sorge, möglicherweise zu kollabieren. Das Zeug ist wirklich gefährlich!, denke ich entsetzt.

„Fynn, dieses Zeug kannst du doch nicht verkaufen", rede ich abends leise auf ihn ein. „Hast du eine Ahnung, wie das wirkt?"

„In meiner Schule nehmen das alle, vielleicht bist du nur allergisch. Verpetze mich bloß nicht bei Papa, du hast es mir versprochen", flüstert Fynn zurück und wirft mir einen eindringlichen Blick zu.

Der Freundeskreis von Fynn und Ben ist klein und fragwürdig. Er führt beide Jungs nicht auf den Weg, den Eltern sich wünschen. Bens Schwierigkeiten sind kaum zu übersehen, zumal ich seine Probleme offen kommuniziere. Fynn hingegen ist in Martins Augen über jeden Zweifel erhaben. Sein Sohn hat einen Heiligenschein und macht alles *richtig*. So kommt es, dass Martin nicht wirklich bemerkt, was um ihn herum abläuft. Meine vorsichtigen Bemerkungen schüttelt er unwillig ab wie eine lästige Hand auf seiner Schulter. „Kann es sein, dass du eifersüchtig auf meinen Sohn bist?"

Nein, es ist anders herum, aber das wage ich ihm nicht zu sagen. Nicht unsere Kinder sollen in meinem Fokus stehen – dieser Platz ist ausschließlich für ihn reserviert. Es ist Martin sehr wichtig, dass unsere Kinder nicht bei uns ihren Lebensmittelpunkt haben. Sie sollen nur zu Besuch kommen, und verschwinden, wenn er ihrer überdrüssig ist. Er möchte meine ganze Konzentration auf sich gebündelt sehen. Die Kinder lenken mich von ihm ab.

Nach außen hin tun beide Jungs sehr kumpelhaft, aber ich merke den testosterongesteuerten Wettbewerb der beiden und die schwelende Eifersucht. Zu lange kämpfen die Geschwister bereits um die Gunst und Beachtung ihres Vaters, als diese jetzt freiwillig zu teilen.

Fynn hat die eloquente Art seines Vaters geerbt. Vollkommen ohne Scheu kann er sich anregend und intensiv in Gespräche mit Erwachsenen einbringen. Er ist von unseren

Kindern der klügste Kopf, nutzt seine Gabe aber nicht. Zu bequem zum Lernen schummelt er sich lieber durch und verliert irgendwann den Anschluss an erlerntes Schulwissen. Fynn ist genauso hochgewachsen wie Ben, es wird nicht mehr lange dauern, bis sie Martin überragen. Mit seinen braunen, lockigen Haaren, die er gerne etwas länger trägt, und den vollen Lippen ist Fynn ein hübscher Junge.

Jeden Mittwoch hole ich Emilie direkt von der Schule ab und nehme sie mit zu Martins Haus. Normalerweise wird sie mit dem Schulbus der Sonderschule gefahren, aber die Bustour lässt sich nicht umleiten. Emilie liebt diesen besonderen Mittwochnachmittag. Wir füttern gemeinsam die Hühner, misten ihren Stall aus und sammeln die frisch gelegten Eier, die sie stolz mit nach Hause zu Papa nimmt. Immer häufiger kommen auch Smilla und Fynn am Mittwoch nach der Schule zum Mittagessen vorbei. Bei schönem Wetter machen wir eine Fahrradtour und radeln in ein nahegelegenes Waldlokal, um dort auf der Terrasse zu essen. Auf dem Rückweg fahren wir durch das Wildgehege, legen unsere Räder ins Gras und beobachten eine Weile die Rehe. In dem gegenüberliegenden Gehege lebt eine Rotte Wildschweine. Sie buddeln und wühlen den ganzen Tag die Erde durch auf der Suche nach Essbarem. Sie quieken, grunzen und streiten sich um das alte Brot, das wir ihnen über den Zaun werfen. Sie verströmen einen entsetzlichen Gestank, der Emilie die Nase kraus ziehen lässt.

Manchmal hat Smilla noch Zeit, um mit Emilie im Schwimmbad herumzualbern. Emilie kann noch nicht richtig schwimmen, aber wir arbeiten hartnäckig daran. Seit zwei Jahren wiederholen wir immer wieder aufs Neue den

Seepferdchenkurs und diesmal wird sie es vielleicht schaffen.

Smilla hat eine besondere Verbindung zu meinem kleinen Mädchen. In ihrer Gegenwart ist Emilie nicht so scheu wie sonst und traut sich viel mehr zu. Wie zwei Schwestern stecken sie ihre Köpfe zusammen und kichern, wie es nur Mädchen tun. Smilla flechtet Emilie Blumen ins Haar und tanzt mit ihr durch den Garten. Unbedarfte kleine Glücksmomente, flüchtig wie der Flügelschlag eines Vögelchens und doch kostbarer als jedes Geschenk. Momente, in denen mein Herz sich weit öffnet und ich fest an das gute Gelingen unserer Patchworkfamilie glaube.

14. Kapitel

Es ist mir gelungen, für Smilla einen Reitstallwechsel zu organisieren. In Windeseile packt sie ihre Sachen zusammen, während ich mein Auto mit dem Pferdehänger rangiere, um ihr Pferd Duprex zu verladen. Wir brauchen für die Autofahrt zu dem neuen Hof weniger als fünfzehn Minuten, aber es ist so bedeutsam wie ein neuer Lebensabschnitt.

Nachdem Duprex seine neue, geräumige Außenbox bezogen hat und nun zufrieden Heu kauend aus der halb geöffneten Stalltür guckt, inspizieren wir gemeinsam die Reitanlage.

Smilla hat in der Stallgasse einen Schrank zugewiesen bekommen, indem sie ihr Reitequipment verstauen kann. Gleich daneben liegt die Sattelkammer, in der die Sättel und Trensen, säuberlich nebeneinander aufgereiht, an der Wand hängen. Neugierig schlendern wir durch die Stallungen. Pferdeköpfe schauen uns erwartungsvoll entgegen in der Hoffnung auf einen Karottensnack. Hier und da ertönt ein leises Wiehern oder Schnauben. Namenschilder aus glänzendem Messing sind an den Stalltüren angebracht. Gleich daneben hängen an einem Haken Lederhalfter und Führstrick eines jeden Pferdes. Wir studieren die Pferdenamen und streicheln im Vorübergehen ein paar samtige Nüstern: „Na, ihr Hübschen?"

Von der Tribüne aus beobachten wir eine Weile das Dressurtraining in der Reithalle. Mit dem Rücken zu uns sitzt ein Reitlehrer auf seinem erhöhten, tannengrünen Regiestuhl. An der Rückenlehne ist in gelbgoldener Schrift *Stephan Ritter* eingestickt. Durch ein Headset erteilt er einer jungen Frau auf einem pechschwarzen Pferd mit ruhiger Stimme Anweisungen. Das Paar schwebt in kadenzierten Tritten an uns vorüber. Der dicke blonde Zopf der Reiterin schwingt genau wie der glänzende Pferdeschweif im Rhythmus hin und her. Beinahe in Zeitlupe bewegen sich die beiden in tänzerischer Vollkommenheit.

Wie gebannt lauschen wir seinem Unterricht und können uns an der Schönheit dieser Vorführung nicht satt sehen.

„Wow, ist der Unterricht hier super." Smilla nickt bewundernd.

„Schön, dass es dir gefällt", antworte ich ihr augenzwinkernd. „Stephan ist nämlich dein neuer Reitlehrer. Komm mit, dann kann ich dich vorstellen!"

Etwas später kommt auch Martin mit seinem Sportwagen auf den Hof gedonnert, um sich umzuschauen. „Der Stall gefällt mir, den habt ihr gut ausgesucht. Hier hätte ich auch wieder Lust zu reiten." Er dreht sich zu Smilla: „Was hältst du davon, wenn wir uns mit dem Reiten von Duprex abwechseln? Jeden Tag hierher zu kommen schaffst du doch mit der Schule sowieso nicht."

Na klasse, denke ich mir. Für Martin schraube ich meine Reiterei weitestgehend zurück, und nun geht er zu seinem Pferd und ich gucke von der Tribüne aus zu. Fairerweise muss ich dazu natürlich sagen, dass die Springpferde, die ich reite, auf einer sehr ländlichen Anlage untergebracht sind, nicht zu vergleichen mit diesem top gepflegten Hof für Dressurpferde. Aber der Gedanke, diese Leidenschaft zu teilen und gemeinsam mit Martin zu reiten, wäre mit Abstand das Schönste, was ich mir vorstellen könnte.

In der darauffolgenden Woche flattert uns mit der Post ein Auktionskatalog ins Haus. Darin befindet sich zusätzlich eine DVD mit den Videos der angebotenen Reitpferde. Zweiundzwanzig junge, hochtalentierte Dressurpferde sollen im Rahmen einer Eliteauktion auf dem „Dorotheenhof" versteigert werden. Auf dem Titelblatt ist der Fachwerkhof der Familie Schulte-Kronberg abgebildet. In der Mitte der strahlende Chef der Anlage, Max von Schulte-Kronberg, flankiert von seinen beiden imposanten Zuchthengsten.

„Schau mal, Martin." Völlig außer Atem laufe ich mit dem Katalog in der Hand die Treppe hinauf in Martins Dachbüro. „Da war ich als Kind mal in den Sommerferien zu einem Reitlehrgang." Mein Gesicht ist noch ganz gerötet vom Treppenlaufen und der Aufregung des Wiedererkennens. „Damals war Max noch der Juniorchef und Hahn im Korb zwischen den jungen Mädchen, die alle ganz vernarrt in ihn waren. Sein Vater Bruno führte mit strenger, beinahe militärischer Hand den Hof und die Pferde. Meine ganzen Sommerferien sollte ich dort verbringen, daraus wurden aber leider nur zwei Tage. Wir Ferienkinder waren zur Stallarbeit eingeteilt worden und einer der Zuchthengste hat mich beim Hafer füttern geschlagen. Ich erinnere mich noch gut daran, wie ich meterweit durch die Luft geschleudert wurde und in der Mitte des Hofes liegen blieb. Den Blick in den Himmel gerichtet, lag ich dort im Staub. Schmerzen fühlte ich keine, konnte allerdings weder reden noch atmen. Menschen rannten hektisch um mich herum, deckten mich zu und schoben mir etwas unter den Kopf. Wie durch Watte hörte ich Stimmen, die sich untereinander etwas zuriefen. Ich fühlte mich seltsam unbeteiligt, verspürte aber weder Furcht noch Weh. Ganz friedlich beobachtete ich über mir die hoch aufgetürmten Kumulus-wolken, die langsam an meinem starren Sichtfeld vorüber-zogen. Mit einem Kreislaufschock, hervorgerufen durch innere Blutungen, und mehreren gebrochenen Rippen wur-de ich mit Blaulicht in ein Krankenhaus verfrachtet, wo ich den Rest meiner Ferien verbrachte. Meine Highlights in diesen Wochen waren eindeutig die Besuche von Max. Einmal in der Woche tauchte er an der Seite seines Vaters an meinem Krankenhausbett auf, um mir einen neuen Sta-pel Pferdebücher zu bringen. Höchstwahrscheinlich wäre ich sonst an Langeweile dort gestorben."

Martin reagiert amüsiert auf meinen übersprudelnden Be-richt: „Atme mal tief durch, Eli, du bist ja total zappelig. Guck dir in Ruhe die DVD an und sage mir, was du von den Pferden hältst. Wenn wir an dem Wochenende nichts Besseres vorhaben, fahren wir hin und gucken uns das Theater an. Auktionen sind immer spannend, außerdem kannst du mir die Spuren deiner Kindheit zeigen."

Mit einem dampfenden Becher Tee und dem Katalog ma-che ich es mir vor dem Fernseher bequem und schiebe die DVD hinein. Zu jedem Pferd schreibe ich Notizen und meine Beurteilung. Vier Pferde spule ich immer wieder zurück und sehe sie mir erneut an. Mit vorgebeugtem Oberkörper studiere ich die Abstammungen, Gebäude und Bewegungsabläufe der Tiere. Vier von den zweiundzwan-zig Dressurpferden kennzeichne ich mit einem, zwei oder drei Sternchen. Dann hüpfe ich wieder die Stufen der Wendeltreppe hoch in Martins Büro …

Seite für Seite blättert er sich durch den Katalog und ver-tieft sich in meine Notizen. Nach einer gefühlten Ewigkeit, in der ich ihn erwartungsvoll ansehe und in seinem Gesichtsausdruck zu lesen versuche, sieht er mich endlich an.

„Komm mal her." Martin reicht mir seine Hand und zieht mich lächelnd auf seinen Schoß. „In Ordnung, Elisabeth, wir fahren hin. Buche ein Hotel, damit wir einen Tag vorher dort sind, um die Pferde bei der Arbeit zu sehen und zu testen. Hier steht, am Abend vor der Auktion werden sie zum letzten Mal in der Halle dem Publikum vorgestellt. Melde uns für morgens 9:00 Uhr als Interessenten an. Im Anschluss an die Abendveranstaltung findet ein großes Fest auf dem Dorotheenhof statt. Auch dafür musst du Karten bestellen!"

Sprachlos vor Staunen gucke ich Martin an. Mein Herz klopft heftig vor lauter Glück und Erregung. Was für eine Freude, denke ich selig. Ein ganzes Wochenende, umgeben von herrlichen Pferden, auf Spurensuche meiner Kindheit, eine pompöse Feier mit Festessen und Tanz und das kribbelnde Abenteuer, eine Auktion zu erleben!

Ob Martin ernsthaft in Erwägung zieht, ein Pferd zu ersteigern, wage ich in diesem Moment nicht zu fragen. Möglicherweise hat er nur vor, durch ein gespieltes Kaufinteresse dieses Auktionswochenende für uns upzugraden. Damit ist uns der VIP-Status mit Logenplätzen und Champagner gesichert!

Wie eine Schneekönigin freue ich mich auf dieses Wochenende!

Herzlich werden wir auf dem wunderschönen Fachwerkhof der Familie Schulte-Kronberg begrüßt. Max kommt uns mit ausgestreckter Hand entgegen, „Martin, herzlich willkommen!"

Wahrscheinlich reibt er sich innerlich die Hände in Erwartung eines guten Geschäfts, denke ich bei mir. Martin hat sich in der Szene durch den Kauf von teuren Dressurpferden einen Namen gemacht.

Galant plaudernd führt er uns in die geschmückte Reithalle. Überall stehen üppige Blumenbouquets und die Wände sind mit Stoffbahnen und Bannern für die bevorstehende Auktion verziert worden.

Zwei Pferde erwarten mich bereits gesattelt. Während Max und Martin in einer Sitzgruppe Platz nehmen und Kaffee und Kekse serviert bekommen, fange ich an, die Pferde zu testen. Es sind vier Pferde, die mir nacheinander kurz vorgeritten werden, bevor ich mich in den Sattel schwinge.

Das erste ist ein großrahmiger Fuchswallach mit imposanten Bewegungen. Ein Muskelpaket auf vier Beinen. Sein Galopp ist so raumgreifend, dass ich leichte Zweifel habe, eines Tages seinen Sprung klein genug galoppieren zu können, um eine Pirouette zu reiten. Durchaus ebenso für Martin geeignet und ohne Frage ein Pferd allerhöchster Qualität.

Als nächstes nehme ich im Sattel einer jungen schwarzen Stute platz. Sie hat sehr viel Vorwärtsdrang und reagiert äußerst sensibel auf meine Schenkelhilfen. Ich mag temperamentvolle Pferde und bin sehr angetan von dieser Rappstute. Wahrscheinlich wäre sie aber für Martin nur schwer reitbar.

Ein leichter Tumult am Halleneingang lässt mich den Kopf wenden. Tänzelnd und herausfordernd wiehernd wird der vierjährige Prämienhengst hereingeführt. Dieser Hengst ist der Star der morgigen Auktion und die Dame im

Büro hat mir bereits bei der Anmeldung etwas vorwurfsvoll kundgetan, „unter 150.000 Euro wird der Hengst aber nicht den Besitzer wechseln, nur damit Sie Bescheid wissen! Er ist ein gekörter Zuchthengst – ein Juwel. Als einer der besten seines Jahrgangs ist er mit einer Prämie ausgezeichnet worden".

Martin und Max setzten ihre Kaffeetassen ab und beobachten uns interessiert.

Der Hengst ist von überwältigender Schönheit. Wie von der Hand eines Künstlers gemalt und zum Leben erweckt. Eindrucksvoll trabt und galoppiert er mit mir durch die blumengeschmückte Halle. Neugierige Augenpaare verfolgen unseren Ritt und es ist mucksmäuschenstill geworden.

Niemand kennt mich hier. Weder habe ich mich Max als ehemaliges Ferienkind des Hofes zu erkennen gegeben noch erwähnt, dass ich beruflich mit Pferden zu tun habe. Nun betrete ich mit Dressurpferden auf diesem hohen Niveau neues Terrain. Im Sattel dieser Pferde platz nehmen zu dürfen, ist ein Privileg und ein reiterlicher Hochgenuss.

Der Hengst ist zwar ein Traumpferd, aber man muss sein Geschlecht berücksichtigen. Ein Hengst wird sich immer wieder von anderen Pferden ablenken lassen. Wiehern, anstatt sich auf seine Dressurübungen zu konzentrieren. Dafür kann er nichts, aber es steht seiner Ausbildung im Weg und macht auch den Umgang und seine Haltung deutlich komplizierter.

„Donnerschlag, deine Frau kommt ja wirklich mit allen Pferden klar", höre ich Max ausrufen, dabei klopft er Martin gratulierend auf die Schulter.

Mein letztes Pferd ist ein recht kleiner, schwarzbrauner Wallach. Auf ihn habe ich insgeheim die ganze Zeit gewartet. Der einzige, der von mir bereits im Katalog mit drei Sternchen markiert worden ist. Mein absoluter Favorit! Im Katalog und auf der DVD kam er mir allerdings größer vor. Nicht ganz so spektakulär wie die anderen, aber mit nicht weniger Qualität ausgestattet. Dabei, so glaube ich, leicht und unkompliziert auszubilden. Elegant, mit einem kleinen Köpfchen und einer weißen Fessel am hinteren Fuß. Eines seiner tiefschwarzen Augen ist so weit geöffnet, dass man einen weißen Ring um den Augapfel sehen kann. Leichtfüßig wie ein kleiner Tänzer schwebt er mit mir durch die Reithalle. Konzentriert bemüht sich der kleine Mann, alles richtig zu machen. Das gefällt mir. Strahlend bringe ich den Wallach vor Max und Martin zum Stehen. „Ich habe mich gerade in diesen kleinen Kerl verliebt!"

Bis zu Abendveranstaltung haben wir noch viel Zeit. Beim Lunch in einem nahegelegenen Gasthaus diskutieren Martin und ich die Pferde. Er ist nicht besonders überzeugt von dem Schwarzbraunen und der Rappstute dafür aber ziemlich begeistert von dem schönen Hengst und dem muskulösen Fuchs.

Vor der letzten Präsentation aller Auktionspferde erkunden wir den Dorotheenhof. Außer der neuen großen Reithalle sieht der Fachwerkhof noch genauso aus wie in meiner Erinnerung vor achtunddreißig Jahren. Auf Anhieb erkenne ich das in U-Form gebaute Stallgebäude mit dem Innenhof. Dort im Staub hatte ich damals gelegen. Die Krippen waren am gegenüberliegenden Ende der Pferdeboxen angebracht. Um die Pferde zu füttern, musste ich damals die ganze Box durchqueren um dann am Hinterteil des fressenden Pferdes vorbei wieder nach draußen zu gelangen. Da lag der Fehler. Heute werden die Krippen grundsätzlich so angebracht, dass von außen gefüttert wird. Niemand betritt mehr zum Füttern eine Pferdebox!

Das abendliche Fest ist eine gelungene Überraschung. Ein Kiesweg, gesäumt von brennenden Fackeln, weist uns den Weg zum Festzelt. Am Eingang steht die gesamte Familie von Schulte-Kronberg aufgereiht, um ihre Gäste willkommen zu heißen. Alles in dem mit Holzboden ausgelegten Zelt ist schneeweiß. „Sehr stilvoll", raune ich Martin zu. Die Tischdecken der runden, eingedeckten Tische reichen bis zum Boden. Weiße Bouquets aus Rosen, Efeu und Hortensien schmücken die Tische, der Kerzenschein der üppigen Kandelaber spiegelt sich in den polierten Weingläsern. Säulen, mit Tüll umhüllt und mit Lichterketten umwickelt, geben eine ganz zauberhafte Atmosphäre. Von der Decke hängen Kronleuchter, die mit ihrem gedimmten Licht die Umgebung in goldenes Licht tauchen. Die Gäste sind beschwingt und in anregende, kultivierte Unterhaltungen vertieft. Kellnerinnen mit Bodenlangen weißen Schürzen laufen emsig umher und schenken Champagner nach. Leicht erhöht über einer Tanzfläche sitzt eine Band. Bei langsamer Popmusik sehe ich bereits einige Paare, sich im Takt der Musik hin und her wiegen. Die warme Luft ist angereichert mit unterschiedlichsten Duftnuancen. In der Nähe des Eingangs rieche ich den würzigen Geruch von Pferden, Fackeln und Feuerschalen. Ein Stück weiter mischt sich der zarte Duft der Blumen mit den Parfums der Damen. Nach einer Weile dominiert der intensive Fleischgeruch von gebratenem Entrecote und sorgt dafür, dass uns das Wasser im Munde zusammenläuft. Max weiß genau, wie er seine Kunden in Kauflaune bringt. Ich kann nicht anders, als ihn für diesen Geschäftssinn zu bewundern.

Aufmerksam studiere ich die anderen Gäste. Für welche der zweiundzwanzig Pferde sie sich wohl interessieren?

Die Auktion soll am Mittag beginnen. Langsam trudeln Zuschauer und Interessenten auf dem Hof ein. Sie stehen in kleinen Grüppchen bei einem Glas Sekt zusammen, begrüßen einander und parlieren über den neuesten Klatsch und Tratsch der Pferdewelt. Auf dem Schwenkgrill brutzeln saftige Nackensteaks und Würstchen. Wie auf einem Jahrmarkt herrscht buntes Treiben. Aber der ganze Smalltalk dient allein dem Vorspiel. Er soll nur ablenken von der elektrisierten Spannung, die wie eine Flut über die Schar der Anwesenden schwappt und uns alle mitreißt. Die Luft knistert förmlich vor Spannung, und die Menge stößt erleichternde Laute aus, als es endlich an der Zeit ist, die Plätze in der Reithalle einzunehmen. Die sechzig Meter lange Tribüne ist bis auf den letzten Stuhl gefüllt. Unten an der langen Seite sowie an beiden kurzen Seiten sind runde Tische aufgebaut und für die wichtigsten Kunden und Ehrengäste reserviert. Ein Catering Service kümmert sich aufmerksam um das leibliches Wohl der VIP-Gäste. Durch eine kniehohe weiße Umzäunung ist dieser Bereich von der Auktionsarena abgetrennt.

Begleitet durch den warmen, vollen Klang einer Fanfare, betritt die Familie von Schulte-Kronberg die Reithalle. Stolz schreiten sie in drei Generationen, Schulter an Schulter, zum Podium.

Max hat ein Mikrofon in der Hand und beginnt, seine Gäste mit einer kurzen Ansprache zu begrüßen. Es sind Kunden aus der ganzen Welt angereist, aus der Schweiz,

Italien, Niederlande, Kanada und aus ganz Deutschland. Er kennt alle wichtigen Namen und ist genauestens informiert, an welchen Tischen sie Platz genommen haben.

Endlich klopft er mit seinem Hammer energisch auf das vor ihm liegende Pult und auf sein Handzeichen hin öffnet sich die schwere Flügeltür der Eingangspforte „Lasst uns beginnen!", ruft er feierlich.

Konzentrierte Stille senkt sich über die Arena, als das erste von zweiundzwanzig Pferden die Halle betritt. Edel zurechtgemacht sind die schmalen Fesseln, weiß bandagiert. Unter dem Sattel prangt eine schneeweiße Schabracke aus Samt, mit dem Wappen der Schulte-Kronbergs. Die Mähne ist kunstvoll geflochten und in kleine Knoten hochgesteckt worden, um die geschwungene Linie des Halses besser zur Geltung zu bringen. Die junge Reiterin trägt zu ihrer weißen Reithose ein schwarzes Reitjacket, Samtkappe und weiße Reithandschuhe. An den gelackten Stiefeln schimmern silberne Sporen. Elegant stellt sie dem Publikum das Pferd im Schritt, Trab und Galopp vor, während Max unentwegt aus seinem Publikum rasant steigende Angebote herauslockt. Seine Mitarbeiter beobachten mit Argusaugen das Publikum, um kein Handzeichen zu versäumen. Der Hammer bleibt in der Luft hängen, während Max noch einmal prüfend in die Runde schaut, bevor er auf das Pult vor sich klopft und den Kauf besiegelt. „Verkauft", ruft er. „Damit geht das Pferd an unsere Nachbarn in die Niederlande."

Mit viel Witz und Charme treibt Max die Preise in schwindelnde Höhen. Er schmeichelt, nimmt auch mal jemanden auf die Schippe und trifft für jedes Bieterduell die richtigen Töne.

Als nächstes Pferd kommt der muskulöse Fuchs in die Bahn. Der Preis geht so unglaublich schnell über die 100.000,-Euro-Marke und ich sehe immer noch hochgestreckte Hände. Meine Güte, denke ich wie paralysiert, diese jungen Pferd sind doch erst vier Jahre alt und können noch keine Erfolge vorweisen. Sie stecken noch ganz am Anfang ihrer sportlichen Ausbildung. Martin streckt seine Hand mit dem Katalog in die Höhe. Sein Profil ist vollkommen ausdruckslos, wie in Stein gemeißelt. Zwei andere Käufer überbieten sich in regelmäßigen Abständen. Wie Tennisspieler parieren sie jedes Gebot mit einem Gegenangebot. Schließlich saust der kleine Hammer auf das Pult.

„Verkauft für 170.000 Euro nach Niedersachsen!", dröhnt die Stimme von Max aus dem Mikrofon.

Die Reiterin bringt mit einem strahlenden Lächeln den Fuchs vor dem Tisch seiner neuen Besitzerin zum Stehen. Sie beugt sich über den kleinen Zaun und tätschelt glücklich den Hals des Pferdes. Ein Tusch, ein Foto für die Zeitung, und schon kommt das nächste Pferd in die Bahn getrabt.

Ich blättere im Programmheft … noch drei Pferde, dann kommt der Hengst zur Versteigerung. Martin schenkt uns eine Weinschorle ein. Seinem Gesichtsausdruck kann ich nicht entnehmen, was in ihm vorgeht. Wir haben vorher darüber spekuliert, wie teuer die Pferde wohl werden, aber wir haben uns getäuscht. Mit so hohen Preisen haben wir nicht gerechnet.

Der Hengst wird für 220.000,- Euro an eine Düsseldorferin verkauft. Danach kommt eine ganze Reihe von Pferden in einer mittleren Preisspanne. Unruhig rutsche ich auf meinem Stuhl hin und her, als mein kleines schwarzbraunes Lieblingspferd die Halle betritt. Im Gegenlicht sehe ich die kleinen Dunstwölkchen, die aus seinen schnaubenden Nüstern kommen. Martins Profil ist noch immer starr wie das Gesicht einer Statue. Ob er mitbieten wird, frage ich mich? Ich kann meinen sehnsüchtigen Blick nicht von dem „kleinen Mann" wenden. Aus dem Augenwinkel sehe ich Martins Hand mit dem Katalog nach oben gehen und mein Herz fängt an zu hüpfen. Max zeigt mit seiner ausgestreckten Hand auf uns. „Und da sind 70.000,- Euro!"

Mir schießt die Hitze ins Gesicht. Von der gegenüberliegenden Seite kommt ein Gegenangebot – Martin hebt wieder seine Hand. Die Reiterin ist die Tochter von Max. Sie trabt unbeirrt ihre Runden, pendelt zwischen uns und dem unbekannten Gegenspieler hin und her und lächelt uns aufmunternd zu. Max schmeichelt, neckt und lockt die beiden Männer in ein Duell, in dem keiner von beiden nachgeben will. Er hat sie in ihrem Stolz und ihrer Ehre gepackt und hartnäckig verteidigen sie das Recht, die Beute für sich zu beanspruchen.

Mein Mund ist trocken aber ich wage nicht, mit den zitternden Fingern mein Glas anzufassen. Mein Blick wandert zum Podium. Die Sonne scheint schräg durch die Fenster, und in ihren Strahlen tanzt der aufgewirbelte Staub der frischen Sägespäne wie goldenes Konfetti. Der kleine Schwarzbraune schreitet wie ein kleiner Zinnsoldat stolz mitten hindurch. Mein Hals schnürt sich zu und ich versuche den aufsteigenden Kloß weg zu schlucken, damit meine Augen nicht überlaufen.

„Zum ersten, zum zweiten ... und?" Erwartungsvoll lässt Max seine Augen über die Menge gleiten und bleibt an Martin hängen. „Mein Freund", säuselt er, „du wirst doch jetzt nicht aufgeben wollen, den Sieg so dicht vor Augen. Wo deine Frau so hübsch auf dem Pferd ausgesehen hat."

Alle Augen richten sich nun auf Martin. Quälende Sekunden vergehen, in denen Max und Martin sich ansehen. Dann nickt Martin und hebt seine Hand. Max hebt seinen Hammer in die Luft und taxiert nun die andere Seite. Ich kann den anderen Mann nicht erkennen, aber augenscheinlich winkt er ab, denn der Hammer saust auf das Pult und Max ruft: „... zum dritten! Verkauft für 100.000,- Euro, herzlichen Glückwunsch!"

15. Kapitel

Martin genießt die Beachtung, die ihm durch den Kauf von „Dancer" zuteil wird. Er badet geradezu in den anerkennenden Blicken, die ihm zugeworfen werden. Die Männer zollen ihm Respekt wegen seines Reichtums, den er wieder einmal eindrucksvoll unterstrichen hat, während die Blicke der Damen eher sehnsüchtig und bewundernd sind. Seiner Frau ein so kostbares Geschenk zu machen, was muss das für ein toller Mann sein! Im Internet sind die Preise der verkauften Pferde veröffentlicht worden und alle Welt weiß bereits, dass Martin mir ein teures Pferde auf der Elite-Auktion am Dorotheenhof gekauft hat.

Dieser Augenblick in der Auktionshalle, als Max den Hammer auf sein Podest geschlagen hatte, war einer der eindringlichsten und unbeschreiblichsten Momente in meinem Leben gewesen. Überwältigt von meinen Gefühlen, hatte ich die Hand vor Mund und Nase geschlagen, damit niemand mein verzerrtes Gesicht sehen konnte. Mit einer Mischung aus ungläubigem Lachen und aufgewühltem Weinen war ich unfähig, einen normalen Satz über die Lippen zu bringen.

Mir war klar, Martin erwartete eine strahlende, jubelnde Frau, die ihr Champagnerglas in die Höhe hielt und ihrem Mann ein zauberhaftes Dankeschön vor dem Publikum zuflötete. Stattdessen sah er in mein verheultes, schniefendes Gesicht. Ich gab mir große Mühe, nicht auch noch zu schluchzen! Dies war seine Show, und diese Szene lief nicht nach seinem Geschmack.

Es tat mir aufrichtig leid. Die anderen Menschen waren mir egal, ich schämte mich nicht meiner Tränen. Es waren Freudentränen und echte Gefühle. Aber nach den vergangenen Jahren kannte ich Martin gut genug, um zu wissen, dass ihm diese Emotionen völlig fremd und sogar lästig waren. Es bekümmerte mich, ihm nicht die Reaktion schenken zu können, die er von mir erwartete. Dabei hatte er mich gerade so unvorstellbar glücklich gemacht. Mein Herz schlug nie mehr für ihn als in diesem Moment. Für mich diesen kleinen schwarzbraunen Wallach Dancer zu kaufen, den er gar nicht hatte haben wollen, war der größte Liebesbeweis, den ich mir von Martin vorstellen konnte. Es ist seine Art zu lieben oder mir seine Liebe zu zeigen. Er liebt, so gut er kann. Anders als ich und oft lieben wir schmerzhaft aneinander vorbei.

Martin braucht große Gesten, um seine Großartigkeit zu unterstreichen. Bescheidenheit ist eine Tugend, die ihm nicht steht. Genau diese selbstbewusste Art macht ihn als Mann aber auch so attraktiv. Sein geschäftlicher Erfolg gibt ihm recht. Ich bin nicht die Einzige, die geneigt ist, Martins Ratschläge auch in anderen Lebensbereichen anzunehmen.

Martin weiß alles und selbstverständlich besser. Seine Ausstrahlung ist so bestimmt, dass er hieran keinen Zweifel lässt. Seine Lebensaufgabe sieht er darin, alles und jeden zu optimieren. Lösungen für Probleme zu finden, egal ob er darum gebeten wird oder nicht. Martin erklärt unserer Haushilfe, wie sie putzen soll, dem Koch, wie er zu kochen hat, dem Kapitän, wie er sein Schiff zu führen hat, und mir, wie ich reiten oder meine Kinder erziehen muss.

Mit seiner Hilfe, so meint er, werden wir auch Ben auf den richtigen Weg bringen. Einerseits freue ich mich, wenn Martin für meine Kinder so etwas wie Verantwortung empfindet, andererseits macht es mir Angst, sie könnte mir nicht gefallen. Seine Hilfe abzulehnen steht nicht zur Wahl. Insgeheim denke ich mir: *Fang doch bei deinen Kindern an, die sind genauso weit entfernt von dem Pfad der Tugend!*

Von nun an wird Ben von Martin zur Arbeit eingeteilt. In seiner freien Zeit pflastert er mit einem Mitarbeiter den Hof oder jobbt im Lager von Martins Firma. Er nimmt Ben ziemlich hart ran und ich höre niemals ein lobendes Wort. Sein verdientes Geld wird von Martin verwaltet – also mit Schulden verrechnet. Auch Fynn jobbt regelmäßig in der Firma. Er bekommt als angehender Juniorchef den doppelten Lohn für dieselbe Tätigkeit. Cash auf die Hand.

Ben darf uns zwar mit Martins Kindern zusammen in die Sommerferien begleiten, aber auch im Urlaub wird er weiter *erzogen*. Für die Zeit auf der Time Out hat Martin einen Arbeitsplan für Ben erstellt. Außerdem bekommt er keine Kabine zugeteilt, sondern eine Koje in der Crew Area.

Smilla durfte sich eine Freundin einladen und bekommt von Martin die Kabine mit dem Doppelbett zugeteilt. Triumphierend ziehen die beiden Mädchen in ihr neues Reich, um sich einzurichten. Fynn hat seine erste große Liebe mit an Bord, muss aber auf Martins Anordnung in die Kabine mit den zwei Einzelbetten ziehen. Schmollend werfen sie ihr Gepäck auf die schmalen Betten. Sie fühlen sich ungerecht behandelt, was ich gut verstehen kann. Fynns Freundin hat schon häufig mit der Zustimmung ihrer

Eltern bei uns übernachtet. Die Ferien haben sich die beiden natürlich kuschelnd in einem gemeinsamen Bett vorgestellt. Aber Martin mag Fynns Freundin nicht und lässt keine Gelegenheit aus, seine Missbilligung zu zeigen. Das Mädchen ist ihm zu einfach. Immer wieder lästert er über ihre unsportliche Figur und ihre leicht ordinäre Ausdrucksweise.

Noch härter trifft es Ben. Er teilt sich mit dem Bootsmann in der Crew Area eine klitzekleine Kabine mit einem Stockbett. Morgens um 7:00 Uhr beginnt seine Arbeit an Deck. Täglich muss er das komplette Schiff mit dem Wasserschlauch von Salzwasser befreien und mit Ledertüchern trocken wischen. Anschließend hilft er, den Jetski und das Beiboot mit dem Kran ins Wasser zu bringen und den Müll an Land zu fahren.

Während Martins Kinder mit ihren Freundinnen gemütlich um 10:00 Uhr zum Frühstück eintrudeln und sich in ihrer üblichen schlechten Morgenlaune grußlos und mürrisch an den Tisch setzen, hat Ben bereits ein paar Stunden Arbeit hinter sich.

Aber Ben ist so glücklich, im Urlaub zu sein, dass er sich trotz der beengten Kabine und seiner Arbeitszeiten seine gute Laune nicht verderben lässt. Die harte Schule ist nicht neu für ihn, die hat er bereits in unseren gemeinsamen Jahren mit Karsten erlebt, zuhause oder wenn Karsten ihn nachts und in den frühen Morgenstunden mit auf den Fischmarkt nahm. Dort hat er unter Karstens strenger Aufsicht gejobbt, um sein Taschengeld aufzubessern. Harte Arbeit für wenig Geld und mit einem rüden Umgangston – damit ist Ben aufgewachsen.

Mit einem fröhlichen „Moin" gesellt er sich zu uns an den Tisch, springt auf, um Jonathan, unserem Steward, mit dem Kaffee und den Eierspeisen zu helfen. Lebensfreude strahlt ihm aus allen Poren. Begeistert stürzt er sich mit einem Kopfsprung vom obersten Deck der Time Out in die Fluten, schnorchelt entlang der Küste, angelt in den Abendstunden und läuft mit uns Wasserski, wann immer sich die Gelegenheit bietet.

Fynn winkt genervt ab und verkriecht sich weiterhin schmollend mit seiner Freundin unter Deck. Sie haben sich ein Lager auf dem Boden zwischen den beiden Betten gebaut und verbringen dort demonstrativ viel Zeit.

Einmal frage ich Martin, warum er so einen Klassenunterschied zwischen unseren Kindern macht. Seine Antwort lautet: „Meine Kinder sind Millionärskinder, denen muss ich etwas anderes bieten als deinen!"

Martins Handlungen und Entscheidungen sind häufig skurril und nur mit einer gerunzelten Stirn hinzunehmen. Etwas dagegen zu sagen, traut sich allerdings niemand. Auch ich nicht.

Auf seiner Jacht ist Martin der Animateur. Sein Programm ist Pflicht. Erwartet wird von seinen Gästen und Kindern uneingeschränkte Begeisterung und Dankbarkeit. Die beiden Mädchen können damit gut umgehen. Smilla möchte ihrem Vater unbedingt gefallen und hat den Satz „belästige uns nicht mit deiner schlechten Laune" oft genug gehört, um die Spielregeln zu kennen. Nun ist Wasserskilaufen, Jetskifahren, Schnorcheln und Kartenspielen auch nicht als schlimm zu bezeichnen. Ben und Smillas Freundin finden alles großartig, aber Martins Kinder kennen diese Urlaube. Das Problem besteht darin, dass sie keine Wahl haben, ihre Freizeit selbst zu gestalten. Sie dürfen weder allein an Land, geschweige denn eine Disco besuchen. Gefangen auf diesem schwimmenden Elfenbeinturm, müssen sie vierzehn Tage lang von morgens bis abends tun, was ihr Vater bestimmt.

Fynn ist in seinem Alter nicht mehr darauf bedacht, seinem Vater zu gefallen, es geht mehr darum, sich gegen ihn zu behaupten. Die Reibung der beiden aneinander wird von Jahr zu Jahr heftiger und spannungsgeladener. Mit seiner bockigen Reaktion in diesem Urlaub scheint der Konflikt unausweichlich. Bisher meidet Martin die direkte Konfrontation mit seinem Sohn. *Aber wie lange noch?*, denke ich etwas besorgt. Die genervte Anspannung ist ihm deutlich anzumerken. Außerdem sind die Kinder in unterschiedliche Lager gespalten, dabei könnten sie doch gemeinsam zu fünft wirklich viel Spaß haben.

„Lass uns doch an Land fahren, Schatz. Jonathan braucht frisches Brot und Gemüse, die Kinder haben ihm alles weggefuttert", schlage ich Martin vor. Mein Hintergedanke: Eigentlich möchte ich nur ihm und den Kindern eine Auszeit voneinander geben. Hoffentlich nutzen sie die Chance auf ein paar unbeschwerte Stunden, wagen sich aus ihren getrennten Höhlen und finden zueinander.

Nun schlendern Martin und ich Hand in Hand über den Wochenmarkt, bewundern das kunstvoll gestapelte Obst und Gemüse. Durch die kleinen Gassen der Altstadt laufen wir gemächlich hinauf, Richtung Burgmauer. Von dort hoffen wir einen Blick auf das Meer und vielleicht sogar auf unser Schiff zu erhaschen. Martin zieht mich in eine kleine Bar und bestellt für uns einen Rosado. Er wird uns mit ein paar köstlichen kleinen Tapas serviert. Herrlich ist es hier und ich merke, wie die Anspannung von Martin abfällt. Alles um uns herum ist entschleunigt. Weder Zeit noch Internet spielen hier eine Rolle.

Oben an der Burgmauer sehen wir weit auf das blaue Meer hinaus. Und tatsächlich erblicken wir die Time Out. Voller stolz betrachtet Martin von hier oben sein wunderschönes Schiff. Der Kapitän hat unser Krokodil an das Beiboot gehängt und fährt mit hoher Geschwindigkeit in großen Kreisen um das Schiff. Alle fünf Kinder hocken mit Schwimmwesten johlend hintereinander auf dem Plastiktier und recken ihre Arme in die Höhe. In der nächsten Kurve reißt es den hintersten Krokodilreiter in die Fluten. Lächelnd blicke ich Martin an: „Ich glaube, die amüsieren sich prächtig ohne uns."

Sofort bemerke ich meine verkehrte Wortwahl. Mit starren Gesichtszügen beobachtet er das fröhliche Treiben. Seine Kiefer mahlen. Dann dreht er sich zu mir: „Du hast das genauso geplant, das ist ein abgekartetes Spiel. Absichtlich hast du mich von meinem Schiff weggelockt. Ihr verbündet euch gemeinsam gegen mich." Sein Gesicht ist vor Wut ganz verzerrt. Wie eine hässliche Fratze. Mit beiden Händen packt er meine Oberarme und schleudert mich rücklings gegen die Steinmauer. Es trifft mich völlig unvorbereitet. Ein Schuh fliegt von meinem Fuß und mein Kopf schlägt hart gegen den Stein. Zusammengekauert lehne ich an der Wand und lasse seine Beschimpfungen über mich ergehen. Speicheltröpfchen regnen auf mich herab. Mein Blick ist auf seine Füße, ganz dicht vor mir, geheftet.

Schritte eilen heran und zwei paar Schuhe rücken in den Rand meines Sichtfeldes. Zwei Männer sprechen mich auf englisch an: „Do you need help?" Ich hebe leicht meinen Kopf. Martin würdigt sie keines Blickes. Feindselig betrachten sie ihn und wieder fragt mich der jüngere der beiden: „Can we help you, Madame?"

Als Antwort schüttle ich nur mit dem Kopf. Was nett gemeint ist, bringt mich nur noch mehr in Teufels Küche. Ein paar endlose Sekunden vergehen. Martin steht immer noch keuchend vor mir. Die beiden Männer versuchen, die Situation abzuschätzen. Mit gesenktem Kopf stehe ich stumm vor ihnen. Tränen tropfen von meinem Kinn auf meine nackten Füße.

Noch einmal verneine ich mit einer Kopfbewegung ihre stumme Frage. Zögernd entfernen sich meine mutigen Retter. Ihre ritterliche Absicht rührt mich und macht mich dankbar. Auch wenn ich es ihnen nicht zeigen kann, hilft es mir sehr. Ich bin nicht allein. Wenn ich wollte, könnte ich sie um Hilfe bitten.

Martin fährt mit etwas gesenkter Stimme mit seiner Schimpftirade fort. Meine Gedanken schweifen in kurzen Gedankenblitzen ab. Wo ist mein Schuh wohl gelandet? Zeuge meiner verlorenen Würde! Die gelben Karten, die Martin mir einst reumütig geschenkt hatte, als könnte ich damit sein Spiel abpfeifen. Sehnsüchtig denke ich an meinen hübschen Dancer. Ich kann es kaum erwarten, wieder nach Hause zu kommen. Was Emilie jetzt wohl gerade macht, oder Lilian?

Martins Atmung beruhigt sich langsam. Sein Pulver gegen mich ist verschossen. Ich bin nur der Blitzableiter gewesen, ein Ventil, um seinen Zorn zu entladen. Schlimmer wäre es gewesen, wenn seine aufgestaute Wut sich gegen eines der Kinder gerichtet hätte. Von Ben weiß ich, dass Martin ihn nur schikaniert, wenn ich abwesend bin. Anstatt den Jungen zu motivieren, äußert er sich abfällig über Bens Arbeit, betont, wie minderwertig seine Leistung doch ist, und rückt partout keinen Lohn heraus. Deine Arbeit ist es nicht wert, bezahlt zu werden.

Smilla ist mein größeres Sorgenkind. Bei ihr bin ich mir nicht sicher, wie weit Martin außer dieser BH-Geschichten und dem gemeinsamen Duschen noch geht. Ich kann sie aber nicht danach fragen. Dieses Thema ist tabu zwischen uns. Zu sehr befinden wir uns in einem Konkurrenzkampf um Martins Gunst. Nie hätte ich mir träumen lassen, dass eine Lebensgefährtin und eine Tochter in einem Duell stehen könnten – die Liebe sollte doch eine andere sein, dachte ich. Egal, was er mit ihr anstellt, keinesfalls würde sie ihren Vater verraten.

Mein Augenmerk ist in diesem Moment auf Fynn gerichtet. Er glüht geradezu vor Testosteron und hat sich in den letzten Wochen eindrucksvolle Muskelpakete antrainiert. Womöglich würde er bei einer direkten Herausforderung seines Vaters bereit sein, dagegenzuhalten. Erst recht, wenn seine Freundin neben ihm steht.

Stumm und unglücklich gehe ich neben Martin den Weg zurück zum Hafen.

Der Kapitän erwartet uns mit dem Beiboot an der Mole, um uns zurück zur Time Out zu fahren.

Wir finden die drei Mädchen schwatzend in einer Ecke sitzend. Cola trinkend und Musik hörend unterhalten sie sich angeregt. Unsere beiden Jungs sind mit dem kleinen Dingi zum Angeln rausgetuckert. Ihr Lachen hallt in der Abendstimmung durch die Bucht.

Das macht mein Herz wieder etwas leichter. Zumindest hat der Plan so weit gut funktioniert. Die Kinder sind aus ihren Höhlen gekommen und haben endlich zusammengefunden. Ein Trostpflaster für meinen schmerzenden Kopf. Eine ordentliche Beule an meinem Hinterkopf und blaue Flecken an beiden Oberarmen sind ein teurer Preis und traurige Zeugen. Für heute schaffe ich es nicht mehr, Martin in die Augen zu schauen. Mit abgewandtem Blick sage ich: „Zum Abendessen werde ich nicht dabei sein, ich habe Kopfschmerzen und ziehe mich zurück."

Als Martin spät am Abend in unsere Kabine kommt, stelle ich mich schlafend. Rücksichtsvoll, ohne Licht zu machen zieht er sich aus und schleicht auf Zehenspitzen hinunter ins Bad. Dann legt er sich ganz leise neben mich und streichelt sanft als Zeichen einer Entschuldigung meinen Arm. Ich rühre mich nicht ... ich brauche noch Zeit. Und wir brauchen dringend Hilfe, ganz dringend! Vielleicht eine Paartherapie?

16. Kapitel

Wenn ich mit Martin unterwegs bin, fühle ich mich euphorisch, aber auch angespannt. Mein Körper fährt hoch, wie in Alarmbereitschaft, und ich versuche, seine Stimmung zu wittern noch bevor er einen Raum betritt. Alles dreht sich um ihn, wenn er da ist.

Unsere Beziehung zehrt an meiner Kraft. Wie ein Nagetier oder Parasit frisst sie mich von innen auf. Ich fühle mich leer und hohl. Dieser tägliche Spagat, ihm auch genügend Aufmerksamkeit zu schenken, ständig auf der Hut zu sein und in keine Falle zu tappen, laugt mich aus.

Wie fühlt sich eigentlich ein Burnout an?

Dieser letzte Vorfall lässt mich nicht mehr los. Er hat mich wachgerüttelt, vielleicht weil ich ihn nicht wie sonst verheimlichen und verdrängen kann. Die Kinder haben es bemerkt. Ich habe ihre Blicke gesehen, wie sie mich und meine blauen Arme gemustert haben, und auch die, die sie sich untereinander zuwerfen.

Martin tut so, als wenn nichts geschehen wäre, aber dieses Mal werde ich darauf reagieren, sonst kann ich den Kindern nicht mehr in die Augen sehen.

Auf dem Rückflug bitte ich Martin um eine kleine Auszeit. „Ich würde mich gerne eine Zeitlang zurückziehen." Meine Hand greift nach seiner, in der Bitte um Verständnis. „Wir müssen an unserer Beziehung arbeiten, Martin. Wir gehören doch zusammen. Vielleicht kann uns ein Paartherapeut helfen, was meinst du dazu?"

Seine traurigen grauen Augen sind auf mich gerichtet und er küsst meine Hand die in seiner liegt. „Eli, ich möchte dich auf keinen Fall verlieren. Du bist die Liebe meines

Lebens und die Frau, mit der ich alt werden möchte. Wir machen die Therapie!"

Die nächsten zwei Wochen verbringe ich in meinem Haus im Erlenweg. Es ist lange her, dass ich Zeit für mich hatte. Bin ich bei Martin, erwartet er von mir, alles beiseite zu legen, wenn er nach Hause kommt. Kein Buch, kein Handy, kein Laptop. Meine ungeteilte Aufmerksamkeit soll allein ihm gehören.

Lange liege ich, ein Buch lesend, in der Badewanne. Immer wieder lasse ich heißes Wasser nachlaufen, bis meine Hände und Füße ganz verschrumpelt sind. Vormittags fahre ich zu meinem geliebten Dancer. Wie auf Rezept baut er mich wieder auf. Täglich schenkt er mir Glücksmomente, aus denen ich neue Kraft und Zuversicht ziehe. Dieses kleine Pferd gibt mir mit jedem einzelnen Ritt so viel Selbstbewusstsein und Bestätigung zurück, die ich in meinem häuslichen Alltag mit Martin immer wieder verliere.

Nach ein paar Tagen der Funkstille fangen Martin und ich an zu telefonieren. Stundenlange Gespräche, wie wir sie von Angesicht zu Angesicht lange nicht mehr geführt haben. Über Gott und die Welt, aber auch über uns. Vertraut, ehrlich, ganz ohne Groll.

Schon spüre ich wieder dieses mystische Band zwischen uns. Es ist noch da, wie ein Schlüssel, der sein passendes Schloss findet. Wir werden automatisch voneinander angezogen.

Martin hat sich um Termine bei einem Paartherapeuten gekümmert. Nächste Woche soll es losgehen. Ich bin gespannt, was uns erwartet und ob er uns eine Hilfe sein wird.

Irgendwie habe ich mir vorgestellt, er wird Martin ruckzuck mit einem Röntgenblick erkennen. Ihn ermahnen und mit therapeutischen Tricks umdrehen und alles wird wieder gut.

So ist es nicht! Weder ergreift er Partei für einen von uns noch urteilt er über das, was wir ihm erzählen. Mit ganz und gar unspektakulären Mitteln schlüsselt er unsere Vergangenheit und den Stand innerhalb der eigenen Familie auf. Zeigt Probleme auf, deren Entstehung in unserer Kindheit liegt und uns bis zum heutigen Tag leiten. In seiner ruhigen Art lässt er in einer Sitzung Martin reden, in der nächste komme ich zu Wort.

Er gibt uns Figuren, an denen wir unsere Stellung zueinander und unseren Familienmitgliedern symbolisieren sollen. Wie bauen wir unsere Figuren auf? Seite an Seite im Schulterschluss, oder sehen wir uns an? Stehen wir Rücken an Rücken dicht beieinander oder mit Abstand? Dann folgen unsere Kinder, Geschwister und Eltern. Martin und ich stellen unsere eigenen Figuren nach einigem Zögern dicht Rücken an Rücken. Seite an Seite würden wir wohl keine Paartherapie benötigen, ebenso wie einander zugewandt. Mir ist wichtig, zu veranschaulichen, dass wir uns immer noch berühren.

Meine Familie gruppiere ich eng um mich herum, während Martin seine gesamte Familie weit weg von sich anordnet.

In der weiteren Therapie geht es nicht, wie ich eigentlich gehofft hatte, ans Eingemachte, sondern um Verletzlichkeiten und darum, mehr Spürsinn für den Partner zu entwickeln. Martin lauscht aufmerksam den Anleitungen, hin und wieder mit dem Kopf nickend. Ja, so soll ich mit ihm umgehen, aber wird er dasselbe auch auf mich anwenden?

Mit seiner Hilfe erkennen wir Lösungen, finden Verständnis und lernen, uns mit umgestellten Dialogen zu begegnen. Zum Beispiel kein vorwurfsvolles „Du" an den Anfang zu setzen, sondern mehr Sätze mit „ich" zu beginnen. Ich fühle mich gerade …, ich würde mir wünschen …, sind die Schlüsselsätze. Unsere Hausaufgabe lautet: sorgfältiger miteinander umzugehen, mehr auf die Details zu achten. In kurz gehaltenen Whatsapp-Nachrichten gehen diese nur allzu schnell unter und der Partner fühlt sich missachtet oder missverstanden.

Es ist wie ein Neuanfang. Wir gehen so vorsichtig miteinander um, als wären wir aus Glas. Manchmal ist es sogar recht lustig und wir müssen lachen in unserem holprigen Bemühen, Sätze neu geordnet zu formulieren. Das klappt nicht auf Anhieb.

„Elisabeth, höre ich da eventuell einen klitzekleinen Vorwurf in deiner Frage?", neckt Martin mich lachend.

„Puh, kann schon sein", antworte ich ihm in gespielter Verzweiflung.

Es fühlt sich gut an, daran zu arbeiten. An uns und unserer Partnerschaft. Zwar entwickelt Martin nicht den ersehnten Spürsinn für mich, außerdem ich hatte mir eine intensivere Hilfe gewünscht, aber diese Paartherapie ist besser als nichts. Wir sind schon ein paar Jahre zusammen und durch viele Höhen, aber auch Tiefen gegangen. So viel haben wir bereits gemeinsam erlebt, was uns eng miteinander verbindet. Als Paar, aber auch mit unseren Kindern.

Es kommt mir vor, als würden unsere Jahre wie im Flug vergehen.

Sex ist die Brücke zwischen uns, die uns immer wieder zusammenführt, egal, wie weit wir uns auch voneinander entfernen. Dort treffen wir uns und dort finde ich das Vertrauen zurück, dass wir gemeinsam alles schaffen können. Unser Sex ist hingebungsvoll, aufmerksam und zärtlich. Manchmal in den frühen Morgenstunden, noch schläfrig mit dem Nachtgeruch in den Kissen duftend nach Vertrautheit. Oder nach dem ersten Tee und der gelesenen Zeitung im Bett. Langsam und ohne Eile, wissend, was der geliebte Partner gerne mag.

In Martins Arm zu liegen, ihm zugewandt, die Fingerkuppe meiner rechten Hand in der kleinen Kuhle, direkt zwischen seinen Schlüsselbeinen kommt mir vor wie ein Schwur auf unsere Liebe. Ich werde ihm immer verzeihen.

Eines Tages hält Martin eine große Überraschung für mich bereit: „Elisabeth, was hältst du davon, wenn wir umziehen? Du hast dich nie besonders wohl gefühlt in meinem Haus. Es ist eh viel zu groß für uns zwei. Die Jungs sind mit der Schule fertig und Fynn hat bereits verkündet, in eine WG ziehen zu wollen. Ich brauche keine Kinderzimmer mehr. Ein Gästezimmer würde reichen. Wir könnten uns doch eine schöne Penthouse Wohnung mit Wasserblick suchen."

Mein Herz macht einen Freudenhüpfer. „Oh Martin, dass wäre fast zu schön um wahr zu sein."

Die nächsten Monate verbringen wir damit, Wohnungen zu besichtigen und Pläne zu schmieden. Wir wollen nichts mitnehmen. Den kompletten Neustart, damit ich mich auch ganz sicher wohlfühle. „Überlege dir genau, in welchem Stil du die Wohnung einrichten möchtest, Eli."

Von unserem Makler werden uns immer wieder schöne Objekte mit Blick auf den See vorgeschlagen, aber so richtig gefunkt hat es bisher noch nicht.

Unsere Kinder haben die Nachricht völlig unberührt aufgenommen. Fynn und Smilla hängen nicht an dem Haus, sie verbinden damit zu viele unglückliche Erinnerungen aus der Zeit, in der sie noch mit Mama und Papa dort gelebt haben.

Unsere vier ältesten sind groß und erwachsen geworden. Lilian ist in den USA, die beiden Jungs haben ihre Schulzeit beendet und auch Smilla steht kurz vor ihrem Abitur. Sie kommen zwar mehr oder weniger regelmäßig zum Abendessen vorbei, aber ich sehe in ihren Augen und an ihrer Körpersprache die Erleichterung, wenn sie wieder gehen können. Fort von Martin. Sein Einfluss ist zu erdrückend. Besonders die Jungs hat er damit aus dem Haus getrieben. Ben verbringt seine freie Zeit jetzt in unserem Haus im Erlenweg. Dort hat er in unserem Wohnkeller sturmfreie Bude.

Für die nächsten zwei Jahre hat er sich beim Wachbataillon in Berlin verpflichtet. Wenn er zu Besuch kommt, berichtet er mit glänzenden Augen von seinen Abenteuern. Seine stattliche Größe mit den blonden Haaren und strahlend blauen Augen machen ihn zum Vorzeigesoldaten des Bataillons. Häufig wird er stellvertretend für alle Soldaten ausgesucht, um zu repräsentieren. Ben hat bereits Präsidenten wie Wladimir Putin und Barack Obama bei Staatsbesuchen begrüßt. Stolz erzählt er von seiner Begegnung mit dem amerikanischen Präsidenten: „Mama, wir standen als Ehrenspalier zu acht zwischen dem roten Teppich und den Limousinen. Da wir etwas vor dem Zeitplan waren, hat uns der Präsident mit in die Air Force One genommen. Er hat uns persönlich überall herumgeführt, auch in die Kommandozentrale!"

An seinem Geburtstag schüttelt ihm unsere Bundeskanzlerin höchstpersönlich die Hand, und mit einigen handverlesenen Soldaten wird Ben von Herrn Wowereit zum Mittagessen eingeladen. Beim großen Zapfenstreich steht Ben mit der Fackel in der ersten Reihe und berichtet uns anschließend von den Krawallen rund um die Verabschiedung. „Das könnt ihr euch nicht vorstellen, ein Demonstrant hat dem Soldaten neben mir einen Pflasterstein direkt ins Gesicht geschleudert. Seine Zähne und sein Blut klebten mir danach in den Haaren. Ach ja, und nächste Woche fliegen wir mit Frau Merkels Flugzeug und dem 7. Bataillon nach Kanada zu einem Drill Team Wettbewerb!"

Lächelnd beobachte ich Ben von der Seite. Sein Gesicht ist vom Eifer, mit dem er uns diese Geschichten schildert, gerötet. Er ist das Ebenbild seines Vaters. Wann ist aus meinem kleinen Jungen so ein stattlicher, gut aussehender Mann geworden? Wenn sein Vater ihn doch sehen könnte, Henry wäre so stolz auf ihn.

Lilian ist nach Beendigung ihrer Ausbildung in die USA gegangen. Obwohl die Trennung von Karsten nun schon viele Jahre zurückliegt, hat sie bei Lilian heftige Spuren hinterlassen, die wir hätten aufarbeiten sollen. Es hat sie ihr Selbstbewusstsein Männern gegenüber gekostet. Um gar nicht erst angesprochen zu werden, entwickelte sich aus ihrem seelischen Kummer eine Essstörung, durch die sie stark an Gewicht zunahm.

Wieder waren es die Männer in unserer Familie, die Lilian dazu drängten, eine Ernährungsberatung oder Diät zu machen. Ihr Entschluss, in die USA zu gehen, glich einer Flucht. In dieser Zeit hätte Lilian mich gebraucht und mir war klar, ich hätte sehr viel mehr zu meiner großen Tochter stehen müssen. Aber ich war wieder einmal zu sehr mit meinen eigenen Problemen beschäftigt. Zwar bemerkte ich ihre Not, ließ mich aber zu sehr von Martins negativem Einfluss leiten, anstatt sie zu unterstützen.

Eine magere Entschuldigung für eine Mutter.

Inzwischen hat Lilian eine Anstellung als Aupair bei einer Gastfamilie in Pennsylvania gefunden und sich zu einem Studium auf der La Salle University eingeschrieben.

Dort, in Amerika, ist sie eine selbstbewusste junge Frau, die versucht, ihren eigenen Weg zu gehen. Sobald Lilian aber zu Besuch nach Deutschland kommt, bricht dieses Selbstbewusstsein wie ein Kartenhaus in sich zusammen. Ihre Großväter, Onkel und Martin hinterfragen und bemängeln jede ihrer Entscheidungen. Hartnäckig bedrängen sie Lilian so lange, bis sie weinend aus dem Raum läuft.

Ihr Studium wird noch einige Jahre dauern, da sie mit ihrem Job als Kindermädchen voll beschäftigt ist. Für eine eigene Wohnung reicht das Geld vorne und hinten nicht. Jedes neue Semester bedeutet einen Kampf um die Studiengebühren. Unser Familienrat wird zusammengetrommelt, um zu beratschlagen, auf welche Mitglieder wir die Kosten aufteilen können. Martin ist im Kritik üben ganz vorne dabei, enthält sich aber strikt, wenn es um die Hilfe geht. Das überrascht mich nicht. Seinen eigenen Kindern würde er auch kein Auslandsstudium finanzieren. Trotzdem bin ich enttäuscht. Er sagt, er ist mein Mann und ich bin seine Frau. Dann könnte er es für mich tun. Nur als Geste, sich mit einem, egal, wie kleinen Betrag beteiligen, um mir zu signalisieren, wir sind eine Familie und füreinander da.

Fynn kann sich nicht entscheiden, was er nach dem Abitur mit seinem Leben anfangen möchte. Weder für ein Studium noch für eine Ausbildung kann er sich erwärmen. Ins Ausland will er auch nicht – zu unbequem. Also jobbt er weiterhin im Lager von Martins Firma.

Es ist gut, dass Fynn jetzt in einer WG wohnt. In der Zeit davor hat er viel zu häufig bei uns übernachtet, selbst wenn Martin und ich im Urlaub waren. Wahrscheinlich lockte ihn die Freiheit, die er bei uns genoss, wenn wir nicht da waren. Er hat heimliche Partys bei uns veranstaltet, die Martin niemals zugelassen hätte. Es sind kleine Veränderungen, die niemandem außer mir aufgefallen sind. Kronkorken unter dem Sofa, Erdnussflips, aber auch ein Kondom zwischen den Sofakissen oder Dinge, die ganz leicht umgestellt stehen. Unser Bett ist frisch bezogen, obwohl wir vor unserer Abreise nur einmal darin geschlafen haben. Die Kopfkissen und Bettdecken sind anders aufgeschüttelt, als es unsere Haushilfe tun würde. Es ist Fynns Art, sich gegen seinen Vater aufzulehnen.

Er hat in unserer Abwesenheit das Revier des Platzhirsches markiert. Ich erzähle Martin nichts davon, er würde ausrasten und mit seinem Sohn heftig aneinandergeraten.

Smilla ist zu einem hübschen jungen Mädchen herangewachsen. Sie ist ehrgeizig und lernt fleißig für die Schule. Als Einzige von unseren Kinder kann sie gut mit Geld umgehen. Beispielsweise hat sie durchgesetzt, dass ihr Vater den Unterhalt auf ihr Konto zahlt, anstatt auf das Konto der Mutter. Haargenau weiß sie die Beträge, die sie an ihre Mutter für die „Miete" ihres Zimmers, Essen und Benutzung der Waschmaschine anteilmäßig zahlt.

Unser Verhältnis ist noch immer schwierig und von Eifersucht geprägt. Es war ein Schlag für sie, als Martin Dancer auf der Auktion für mich erworben hat.

Unter dem Training von Stephan Ritter hat Smilla reiterlich beachtliche Fortschritte gemacht und mit dem alten Duprex einige Erfolge verbuchen können. Stephan hat mehr als einmal angeregt, beizeiten in ein junges Nachwuchspferd für Smilla zu investieren. Auf diesem Ohr stellte Martin sich jedoch taub.

Der Zufall wollte, dass Martins Kontrahent bei der Auktion ausgerechnet der Vater einer Reiterfreundin von Smilla war, der Dancer für seine Tochter ersteigern wollte. Einmal mehr wurde Smilla auf schmerzhafte Weise klargemacht: Andere Väter kaufen Pferde für ihre Töchter – ihrer nicht. Nicht die Tochter, sondern die *böse Stiefmutter* bekommt das heiß ersehnte Pferd.

Unser Verhältnis hat sich dadurch nicht verbessert. Nun reiten wir zusammen in dem selben Reitstall und Smilla wird beinahe täglich unter die Nase gerieben, wie großartig Elisabeth und ihr schöner, schwarzbrauner Dancer zusammenpassen. Stephan nennt uns schwärmerisch „das hippologische Kaviarhäppchen".

Martin versucht mich zu überreden, sein altes Grand Prix zu reiten: „Eli, du solltest unbedingt auf Duprex üben, solange er noch fit genug ist. Mit ihm kannst du alle Lektionen der hohen Schule trainieren, um sie später Dancer beizubringen."

Natürlich hat Martin damit recht, aber ich bringe es nicht fertig, Smilla auch noch in diesem Bereich zu verdrängen. Es würde sie zu sehr kränken, mich auf ihrem Herzenspferd Duprex reiten zu sehen. Eine Chance auf Freundschaft zwischen uns wäre dann ein für allemal vertan.

Emilie macht kleine Fortschritte in ihrer Entwicklung, trotzdem wird der Abstand zu normalen Kindern immer größer. Da sie keine Freunde hat, habe ich Karsten überzeugen können, für Emilie einen kleinen Hund anzuschaffen. In meiner Nachbarschaft sollte eine hellbraune Cocker-Spaniel-Hündin abgegeben werden. Die Vorbesitzerin war erkrankt und konnte sich nicht mehr um das Hündchen kümmern. Die kleine Hündin ist zwei Jahre alt, stubenrein, wohl erzogen und hört auf den entzückenden Namen „Lullaby". Ihre Anschaffung war eine wunderbare Idee. Mit ihrem feinen Gespür hat Lullaby sich sofort an Emilie gehängt und folgt ihr auf Schritt und Tritt. Wenn Emilie reitet, sitzt Lullaby aufmerksam am Rand der Reitbahn. Mit glänzenden Knopfaugen und heraushängender Zunge wartet sie voller Vorfreude, bis Emilie fertig ist. Auf ihren Ruf kommt sie wie ein geölter Blitz angesaust, um Emilie mit ihrem Pony zu begleiten. Die drei sind ein richtiges Team geworden und Emilies beste Freunde!

Leider schläft sie noch immer mit Karsten in einem Bett. Wenn Emilie woanders übernachten soll, weigert sie sich hartnäckig, allein zu schlafen. Das macht es unmöglich für mich, sie über Nacht mit zu uns zu nehmen.

In den Sommerferien planen wir die Fahrten mit der Time Out so ein, dass meine Mutter zeitgleich mit Emilie auf die Jacht eingeladen wird. Die beiden teilen sich eine große Kabine und ich habe die Freude, beide gleichzeitig an Bord zu haben. Außer dieser *Schlafarie* ist Emilie harmlos im Umgang. Sie nervt nicht, sie quengelt niemals und empfindet keine Langeweile. Einfach glücklich, dabei sein zu dürfen, sitzt sie stundenlang mit uns am Tisch und lauscht unserer Unterhaltung. Ihre Tischmanieren sind besser als die der meisten Kinder. Bereitwillig probiert sie alle Speisen, die auf den Tisch kommen. Bedächtig, ohne zu kleckern, isst Emilie sauber mit Messer und Gabel in der korrekten Handhaltung. Ohne Ellbogen auf dem Tisch. Das kann ich nicht von all unseren Kindern behaupten. Smilla hält ihre Gabel noch immer demonstrativ in der ganzen Faust, wenn sie ihr Fleisch schneidet.

Unser jahrelanges Schwimmtraining hat sich irgendwann bezahlt gemacht. Zuhause im Pool paddelt Emilie zwar mehr wie ein Hündchen, kann sich aber sicher über Wasser halten. Immer häufiger kann ich sie auch zu einigen richtigen Schwimmzügen überreden. Von der Badeplattform der Jacht aus badet Emilie im offenen Meer, allerdings aus Sicherheitsgründen nur mit Schwimmweste an einer langen Rettungsleine.

Martin ist zwar freundlich, jedoch reserviert im Umgang mit Emilie. Sie ist ihm etwas unheimlich. Meine kleine Tochter ist der ehrlichste Mensch, den ich kenne. Sie kann gar nicht lügen, denn sie weiß nicht, wie das geht. Emilie kann Gefühle nicht einschätzen. Es fällt ihr schwer, sich selbst zu spüren. Sie empfindet weder Mitgefühl noch unterscheidet sie gut von böse. Genauso wenig kann sie abschätzen, ob sie jemanden mit dem, was sie sagt, verletzt oder in Verlegenheit bringt. Emilie sagt grundsätzlich die Wahrheit.

Schonungslos erzählt sie mir all die schrecklichen Dinge, die Karsten über mich sagt. Es macht mich traurig, dass er in Gegenwart unserer kleinen Tochter in dieser obszönen Sprache über mich spricht. Diese Ausdrücke sollte sie überhaupt nicht kennen. Der „Mumm" seiner verbalen Angriffe auf mich reicht nur bis zu Emilie und seiner Familie. Mehr traut er sich nicht. Eigentlich hatte ich angenommen, wir hätten unseren Rosenkrieg längst beigelegt, denn mein täglicher Kontakt zu Karsten ist nicht unfreundlich. Die kleinen Dinge, mit denen er mich zu ärgern versucht, können mich nicht aus der Reserve locken. Regelmäßig lässt Karsten zum Beispiel die hübschen Kleidungsstücke spurlos verschwinden, die Emilie von mir bekommt. Er weiß genau, wie wichtig mir ihr äußeres Erscheinungsbild ist, wenn wir mit Emilie ins Restaurant gehen oder sie mit in den Urlaub auf die Time Out nehmen. Damit öffne ich ihm eine willkommene Lücke, die er zu nutzen weiß.

Natürlich ist er eifersüchtig. Mir geht es wieder gut und ihm ist dieses Glück nicht vergönnt. Seinen Frust kann ich sogar verstehen.

Allmählich ahne ich den Grund, weshalb Karstens Familie meine Einladung zu Emilies Einschulung vor einigen Jahren ausgeschlagen hat. Mit Ausnahme seines Vaters spricht niemand mehr mit mir.

Karsten hat in seiner Familie die niederträchtige Lüge verbreitet, Emilies Behinderung sei allein meine Schuld.

Während der Schwangerschaft wäre ich angeblich ständig betrunken gewesen!

Im Gegensatz zu ihnen lässt Emilie sich nicht manipulieren. Ihre kleine Seele ist zu frei, um sich für perfide Pläne einspannen zu lassen. Genau hier liegt der Punkt, der auch Martins Alarmsignale aufleuchten lässt.

17. Kapitel

Die nächsten Monate verbringen wir in vollendeter Harmonie. Was diesen Wandel wohl verursacht hat? Etwa das bisschen Paartherapie? Das wäre wirklich wunderbar! Habe ich Martin vielleicht mit meiner Liebe bekehren können, wie ich es schon so lange erhofft habe? Oder hat ihn sein letzter *Ausraster* auf der Jacht aufgeweckt und geläutert? Es ist nicht Martins Art, seine Gefühle zu erklären, und ich frage ihn nicht danach. Glücklich so, wie es ist, möchte ich unser neu gefundenes Gleichgewicht keinesfalls ins Wanken bringen.

Allerdings fällt mir unangenehm auf, dass Martin im Anschluss an unsere Paartherapie damit begonnen hat, schlecht über unsere Freunde und meine Familie zu sprechen. Das hat er auch früher schon häufig getan. Aber nach der Sitzung mit den Figuren, die wir um uns herum gruppieren sollten, ist es um ein Vielfaches schlimmer geworden. Ich glaube, es ist eine eifersüchtige Reaktion. Meine Figuren hatte ich alle dicht um mich herum gestellt, während Martin seine *Familie* weit fort von sich platziert hatte.

Dabei genießt er alle Verabredungen. Martin freut sich, wenn wir eine Einladung haben und drängt mich jede Woche, Abendessen zu veranstalten und Gäste einzuladen.

Bei einem Schlummertrunk den Partyabend noch einmal Revue passieren zu lassen und dabei auch ein wenig zu schludern, finde ich unterhaltsam und vollkommen normal. Aber über diesen Punkt ist Martin lange hinweg. Niemand bleibt mehr von seinen gehässigen Kommentaren verschont. „Hast du gesehen, wie sie wieder ausgesehen haben!" oder: „Du meine Güte, war das Essen wieder schlecht, vollkommen ungenießbar!", „Einige unserer Freunde werden mir allmählich zu alt, die müssen wir nochmal austauschen!", „Sabine ist einfach nur ordinär, dazu diese unmögliche Figur! Was Erik nur an ihr findet? Aber Erik wird auch immer schmieriger und feister!"

Seitdem Martin vor dreißig Jahren die erste erotische TV-Show „Tutti Frutti" auf RTL gesehen hat, hält er sich für einen Experten für Brüste. Die in seinen Augen schlecht sitzenden BHs meiner Freundinnen sind ihm immer einen fiesen Kommentar wert. Die meisten Männer in unserem Bekanntenkreis hält Martin schlicht für dumm. Herablassend äußert er sich über deren Berufe oder die Art, wie unsere Freunde wohnen. Falls sie finanziell ebenso erfolgreich aufgestellt sind wie er selbst, greift Martin sie nicht an. Dafür findet er garantiert vernichtende Worte für die Ehefrau.

Es ist viel leichter zu kritisieren, als sich selber zu hinterfragen. Martins Ego lässt nicht zu, sich eigene Unzulänglichkeiten einzugestehen. Um weiterhin ganz oben an der Spitze zu thronen, kann er nur alle um sich herum systematisch abwerten.

Meine Bemühungen, ihn davon abzubringen, sind erfolglos. Egal, ob ich ihn bitte, nicht so streng zu urteilen, oder Martin versöhnlich vorschlage: „Wir sollten uns bemühen, weniger negativ über unsere Freunde zu reden!" Er ignoriert meine Einwände, auf diesem Ohr stellt er sich taub. Genauso gut könnte ich in den Wald rufen.

Obwohl ich versuche, mich nicht von seinen negativen Äußerungen beeinflussen zu lassen, pflanzt er mir doch die unheilvollen Gedanken wie Triggerpunkte in meinen Kopf, um sie bei Bedarf auszulösen.

Bei unseren nächsten Treffen geht er mit ausgebreiteten Armen und einer überschwänglichen Begrüßung auf dieselben Freunde zu, über die er so böse hergezogen hat. Küsschen links, Küsschen rechts. Eloquent und lustig wie eh und je unterhält er sich, innigste Verbundenheit vortäuschend. Ich stehe daneben und werde immer stiller und deprimierter. In meinem Kopf hallen seine verächtlichen Kommentare nach, wie bei einem immer wiederkehrenden Echo.

Wenn die wüssten, wie er über sie redet, denke ich bekümmert. Keiner würde noch mit uns an einem Tisch sitzen wollen. Nicht ein einziger!

Auch mit meinem Vater hat Martin sich inzwischen überworfen. Die ersten Jahre kamen die beiden Männer zu meiner Freude wunderbar miteinander aus. Mein Dad und Linda waren häufig gesehene Gäste auf der Time Out, und auch sonst verbrachten wir regelmäßig Zeit miteinander.

Vor einigen Wochen waren wir zu einer gemeinsamen Golfrunde verabredet. Linda und mein Vater hatten uns in ihren Country Club eingeladen. Dort wollten wir die große Runde über achtzehn Löcher gehen und anschließend auf der Clubterrasse zu Abend essen. Es versprach ein herrlicher Tag zu werden, bis mein Vater anfing, mir unterwegs Tipps zu geben und meine Schläge zu korrigieren. Ich hatte nichts dagegen und freute mich sehr über seine unerwartete Aufmerksamkeit. Als er sich dann auch noch zu einem Lob hinreißen ließ, platzte Martin der Kragen. Er fühlte sich dadurch so vernachlässigt und derart missachtet, dass er noch vor dem Ende der Runde unser gemeinsames Spiel abbrach. Erschüttert eilte ich im Laufschritt auf dem Weg zum Parkplatz neben Martin her und versuchte ihn zu beruhigen, aber es war zwecklos. Wir blieben nicht mehr zum Abendessen, sondern rauschten mit Martins Panamera vom Hof, dass der Kies nur so spritzte. Linda und mein Vater blieben fassungslos zurück. Seitdem verweigert Martin konsequent ein erneutes Treffen. Anfangs dachte ich, dass renkt sich schon wieder ein, aber inzwischen glaube ich das nicht mehr. Martin ist sehr entschlossen in seinen Entscheidungen und lässt sich niemals erweichen.

Manchmal habe ich das Gefühl, mit ihm auf einer Bühne zu stehen. Unser Leben, einschließlich unserer Lovestory, im Rampenlicht einem Publikum vorzuführen. Eine große Show gespickt mit Drama, Liebe, Luxus, und abenteuerlichen Geschichten. Wie viel davon ist echt? Mir kommt der Gedanke, dass er mich ganz allein für sich haben möchte und deshalb versucht, mich von meiner Familie und meinen Freunden zu entfremden. Martin ist ein Mensch, der mit allem, was er tut, eine bestimmte Absicht verfolgt.

Mir gegenüber ist Martin seit unserer Therapie so aufmerksam wie schon lange nicht mehr. Dankbar über unseren gefundenen Frieden und die Harmonie in unserer Beziehung, lasse ich mich von ihm einlullen. Für etwas anderes reicht meine Kraft nicht. Kompromisse sind nicht neu für mich, und ich habe mich längst mit ihnen arrangiert. Diesmal ist der geforderte Preis für unseren Frieden, eine Distanz zwischen mir und meiner Familie aufzubauen.

Es bleibt keine Zeit, um Wunden zu lecken, denn endlich können wir unsere Pläne verwirklichen. Es dauert beinahe ein ganzes Jahr, bis wir unsere Traumwohnung finden, aber dann ist es ist Liebe auf den ersten Blick.

Am frühen Abend, gleich nach dem Notartermin, fahren wir mit dem Fahrstuhl in unsere neue Wohnung. Unter dem Arm zwei Rollen Packpapier, Scheren, Klebeband, Zollstock, und eine gekühlte Flasche Moet&Chandon mit zwei Gläsern. Aufgeregt wie kleine Kinder am Heiligen Abend, schließen wir die Haustür auf und treten ein. Der Fußboden ist mit hellen Holzdielen ausgelegt. Die Wände in einem leichten Grauton gestrichen. Sandfarbener Naturstein ist in den Bädern und auch in der Wohnküche verarbeitet worden. Bodentiefe Fenster erlauben uns einen Blick über den nicht enden wollenden See. Die Wohnung hat zwei Kamine, einen im Wohnzimmer und einen weiteren draußen auf der Terrasse. Dort besteht der Boden aus Keramikfliesen in Holzoptik. Beinahe andächtig wandern wir von Zimmer zu Zimmer, überlegen, wohin wir die Möbel stellen wollen. Mit der Schere schneiden wir aus dem Packpapier Schablonen zu und schieben unsere imaginären Möbel mal hierhin, mal dorthin. Dabei trinken wir unsere erste Flasche Champagner im neuen Heim und schwelgen in dem gemeinsamen Gefühl des Glücks. Martin nimmt mich schwungvoll in den Arm: „Auf unser neues Zuhause, mein Liebling."

„Ja, auf unser neues Zuhause", antworte ich ihm selig.

Martin verschwindet mit dem Zollstock, um sein neues Arbeitszimmer auszumessen, während ich mit meinem Champagnerglas auf die überdachte Terrasse trete. Es ist unglaublich schön hier. So ganz anders als das riesige Anwesen am Waldesrand. Ein Neubau direkt am Wasser. Von hier oben, aus unserer Penthousewohnung, liegt uns der

See zu Füßen. Das Ufer ist gesäumt von Trauerweiden, die mit ihren herabhängenden Ästen beinahe die Wasseroberfläche berühren. Seerosen treiben flächendeckend Im flachen Wasser. Die filigranen Spitzen der Weidenäste bewegen sich streichelnd im sanften Wind über den weit geöffneten Rosenkelchen, als würden sie sich liebkosen. Sie recken sich ihnen entgegen und berühren sich doch nie.

In einiger Entfernung liegt eine naturgeschützte Insel, die belagert wird von Seevögeln. Kormorane und Fischreiher nisten dort und sogar ein paar Pfaue haben sich auf ihr angesiedelt.

Unsere Terrasse ist teilweise überdacht und läuft beinahe vollständig um die Wohnung herum. Wie angenehm, denke ich, so finden wir immer ein geschütztes Plätzchen, egal, wie heftig der Wind weht, es regnet oder die Sonne scheint.

Der See ist weitläufig und über Seitenarme mit angrenzenden Seen verbunden. Links von uns befindet sich ein Segelclub. Die Boote und Jachten liegen leicht schaukelnd nebeneinander vertäut. Windräder surren leise, Wanten schlagen leise klirrend an die Masten. Es sind vertraute Geräusche, die sofort ein entspanntes Urlaubsgefühl verbreiten. Zwei Möwen hocken auf der Mole und bewachen ihren Hafeneingang. Ein Stück weiter gibt es eine kleine Marina für Sportboote. Es wird sicher nicht lange dauern, bis Martin sich ein Spielzeug für den See kauft.

Vor Jahren habe ich auf sein Drängen hin den Sportbootführerschein gemacht. Nicht um die Time Out zu führen, die ist für uns zu groß und selbst Martin hat sie niemals ohne den Kapitän bewegt, obwohl wir sie mit unserem Schein hätten fahren dürfen. Eine Luxusjacht dieser Größenordnung ist nicht zum Üben geeignet. Aber wir brauchten in einigen Ländern den Sportbootführerschein für das Beiboot und den Jetski.

Wochenlang hatte ich für diese schwere, umfangreiche Prüfung gebüffelt und an Schulungen teilgenommen. Mein Grundwissen bestand aus Backbord und Steuerbord, mehr wusste ich nicht. Nun lernte ich Seekarten zu lesen, Kurse zu berechnen und Signalfeuer zu bestimmen. Das erste Mal seit meiner Schulzeit hatte ich das Gefühl, den Dreisatz endlich verinnerlicht zu haben. Diese Prüfung war noch einmal eine echte Herausforderung für mich. Lange hatte ich nicht mehr so intensiv für etwas lernen müssen, und ich war unheimlich stolz, als mir mein Sportbootführerschein endlich überreicht wurde. Allerdings hat Martin mich danach nie ans Steuer gelassen! Sein männlicher Stolz ließ es wohl nicht zu. Womöglich hätte ich es gut gemacht! Da es niemals abgefragt wurde, vergaß ich mit der Zeit Stück für Stück mein erlerntes Wissen. Inzwischen interessiert es mich nicht einmal mehr. Wofür etwas lernen, wenn ich es doch niemals benutzen darf?

Meine Augen wandern weiter über den See. In der einsetzenden Dämmerung werden Lichter eingeschaltet, Boote steuern mit tuckernden Motoren ihre Häfen an, Segel werden eingezogen. Ein einsamer Stand-Up-Paddler taucht neben der Insel auf. Blasse Nebelschwaden ziehen über die Wasseroberfläche und der Paddler, dessen Bord bereits vom Dunst verschluckt ist, sieht aus, als würde er über dem Nichts schweben, bereit, davon verschluckt zu werden. Wie er sich wohl gerade fühlt? Spürt er eher Unbehagen oder einen Moment voller Magie und stiller Schönheit? Der schrille, durchdringende Schrei eines Pfaus dringt über das Wasser zu mir herüber und unterstreicht diesen mystischen Anblick.

Ein warmes Glücksgefühl strömt durch meinen Körper. Ja, hier werde ich mich ganz bestimmt wohlfühlen.

Schon vor Wochen habe ich angefangen, unsere alten Möbel über Auktionshäuser und Ebay zu verkaufen. Wir wollen uns vollkommen neu einrichten. Nur eine karamellfarbene Recamiere darf bleiben und natürlich unsere Bilder.

Vor einigen Jahren eröffnete mein Vater eine neue Kunstschule. In den frisch angemieteten Räumlichkeiten hatte vorher ein bekannter Maler seine Meisterklasse unterrichtet. Zurück blieben einige Mappen mit außergewöhnlichen Bildern. In dem Jahr war ich gerade zu Martin gezogen und mein Vater überließ mir für einige Tage die Mappe, damit ich mir die schönsten Bilder aussuchen konnte. Ich wählte neun Bilder und mein Dad verkaufte sie Martin für einen Appel und ein Ei!

In unserer neuen Wohnung, mit diesen lichtdurchfluteten Räumen und den hellgrauen Wänden, kommen diese wunderbaren Bilder jetzt erst richtig zur Geltung.

Für unsere Einrichtung stelle ich mir einen Mix aus italienischen Möbeln von Living Divani, und den Designklassikern von Charles & Ray Eames und Arne Jacobsen vor.

„Schau mal, Martin, was hältst du von diesem dunkelroten Müller-Schreibtisch für dein neues Arbeitszimmer und dazu dieses kleine schwarze Le-Corbusier-Ledersofa?"

Eine Inneneinrichterin steht mir zur Seite. In ihrem Showroom hat sie wahre Schätze ausgestellt. Sie kennt die richtigen Shops, hat Muster für Kelim-Teppiche und das Netzwerk, um alles zeitnah in Auftrag geben zu können.

Von unseren Reisen nach Tansania und Südafrika haben wir einige Erinnerungsstücke mitgebracht, die jetzt in einem wunderbaren Kontrast zu unserer modernen Einrichtung stehen. Afrikanische Masken, ein Teppich und der kunstvoll gefertigte Halsschmuck eines Massai-Kriegers werden perfekt integriert.

Wir genießen unser neues Zuhause in vollen Zügen. Diese Wohnung kommt mir vor wie unser schützender Kokon, in dem unsere Liebe ihren ersehnten Frieden findet. Endlich eine Wohnung, die wir mit Leben ausfüllen. Keine leeren Räume und ungemütlichen Hallen mehr. Wir müssen uns nicht mehr ständig suchen. Kein Handy-Anruf mit: „Schatz, wo bist du, Essen ist fertig." Weder Kinder noch ständige Hausangestellte um uns herum, nur noch wir beide!

18. Kapitel

Im Stall gibt es Spannungen. Martin und Stephan sind aneinander geraten. Das war irgendwann zu erwarten. Martin möchte immer wieder die Zuschauer auf der Tribüne beeindrucken und zieht mit seinem alten Duprex eine Show ab. Das alte Pferd schnauft und schwitzt, während es auf der Stelle piaffiert, Pirouetten auf der Hinterhand dreht oder im starken Trab durch die Halle fliegt. Duprex sieht immer noch imposant aus, auch wenn er seinen sportlichen Zenit bereits vor vielen Jahren überschritten hat. Auf seine alten Tage macht er einen tollen Job als Lehrmeister für Smilla. Unter Stephans Anleitung hat das Mädchen viel gelernt. Duprex ist exzellent ausgebildet. Smilla lernt von beiden mit leichter Hand und ohne viel Kraft die Kunst des feinen Reitens.

Martins Reitweise ist eine ganz andere. Er reitet mit viel Muskelkraft und harter Hand. Duprex fügt sich gehorsam der strengen Kandarenführung und den langen Sporen an Martins Stiefeln. Schweißgebadet steht er später mit hängendem Kopf im Stall. Während Martin bereits im Casino mit den anderen Männern am Reiterstammtisch sitzt, reibe ich die Beine des alten Pferdes mit einer kühlenden Salbe ein, lasse seinen Rücken von Wärmelampen bestrahlen und bereite ihm ein wohltuendes warmes Mash zu.

Stephan kommt in den Stall geschlendert und sieht mir zu. Seine Hand streicht über den Hals des Wallachs. „Elisabeth, du musst mit Martin reden, ich kann nicht zulassen, dass er den alten Kerl so knechtet. Das hat er nicht verdient, dass grenzt an Tierquälerei. Martin muss Duprex endlich in Rente schicken, sein Gnadenbrot hat er sich schon lange verdient."

Hilflos zucke ich mit den Schultern. „Du hast ja recht, Stephan, ich wünschte, ich hätte so viel Einfluss, aber Martin hört nicht auf mich. Es ist für ihn nur ein Sportgerät, das zu funktionieren hat."

„Dann werde ich mit ihm reden. Wenn er keine Einsicht zeigt, muss ich ihm die Boxen kündigen. Es tut mir sehr leid, Elisabeth."

Natürlich zeigt Martin keine Einsicht und ist empört über Stephans Maßregelung. „Was bildet der Kerl sich eigentlich ein, mir zu sagen, was ich zu tun und zu lassen habe?", schimpft Martin. „Keine Woche länger bleiben wir in diesem Stall."

Beim Abendessen überlegen wir gemeinsam, wohin wir gehen können. Es gibt mehrere Reitanlagen in unserem Umkreis, aber entweder ist Martin dort bereits rausgeflogen oder er mag den Trainer nicht. Am Ende bleibt nur noch eine Möglichkeit. „Was hältst du von dem neuen Reitsportzentrum Gestüt Louisenhof? Es wird viel Gutes darüber berichtet, ist aber der teuerste Reitstall weit und breit. Der Trainer und Pächter heißt Mats van Leeuwen."

Eine Woche später bezieht Dancer seine neue Box auf dem Louisenhof. Martin war klug genug, Duprex nicht mitzunehmen, das Problem würde ihn hier ebenso einholen. „Ich möchte meinem Ruf in der Dressurszene nicht schaden", erklärt Martin mir.

Ich bin mir nicht ganz sicher, ob Martin einen guten Ruf in der Szene zu verteidigen hat. Duprex allerdings, hat unter seiner vorigen Reiterin etliche nationale sowie internationale Erfolge in der schweren Klasse erreicht. Er ist ein bekanntes Turnierpferd. Würde er mit seinen 21 Jahren von Martin zuschanden geritten werden, würde das in der Tat einen äußerst negativen Eindruck hinterlassen. Damit könnte Martin sich in Reiterkreisen nirgendwo mehr blicken lassen.

Nachdem Martins Wut über Stephans Zurechtweisung abgeklungen ist, bringe ich mit Smilla Duprex auf einen Gnadenhof. Dort darf er nun den ganzen Tag mit anderen Rentnerpferden auf der Weide herumbummeln und Gras fressen.

Smilla fällt der Abschied schwer, sie hängt an dem alten Pferd und verliert nur ungerne ihren treuen Reitpartner. Martin ist in keiner Weise auf die unglückliche Situation eingegangen, dass seine Tochter jetzt kein Reitpferd mehr hat. Stoisch ignoriert er ihre stumme Bitte. Als ich ihn darauf anspreche entgegnet er schulterzuckend: „Das würde sie gar nicht erwarten. Smilla weiß genau, dass sie kein Pferd von mir bekommt."

„Aber was ist mit ihrem Hoffen, ihren Wünschen und Träumen?"

„Das ist nicht mein Problem", entgegnet Martin ungerührt, „ich habe meine Prinzipien und die kennt Smilla."

Den lästigen Gedanken an Stephan schüttelt er ebenfalls ab und streicht einen weiteren Namen aus seinem Bekanntenkreis.

Der Louisenhof ist ein Reitsportzentrum und Wellnesstempel für Pferde. Das schmiedeeiserne Tor öffnet sich für den Besucher nur auf Anmeldung oder mit Chipkarte. Auf dem Parkplatz neben dem Rondeel, in dessen Mitte ein Springbrunnen plätschert, reihen sich die Luxuskarossen aneinander. Die Unterbringung eines Pferdes kostet hier doppelt so viel, wie ich Miete für meine Dachgeschosswohnung im Erlenweg bekomme. Dafür ist alles inklusive. Tägliches Training bei Mats van Leeuwen, Pferdepflege, Weidegang.

Schneeweiße Zäune umranden die saftigen Wiesen mit der Galoppbahn. Für die edlen Vierbeiner stehen Laufbänder, Solarien und Aquatrainer zur Verfügung. Aber auch die Reiter kommen nicht zu kurz. Nach dem Unterricht können wir in dem idyllisch angelegten Schwimmteich baden oder in den Loungemöbeln, die rund um das Dressurviereck gruppiert sind, entspannen.

Das „Reiterstübchen" ist ganz im Landhausstil eingerichtet. Eher ein großes Wohnzimmer mit angrenzender Wohnküche und Tresen. Sofaecke, Esstisch, Kamin und Fernseher, durchgehende Fensterfronten, um in die Reithalle und auf das Außenviereck zu schauen und jede Woche frische, üppige Blumenbouqets in den Vasen.

Die Pferde auf dem Louisenhof residieren in übergroßen Boxen. Einige haben sogar eine Tür nach außen mit einem eingezäunten Auslauf davor, sozusagen ein Appartement mit Terrasse. Braunes Bongossiholz trifft auf dunkelgrüne, sanft geschwungene Metallgitter, auf denen glänzende Messingkugeln thronen. Alle Pferde können durch offene Fenster nicht nur nach draußen, sondern mit ihren Köpfen auch in die Stallgasse blicken.

Mats van Leeuwen ist Trainer und Pächter dieser Traumanlage. Ein hochgewachsener, schlanker Holländer, Anfang fünfzig, mit leicht ergrauten Schläfen und einem durchdringenden Blick aus rehbraunen Augen. Mit seinem holländischen Akzent wickelt er seine Kunden charmant und geschäftstüchtig um den Finger. Sein Training ist intensiv und lässt Pferde und Reiter zu höchster Harmonie zusammenfinden. Es ist die pure Freude, mit Dancer und Mats zusammenarbeiten zu dürfen. Mein Pferd ist mit jedem vergangenen Jahr eine weitere Stufe seiner hippologischen Karriereleiter nach oben galoppiert. Es gibt keine einzige Übung, die Dancer Schwierigkeiten bereitet, und inzwischen tanzen auch wir mit erhabenen Tritten durch die Reithalle. Mats wird uns helfen, die Lektionen der schweren Klasse einzuüben.

Ich habe unzählige Erfolge im Springreiten. Dressur bin ich bislang nur bis zur mittleren Klasse geritten. Auch in dieser Disziplin dieses hohe Niveau zu erreichen, bedeutet eine sportliche Herausforderung, wie ich sie mir schöner nicht vorstellen kann. Gemeinsam mit meinem talentierten Dancer diese schwierigen Lektionen zu erlernen, in denen jeder Galoppsprung gezählt wird. Traversalen im Trab und im Galopp, in denen das Pferd weit mit den Beinen überkreuzen muss. Fliegende Galoppwechsel in einem vorgeschriebenen Rhythmus. Im Moment der freien Schwebe, in denen das Pferd mit allen vier Beinen gleichzeitig in der Luft ist, den Galoppsprung zu wechseln, erst alle vier Sprünge, dann alle drei Sprünge und danach jeweils nach zwei Sprüngen. Am Ende wartet die Königsdisziplin, den Galoppwechsel von Sprung zu Sprung zu reiten.

Piaffen oder Passagen, in denen das Pferd beinahe auf der Stelle oder in langsamen, kadenzierten Tritten wie in Zeitlupe trabt.

Diesen sportlichen Lebenstraum zu verwirklichen bedeutet mir viel. Dancer und ich werden diese Aufgabe gemeinsam erfüllen. Mit jedem Tag kommen wir unserem Ziel ein kleines Stückchen näher, unaufhaltsam!

Martin beobachtet unsere Fortschritte etwas spröde. Nur ungern gibt er uns die Erlaubnis, an Turnieren teilzunehmen. Die Wochenenden gehören ihm und er möchte mich weder begleiten noch auf mich warten müssen. In den vergangenen Jahren hatten wir uns auf vier Turnierstarts pro Jahr geeinigt. Ich legte ihm die in Frage kommenden Termine vor und er bewilligte sie oder auch nicht.

„Bitte, Martin, lass mich doch dort an den Start gehen. Die Prüfung ist am Samstagvormittag. Gegen Mittag bin ich schon wieder zurück und wir unternehmen etwas schönes", bitte ich ihn. Er antwortet mir nicht. „Warum möchtest du nicht, dass ich auf Turnier gehe? Dancer läuft so gut wie niemals zuvor. Die Teilnahme bedeutet mir wirklich viel."

„Weil ich es dir nicht zutraue, Elisabeth!"

Was für ein niederschmetterndes Argument, denke ich traurig. Außerdem stimmt das doch gar nicht. Dancer und ich sind beinahe jedes Mal erfolgreich am Start. Martin will mich klein halten, weil er es nicht schafft, sich mit mir über unseren Erfolg zu freuen. Warum ist er nicht einfach nur stolz auf uns?

Wenn ich auf dem Turnierplatz bin, bleibt er demonstrativ fern, um mir seine Missachtung und seinen Unwillen darüber zu zeigen. Komme ich von Erfolg gekrönt mit Dancer zurück zum Louisenhof, reagiert er dermaßen übertrieben, dass es an Ironie und Zynismus grenzt. Das kränkt mich sehr.

Im Falle eines Versagens, baut er mich nicht auf, sondern haut noch einen drauf indem er leicht verächtlich kundtut: „Ich habe es dir schon mal gesagt, Elisabeth, ich traue dir einen Turnierstart nicht zu. Heute hast du die Quittung bekommen, du reitest einfach nicht gut genug!"

Nach Martins gemeinen Äußerungen kommen mir regelmäßig die Tränen. In meinem Ehrgeiz bin ich auch ohne seine gemeinen Worte schon in meine Schranken verwiesen worden. Selbstzweifel nagen an mir, und ich frage mich tatsächlich, ob ich wieder einmal nicht gut genug bin.

Mats muntert mich bei unserem nächsten Training wieder auf: „Eli, du bist eine der besten Reiterinnen auf dem Louisenhof. Bei jeder Trainingseinheit gelingen dir die Lektionen sicherer. Du hast deinem Dancer schon so viel beigebracht – er ist ein großartiges Pferd. Ihr müsstet nur öfter auf Turniere fahren, damit ihr mehr Routine bekommt. Dancer ist genauso aufgeregt, wenn er auf fremde Plätze kommt, wie du. Lass dich nicht so sehr von Martin unter Druck setzen. Euer Weg ist vorgeschrieben, du wirst mit Dancer den Erfolg in der schweren Klasse haben, den du dir so sehr wünschst. Nur noch ein wenig Geduld, ihr seid fast soweit."

Mats' Worte geben mir wieder Mut und Kraft.

Von Martin erlebe ich eher das Gegenteil.

„Übrigens möchte ich, dass du in Zukunft nicht mehr in deinen Bauernstall fährst, um fremde Pferde zu reiten. Schließlich bezahle ich hier viel Geld für dein Training. Ich möchte nicht, dass du dir deinen guten Sitz im Dressursattel kaputt machst, indem du Springpferde reitest! Ach, noch etwas, Eli, ab nächster Woche beginnt das Quadrillereiten für Weihnachten. Du weißt, wie sehr ich Musikreiten mag, ich werde mit Dancer mitreiten!"

Erschrocken zucke ich zusammen. Ich habe immer gewusst, dass Martin eines Tages einfordern wird, Dancer zu reiten. Selbstverständlich ist es sein gutes Recht.

Es fällt mir unendlich schwer, mir nicht anmerken zu lassen, wie sehr mein Innerstes dagegen protestiert. Mir Martin mit seiner harten Reitweise auf meinem sensiblen Pferd vorzustellen, ist eine Seelenqual für mich.

Mats spürt meinen Kummer und nimmt mich beiseite. „Elisabeth, hör auf, dir so viele Sorgen zu machen, ich bin doch dabei und passe auf deinen Dancer auf, ihm geschieht schon nichts!"

Es kommen viele Zuschauer, um der Adventsquadrille beizuwohnen. Auch Martin und ich haben einige unserer Freunde und Bekannte eingeladen. Im Anschluss gibt es Glühwein, Gulaschsuppe und selbstgebackene Kuchen.

Das Quadrillereiten ist eine Art des Formationsreitens, bei der verschiedene Figuren von einer Gruppe an Reitern koordiniert und aufeinander abgestimmt geritten werden. Dazu wird Musik gespielt, die zu der jeweiligen Gangart der Pferde passt.

Martin führt, gemeinsam mit einer anderen Reiterin, die Quadrille an. Paarweise reiten sie nebeneinander. Mit stolzgeschwellter Brust sitzt er auf meinem kleinen schwarzbraunen Pferd, das unter ihm eher wie ein Pony wirkt. Für diese feierliche Darbietung tragen die Teilnehmer weiße Reithosen und schwarze Reitjackets. Obwohl Martin äußerst kritisch jede Figur beurteilt, ist auch er nicht mit einem perfekten Körper ausgestattet. Martin hat sehr viel Brustkorb mit etwas Bauch und sogar einer kleinen Fettschürze, die über den Gürtel hängt. Seine Beine sind extrem dünn. Durch die eng anliegende Reithose und das etwas viereckige Reitjacket werden seine Problemzonen nicht kaschiert, sondern unvorteilhaft betont. Dazu überragt ihn seine Reitpartnerin, die neben Martin auf ihrer großrahmigen Stute reitet, beinahe um Haupteslänge. Es sieht ungewollt amüsant aus.

Am Ende der Quadrille fragt ihn einer unserer Freunde tatsächlich lachend: „Das war lustig anzusehen Martin, sag mal, gibt es so ein Pferd auch in deiner Größe?"

Wie in dem Märchen „Des Kaisers neue Kleider" hat niemand vorher gewagt, Martin darauf hinzuweisen, dass er keine gute Figur auf Dancer macht. Nun lache ich innerlich erleichtert auf über diese unerwartete Hilfestellung, zumal mich keine Schuld trifft. Martin ist bemüht, sich die Demütigung nicht anmerken zu lassen, aber ich erkenne an seinem mahlenden Kiefer und dem zuckenden Muskel unter dem Auge, wie sehr es ihn getroffen hat. Noch am selben Tag bittet er Mats, für ihn ein geeignetes Dressurpferd zu besorgen. Mir gegenüber erklärt Martin doch tatsächlich: „Ich muss sagen, Eli, so ein gut ausgebildetes Pferd wie Dancer habe ich in meinem Leben noch niemals geritten. Das hast du gut gemacht."

So ein wunderbares Lob aus Martins Mund zu hören, habe ich nicht erwartet. Ich merke, wie mir die Röte ins Gesicht schießt. Für einen Moment bin ich vollkommen baff über dieses ungeahnte Kompliment. Es macht mich beinahe etwas verlegen, aber ich freue mich wie eine Schneekönigin darüber.

Etwas Schöneres hätte Martin mir nicht sagen können.

Drei Wochen nach der Quadrille steht Martins neues Pferd im Stall. Mats hat tatsächlich ruckzuck ein passendes Dressurpferd gefunden. Wie ich Mats holländischen Geschäftssinn einordne, hat er dafür eine stattliche Provision in Höhe eines Mittelklassewagens für sich beansprucht. Bei unserer kleinen Welcome Party im Reiterstübchen frage ich Martin:„ ... wird Smilla dein Pferd wieder mitreiten dürfen?"

„Nein, warum sollte sie? Wenn ich keine Zeit habe, wird Mats mein Pferd reiten, dafür bezahle ich schließlich."

Armes Mädchen, denke ich. *Wie herzlos Martin seiner Tochter gegenüber handelt. Es wäre doch nichts dabei, sie zweimal die Woche mitreiten zu lassen. Sie muss doch todunglücklich darüber sein. Zusätzlich sind wir häufig im Urlaub. In dieser Zeit werden unsere Pferde zwar von Mats betreut, aber genauso gut könnte auch Smilla zum Reiten kommen.*

19. Kapitel

Mats hat einige Überwachungskameras in seinem Stallgebäude installiert. Sie sind so klein und unauffällig platziert, dass niemand sie bemerkt. Nur ein winziger Aufkleber an einer Fensterscheibe weist auf eine Videoüberwachung hin.

Zu dritt sitzen wir im Reiterstübchen bei einem Latte Macchiato. Mats hockt neben Martin am Tresen und zeigt ihm voller Begeisterung die Aufzeichnungen über seine Handyapp. Die gestochen scharfen Bilder zeigen einige Kundinnen, die gerade dabei sind, ihre Pferde zu satteln. Über die Kameras kann Mats nicht nur mit einem Weitwinkel die Stallgasse und Reithalle überblicken, sondern auch jede Unterhaltung verfolgen.

„Stellt euch vor, ich kann mir ganz gemütlich zu Hause von der Couch ansehen, was hier gerade abläuft."

„Ist das überhaupt erlaubt?", frage ich nach.

„Na ja", entgegnet Mats, „deswegen der Aufkleber an der Scheibe, ich muss die Kunden darauf hinweisen, aber die Überwachungskameras dienen nur der Sicherheit."

Ein paar Tage später betrete ich, beladen mit Einkaufstaschen unsere Penthousewohnung. Beim Auspacken der Lebensmittel bleibt mein Blick plötzlich auf einer kleinen Minikamera über der Kaffeemaschine hängen. Erstarrt in meiner Bewegung fixiere ich dieses winzige weiße Ding. Es ist nicht viel größer als eine Streichholzschachtel.

Langsam gehe ich näher heran und blicke in das verspiegelte Auge mit der Linse. Ein winziger roter Punkt blinkt mich an. *Das kann doch nicht wahr sein,* denke ich erschrocken. *Martin hat sich auch eine Kamera besorgt und beobachtet mich jetzt hier bei uns zuhause? Guckt er in diesem Moment triumphierend auf seine Handyapp, um zu kontrollieren, wo ich mich gerade in der Wohnung befinde oder was ich mache? Sitzt er im Büro oder vielleicht sogar mit anderen Männern am Stammtisch und führt er ihnen in diesem Moment auf seinem Handydisplay selbstgefällig vor, wie prima er seine Frau im Griff hat?* Entgeistert, mit hängenden Armen stehe ich vor dem Küchenblock. In einer Hand noch die Milchtüte, in der anderen Hand die Joghurts. Mein Blick ist wie gebannt auf die Kaffeemaschine mit der kleinen Kamera gerichtet.

Es war Martin doch so wichtig, dass ich mich hier wohlfühle, deswegen haben wir uns doch dieses wunderbare neue Zuhause gesucht. Wieso kommt er jetzt auf so eine haarsträubende Idee? Vertraut er mir nach all den Jahren immer noch nicht? Was glaubt er denn nur, was ich tue, wenn er nicht da ist?

Mir ist inzwischen ganz heiß geworden und ich fühle mich unbehaglich in meiner Haut. Beobachtet zu werden, ohne dazu ein Gesicht mit einer widerspiegelnden Gefühlsregung zu sehen, löst in mir Beklemmung und Unsicherheit aus.

Langsam löst sich meine Schockstarre. Nachdem ich die Milchtüte und die Joghurts in den Kühlschrank geräumt habe, wandere ich, so unauffällig wie möglich, durch unsere Wohnung. Meine Augen gleiten suchend durch jeden Raum. Tatsächlich, in meinem Arbeitszimmer, das gleichzeitig auch unser Gästezimmer ist, steht eine weitere Kamera im Regal zwischen meinen Büchern. Eine Dritte entdecke ich in unserem Ankleidezimmer. *Das ist ja wirklich unerträglich, was treibt Martin nur zu so einer paranoiden Idee?*

Zurück in der Küche drehe ich empört die Kamera ein Stückchen zur Seite, um den Blickwinkel abzulenken. *Da hat er ein schönes Bild von der Wand*, denke ich entrüstet.

Als ich eine Stunde später den Schlüssel im Schloss höre, lege ich meine Küchenschürze ab und begrüße Martin an der Haustür.

„Hallo, mein Schatz." Genauso erwartet er es von mir.

„Wie ich sehen konnte, hast du die Überwachungskameras gefunden, Eli", begrüßt Martin mich, nachdem ich ihm seine Jacke und das Körbchen, in dem sein heutiges Mittagessen gewesen war, abgenommen habe.

„Ja, und ich bin ziemlich bestürzt darüber. Es ist überhaupt kein heimeliges Gefühl, zuhause heimlich beobachtet zu werden", entgegne ich, vielleicht etwas zu vorwurfsvoll.

„Nun, die Kameras habe ich auch nicht deinetwegen installiert, Elisabeth. Ich möchte sehen, was hier passiert, wenn Handwerker oder unsere Putzfrau in der Wohnung sind."

„Aber die Putzfrau ist doch nur einmal in der Woche hier und hat uns niemals einen Grund gegeben, ihr zu misstrauen. Klar, wenn Handwerker allein in der Wohnung sind, sehe ich deine Sorge, aber müssen diese Kameras deswegen dauerhaft in Betrieb sein? Hast du eine Ahnung, wie schrecklich ich mich mit dieser Form der Überwachung in unseren vier Wänden fühle? Geborgen ganz gewiss nicht. Bitte, Martin, lass mich die Kameras ausschalten wenn ich daheim bin."

„Ich will aber, dass sie rund um die Uhr laufen, und ich möchte dich bitten Eli, sie nicht zu verrücken, Ende dieser Diskussion."

Die Überwachung von Handwerkern und unserer Haushilfe ist nur eine Randnotiz. Diese Erkenntnis wird mir schlagartig bewusst. Es geht ihm tatsächlich in erster Linie darum, mich zu kontrollieren und es mich wissen zu lassen. Misstraut er mir tatsächlich? Habe ich ihm unbewusst einen Anlass gegeben, mir gegenüber seine Dominanz unterstreichen zu müssen? Möglicherweise wurde er anderweitig gedemütigt und nun lässt er es an mir aus. Es gibt eine Vielzahl von Möglichkeiten, die in Betracht kommen. Eine Antwort würde ich nicht erhalten. Genauso gut kann es einfach nur eine Idee ganz nach Martins Lebensprinzip sein: Ich bezahle – ich bestimme! Ein Stempel seiner Macht.

Unsere guten Vorsätze aus der gemeinsamen Paartherapie sind längst im Alltag verloren gegangen. Wir sind wieder an dem Punkt angelangt, an dem wir vorher gewesen sind. Meine Befindlichkeiten pariert Martin mit Hohn oder Spott, während er gleichzeitig von mir noch mehr Dankbarkeit und Unterwürfigkeit für alles, was er mir bietet, einfordert. Ihm eine Fortsetzung unserer Therapie vorzuschlagen, halte ich für zwecklos. Inzwischen macht Martin sich über unsere damaligen Therapieansätze lustig, dabei haben sie eine Zeitlang wirklich gut funktioniert und uns zu einer neuen Chance verholfen.

Irgendwie werde ich mich auch mit dieser neuen Situation arrangieren, wie immer. Was soll ich auch sonst tun? Meine Unabhängigkeit habe ich schon vor langer Zeit verspielt. Naiv habe ich damals, als Martin und ich uns trafen, alles auf eine Karte gesetzt. Gutgläubig habe ich ihm mit ausgestreckten Händen mein Herz und meine Seele auf einem Silbertablett gereicht.

Damals ahnte ich nicht, welchen Preis ich dafür zahlen sollte.

Es ist ja nicht so, dass es keine glücklichen Momente gibt, aber die unglücklichen nehmen immer mehr zu. Mit jedem Jahr, das vergeht, fühle ich mich müder und ausgelaugter. Irgendwann bin ich nur noch eine leere Hülle. Auf Fotos kann ich bereits erkennen, dass mein Lachen nicht mehr meine Augen erreicht. Was geschieht, wenn mein Leuchten gänzlich erlischt? Wenn ich Martin nicht mehr durch meinen Glanz erstrahlen lassen kann oder ihm nicht mehr seine Bühne vorbereite. Werde ich dann weggeworfen, ausgetauscht wie eine leere Batterie?

Ich habe mich in diesem Leben eingerichtet. Voller Scham gestehe ich, mich beinahe wohlzufühlen in meiner Opferrolle. Sie ist zu einer bekannten Größe für mich geworden, in der ich mich trotz allem sicher bewegen kann. Hier kenne ich mich aus und sie ist zu meiner Komfortzone geworden.

Den Mut, daraus hervorzukriechen, finde ich nicht mehr.

Ein Neuanfang käme mir vor wie eine unüberwindbare Steilwand, die ich mit bloßen Händen ohne Sicherheitsleine erklimmen müsste.

Die Kamera im Ankleidezimmer ist mir nicht so wichtig. Meine Schränke befinden sich in unserem Schlafzimmer und dort ziehe ich mich auch um. Mein Arbeitszimmer benutze ich jetzt nur noch, um dort zu bügeln. Der Hauswirtschaftsraum wird zu meinem neuen Rückzugsort erkoren. Dort habe ich auch vorher schon gesessen, als die Möbel für mein Zimmer noch nicht geliefert waren. Der Wirtschaftsraum ist komplett mit Einbauschränken verkleidet. Es ist also nicht so, dass ich zwischen Wischmopp und Bügelbrett sitze.

Am Ende des schmalen Raumes ist eine hüfthohe Arbeitsplatte verbaut, direkt vor dem großen Fenster mit Blick auf die Vogelinsel. Hierher kann ich mich zurückziehen, um meinen Bürokram zu erledigen, an meinem Laptop zu arbeiten oder um zu telefonieren, ganz frei von Martins Überwachung.

Vor der Kamera in der Küche platziere ich hin und wieder rein zufällig einen Blumenstrauß oder werfe ein Geschirrhandtuch darüber. Die kleinen roten Lichter blinken emsig Tag für Tag, aber Martin spricht mich nicht auf meine kleinen Arrangements an. Es wird ihm sicher bald zu langweilig werden, mich in der Wohnung zu beobachten, es passiert wirklich nichts, was seine Aufmerksamkeit fesseln könnte.

20. Kapitel

Karsten hat nach zehn Jahren endlich wieder eine Freundin.

Emilie hat mir schon mehrfach berichtet, dass Papa Besuch von einer Frau bekommt, die auch über Nacht bleibt. Einerseits ist Emilie neugierig und aufgeregt über die neue Situation, andererseits räumt sie nur unwillig ihre Seite in Papas Bett. Aber diesmal ist es endgültig und Papa lässt sich nicht erweichen.

Gott sei Dank, ist mein einziger Gedanke, endlich!

Zum Tausch wird das Hundekörbchen in Emilies Kinderzimmer gestellt, und die kleine Lullaby tröstet Emilie über ihre nächtliche Einsamkeit hinweg. Eine wunderbare Idee.

Eine Frau im Haus wird beiden guttun. Karsten ist schon so lange allein und auch Emilie benötigt dringend eine weibliche Führung in ihrem Zuhause bei Karsten.

In dem Moment, in dem Emilie bei Papa durch die Gartenpforte marschiert, verändert sich mein kleines Mädchen schlagartig. Die beiden zicken sich an wie ein altes Ehepaar. Emilie wird zu einem ungezogenen, übellaunigen kleinen Biest. Mit einem weinerlichen Befehlston kommandiert sie ihren Vater herum. *Diese unerträgliche Art könnte ich keine Stunde aushalten*, denke ich jedes Mal kopfschüttelnd, wenn ich Emilie bei Karsten absetze. Sie mutiert zu einem vollkommen anderen Kind und hat gar keine Ähnlichkeit mehr mit dem kleinen Mädchen, das ich kenne. Die beiden haben sich diese unschöne Art, miteinander umzugehen, selber eingebrockt. Karsten reagiert entweder lachend und nachgiebig oder er wird richtig wütend. Er hat es nie geschafft, Emilie mit Ruhe und Konsequenz Grenzen aufzuzeigen, innerhalb derer sie sich geschützt fühlt und wohlbehütet bewegen kann. Sie reagiert mit Unsicherheit und quengelt so lange, bis sie entweder das eine oder das andere erreicht, um für sich eine Antwort zu bekommen.

Die neue Frau ist mit ihrer jüngsten Tochter bereits zu Karsten in die Doppelhaushälfte gezogen. Für einen kurzen Zeitraum läuft alles prima. Sie geben sich viel Mühe. Das frisch verliebte Paar bemüht sich, die neue Patchworkfamilie zu vereinen. Emilie ist begeistert, so plötzlich eine neue Schwester oder zumindest Freundin im Haus zu haben. Sie unternehmen Ausflüge ans Meer, die Mädchen tollen mit dem Hund im Garten herum oder springen Trampolin.

Das unbeschwerte Gefühl von Glück und „alles wird nun endlich gut" hält nicht lange an.

Seit einigen Tagen hat Karsten einen steifen Hals und kann nur mit Mühe sprechen und schlucken. Kurz darauf schwillt seine linke Halsseite deutlich an. Nach einer Computertomografie und einer Kernspintomografie erhält er im Krankenhaus die niederschmetternde Diagnose, er hat ein Mundhöhlenkarzinom. Ein schnell wachsender Tumor am Zungengrund, ausgelöst durch Tabak- und Alkoholkonsum.

Karstens neue Freundin ist in meinem Alter. Von ihren drei Töchtern sind die beiden Ältesten bereits erwachsen und ausgezogen. Sie arbeitet als Pflegekraft in einem Altersheim. Eine taffe, mutige Frau, die schon einiges erlebt hat und nun bereit ist, um ihr neues Glück zu kämpfen.

Trotz der Diagnose bleibt sie an Karstens Seite, um mit ihm den Kampf gegen den Krebs aufzunehmen.

Was für ein dramatisches und unfaires Timing. Oder was für eine Fügung des Schicksals!

Karsten ist längst nicht mehr der attraktive Naturbursche, in den ich mich einst verliebte. Auch damals war er nicht eitel, aber immer sportlich und modisch gekleidet. Nach so vielen Jahren ohne eine fürsorgliche Partnerin sieht er etwas verwahrlost aus. Er hat aufgegeben, sich zu bemühen. Seine Kleidung ist nur noch bequem, und die Haare sind zu einem einfachen Bürstenschnitt gestutzt. Wenn wir uns am späten Nachmittag treffen, sehe ich an platt gedrückten Haarwirbeln den Abdruck, den das Kissen von seinem Mittagsschlaf hinterlassen hat. Im Nacken stoßen die kurz getrimmten Haare gegen den Hemdkragen und stehen in stacheligen Borsten ab. Unter seinem karierten Funktionshemd spannt sich ein stattlicher Bierbauch. Schon vor langer Zeit hat er den Reitsport an den Nagel gehängt und hat weder ein neues Hobby, noch eine Sportart gefunden, der er nachgeht. Schwerfällig und steif müht er sich aus dem Fahrersitz seines alten Land Rovers, um Emilie aus dem Stall abzuholen.

Was für ein Glück, denke ich erleichtert, *dass er ausgerechnet jetzt noch einmal eine Frau gefunden hat, die ihn liebt und sich in dieser Zeit um ihn kümmert!*

Aber seine Nerven liegen blank. Karsten ist nie ein geduldiger Mensch gewesen. Die Angst vor seiner Krankheit, mit der er sich nicht auseinanderzusetzen vermag, frisst ihn innerlich auf. Sein Haus, plötzlich voller Frauen, Mädchen und Hunde, die auch eigene Befindlichkeiten haben, zehren zusätzlich an seinem angegriffenen Nervenkostüm.

Die kleine Hündin ist die erste, die seinen aufgestauten Frust und Zorn zu spüren bekommt. Mit einem Fußtritt befördert er sie in hohem Bogen durch die Terrassentür in den Garten. Jaulend verkriecht sie sich unter einen Rhododendronbusch. Auch Emilies Status als „Tochter des Hauses" wankt gefährlich. Seit sie denken kann, ist sie die wichtigste Person in Papas Leben. Nun gibt es eine neue Frau neben Papa, die ihm plötzlich wichtiger ist, dazu ein weiteres Mädchen im Haus, das um die Gunst ihres Papas buhlt. Karsten besitzt nicht die Feinfühligkeit, um Emilies Seelennöte zu bemerken. Er sieht nur ihre Reaktion auf die veränderte Lebenssituation. Sie ist bei ihm zuhause noch anstrengender im Umgang geworden. Wiederholt verfällt sie in ein hysterisches Lachen, aus dem sie gar nicht wieder herausfindet. Hartnäckig weigert sie sich zu gehorchen. Egal, was Karsten oder seine Freundin von ihr verlangen, sie tut es nicht.

Auch die zwei Mädchen finden nicht richtig zueinander. Ohne Anleitung ist es kaum möglich, ein behindertes Kind mit einem normalen Kind zusammenzubringen und zu sagen: „So, ihr müsst jetzt Freunde werden!" Wie soll das funktionieren? Emilie ist geistig auf dem Niveau eines kleinen Kindes. Sie wird niemals lesen, rechnen oder schreiben lernen und hat nach wie vor große Defizite in ihrem sozialen Umgang. Es ist ihr nicht gegeben, auf andere Menschen einzugehen. Sie spürt sich ja selbst kaum. Zwar hat sie ein paar Freundinnen in der Schule, aber bisher noch keine Gelegenheit gehabt, sich zu verabreden. Karsten hat es schon immer abgelehnt, andere behinderte Kinder in sein Haus zu lassen, Emilie von ihren Freundin-

nen abzuholen oder sich gar mit deren Müttern abzuspre-
chen.

Emilie leidet unter diesem Abstieg, und sie hat keine Ahnung, wie sie damit umgehen soll. Durch ihre Launen ma-
növriert sie sich immer weiter ins Abseits. Die Freundin
hat schließlich keine Lust mehr, sich zu bemühen, und ihre
Tochter knallt Emilie sofort die Tür ihres Zimmers vor der
Nase zu.

Karsten hat genug mit seinen eigenen Problemen zu
kämpfen. Hilflos und mit zunehmender Wut reagiert er auf
Emilies ungeschickten Ruf nach Beachtung. Immer häufiger werde ich Zeuge, wie er sie anschreit und vulgär beschimpft.

Karsten kommt direkt aus dem Krankenhaus. Jeden Dienstag hat er dort seinen Termin zur Chemotherapie. Da der
Stall direkt auf seinem Rückweg liegt, ist er vorbeigekom-
men, um Emilie und den Hund abzuholen. Sein Wagen
steht bereits mit geöffneter Fahrertür auf dem Parkplatz, als
wir unser Pony Flöckchen in die Box bringen. „Komm,
mein Spatz", sage ich zu Emilie. „Papa wartet schon auf
dem Parkplatz."

Freudig winkend läuft sie mit Lullaby an ihrer Seite auf
Karstens Geländewagen zu und tritt dabei in eine Matsch-
pfütze.

Er explodiert wie eine gezündete Bombe. Außer sich vor
Zorn, die Spucke fliegt ihm aus dem Mund, mit sich über-
schlagender Stimme brüllt er Emilie mit übelsten Beschimpfungen auf dem Parkplatz des Reitstalls zusammen.

Emilie kommt inmitten der Pfütze zum Stehen. Stocksteif
steht sie wie angewurzelt vor Papas geöffneter Fahrertür.

Ihre kleinen Fäuste gehen auf und zu, auf und zu. Keinen Zentimeter weiter traut sie sich auf den Wagen zu, in dem Papa sitzt und sie hysterisch anschreit. Er ist zu schwach, um aus dem Auto auszusteigen. Sein aschfahles Gesicht glänzt feucht. Seine Haare sind so nass geschwitzt, dass an den stoppeligen Enden Tropfen hängen. In einem kleinen Rinnsal laufen sie an seinen Schläfen herab und hinterlassen dunkle Spuren an seinem Hemdkragen. Sein Hemd klebt ihm am Körper und seine Hände, die das Lenkrad umklammern, zittern.

Es ist eine grausame und groteske Situation. Ich spüre seine Panik. Zutiefst erschrocken über den Zustand, dass seine Beine ihn nicht tragen können. Er hat Angst! Dazu kommt die Hilflosigkeit, er hat keine Ahnung, wie er mit seiner aussichtslosen Erkrankung umgehen soll, wie soll er auch? Unser Verstand ist nicht dafür geschaffen, die eigene Sterblichkeit zu begreifen.

Die Chemo tötet alles in seinem Körper. Die Krebszellen, aber auch alle guten Zellen. Seine Blutwerte sind lebensbedrohlich, sein Körper geschunden und kraftlos, die Schmerzen kann er ohne Morphium kaum mehr ertragen.

Das Matschloch hat lediglich ein Ventil geöffnet, um seine Angst und die Wut auf die Ungerechtigkeit des Lebens hinauszuschreien. Emilie ist nur am dichtesten dran und bekommt die volle Salve ab.

Aber die Rollen sind verteilt. Es ist nicht mehr meine Aufgabe, Karsten die Hand auf den Arm zu legen oder ihm meine Schulter als Stütze anzubieten. Meine Bestimmung sieht vor, meine Arme um unsere Tochter zu legen, und sie zu halten. Sie ist es, die meinen Schutz braucht, jetzt mehr denn je.

An Emilies Jeans weitet sich ein dunkler Fleck aus. Sie hat sich vor Angst eingenässt, der Hund ist verschwunden und Karsten ist kurz davor, zu kollabieren.

Ich stelle mich zwischen Emilie und die Autotür. Sie ist nun durch meinen Körper verdeckt. „Karsten", spreche ich ihn an und lasse meine Stimme dabei so sanft wie möglich klingen. „Ich bringe dir Emilie etwas später rum, wir fahren noch kurz zu mir. Ich möchte sie duschen und ihr etwas Frisches anziehen, sie hat sich gerade in die Hose gemacht. Schaffst du den Weg zu dir nach Hause oder soll ich dich bringen?"

Langsam wird seine Atmung etwas ruhiger. Wie ein Kartenhaus fällt seine Wut in sich zusammen. Schweißtropfen perlen an seinem Gesicht herab. Seine Hände umschließen das Lenkrad so fest, dass seine Knöchel schneeweiß hervortreten. Den Blick gesenkt ringt er darum, seine Fassung zurückzugewinnen. Ein leiser, gequälter Laut kommt aus seinem Mund.

Schließlich stöhnt er: „Es geht schon" und zieht langsam die Autotür zu.

Sowohl Emilies Lehrerin, als auch unsere Logopädin sprechen mich darauf an.

„Frau Hartmann, Emilie hat uns gebeten mit Ihnen zu reden. Sie hat uns gegenüber den Wunsch geäußert, bei Ihnen wohnen zu dürfen. Wir treten sozusagen als Vermittler zwischen Ihnen und Emilie auf. Wir sind ziemlich beeindruckt über Emilies Idee, uns um diesen Vermittlungsversuch zu bitten."

Das bin ich in der Tat auch. Meine Lebenssituation mit Martin lässt keine schnelle Entscheidung zu. Mir muss unbedingt eine Lösung einfallen, um sowohl Martin als auch Emilie gerecht zu werden.

Emilie verbringt jeden Mittwochnachmittag bei uns. Auch seit wir in unserer neuen Wohnung leben. Genauso gerne begleitet sie mich auf den „Louisenhof", um mir beim Reiten zuzusehen. Emilie und Dancer sind ein Herz und eine Seele. Brav lässt er sich von ihr aus der Box holen und striegeln. Nach meinem Training hilft sie mir beim Absatteln, duscht Dancer mit warmem Wasser ab und stellt ihn unter das Solarium zum Trocknen. Das sonst so temperamentvolle Pferd genießt ihre kleinen sanften Hände und die ruhige Art, mit ihm umzugehen. Tief entspannt lässt er seinen Hals und Kopf hängen, winkelt ein Hinterbein an, um mit halb geschlossenen Augen unter der Wärme des Solariums zu dösen.

Wenn es heiß ist, laufen Emilie und Lullaby vom Stall direkt zum Schwimmteich des Louisenhofes. Das Wasser ist immer eiskalt, egal, wie hoch die Außentemperatur auch ist. Lullaby trippelt mit ihren kleinen flauschigen Fellpfoten vor der Holztreppe, die ins Wasser führt. Sie bellt und japst aufgeregt, bevor sie mit einem beherzten Bauchklatscher ins Wasser springt, um Emilie hinterher zu schwimmen.

Martin hat zugestimmt, dass Emilie mit Lullaby Mittwochabends bei uns übernachten darf. Inzwischen schläft sie problemlos in unserem Gästezimmer. In unserer Gegenwart ist sie eher introvertiert und unauffällig in ihrem Benehmen. Egal, ob wir ins Restaurant gehen oder zuhause essen, sie stört überhaupt nicht. Nach dem Essen guckt sie im Bett „Bibi und Tina" und schläft anschließend tief und fest wie ein Stein. Am nächsten Morgen bringe ich

Emilie dann zur Schule. Der Fahrdienst der Schule kann nicht seine vorgeschriebene Tour ändern.

Nun bitte ich Martin um einen weiteren Wochentag mit Emilie. Ihrem Vater geht es immer schlechter und ich möchte Emilie die Möglichkeit geben, eine zweite Nacht bei mir zu verbringen und damit auch Karsten zu entlasten.

Martin fühlt sich durch meine Bitte beleidigt und gekränkt. „Mir reicht ein Tag mit ihr, öfter will ich Emilie nicht bei uns in der Wohnung haben", sagt er entschieden.

Wir einigen uns schließlich auf den Montag. Diesen Abend verbringe ich allein mit Emilie in meinem Haus im Erlenweg. Wir genießen diesen Mutter-Tochter-Abend, außerdem ist es schön, mal wieder eine Nacht bei mir zu Hause zu verbringen. Emilie hat endlich die Möglichkeit, sich mit einer Schulfreundin zu verabreden, und ich kümmere mich derweil um das Haus und den Garten, lese ein Buch oder habe einfach mal nichts Besonderes vor.

Martin verbringt diesen Abend mit seiner Tochter Smilla. Sie nehmen sich jeden Montag etwas Außerordentliches vor, nicht zuletzt, um mich eifersüchtig zu machen. Sie besuchen ein neues Restaurant, in das ich gerne gehen wollte, oder gehen zum Poetry Slam. Lassen sich im Wellness und Spa Bereich des Country Clubs verwöhnen oder gucken den neuesten Film im Kino, den wir eigentlich gemeinsam hatten sehen wollen.

Dienstag berichtet er mir dann mit übertriebenen Gesten, wie unnachahmlich sein Abend war und wie sehr er sich amüsiert hat.

Es ist mir unmöglich, Karstens Gesundheitszustand zu ignorieren. Zwar habe ich gefühlsmäßig den nötigen Abstand, aber ich sehe ja, wie sehr sich die Lage in Karstens Haus zuspitzt und unser kleines Mädchen zwischen die Fronten seiner Krebserkrankung und den neu hinzugezogenen Familienmitgliedern gerät. Sie hat gar keine andere Möglichkeit, als auf der Strecke zu bleiben. Das kann ich nicht zulassen. Zwei Nächte sind wenig genug, um Emilie da herauszuholen. Es ist nur ein Strohhalm, aber sie greift ihn dankbar und klammert sich tapfer daran.

Martin, der sonst immer mit Lösungsvorschlägen bei Fuß steht, hält sich komplett zurück. Jetzt, wo ich sein Organisationstalent und seinen Einfallsreichtum brauche, reicht er mir nicht die Hand.

Mit Karsten kann ich nicht darüber reden. Ihn anzusprechen, wie es mit Emilie weitergehen könnte, wenn er nicht mehr da sein würde, wäre pietätlos. Seine Furcht vor dem Tod ist zu groß, als dass er sich mit dem Ende befassen könnte. Natürlich nicht!

An der Berufsschule für angehende Erzieherinnen erkundige ich mich nach Auszubildenden, die vielleicht einen Nebenjob mit einer Wohngelegenheit suchen. Ich könnte bei mir im Erlenweg den Keller herrichten. Unten gibt es zwei Schlafzimmer, einen großen Wohnbereich und ein Bad mit Sauna. Ein Aupair-Mädchen wäre eine weitere Option.

Krampfhaft suche ich nach geeigneten Lösungen. Martin hat mir schon deutlich klargemacht, dass in seinem Leben kein Platz für meine Tochter ist.

Falls Emilie etwas erbt, würde ich eine richtige Kinderfrau einstellen, die dann oben in der Wohnung bei mir im Erlenweg einziehen könnte. Ohne ein Erbe kann ich mir diese Variante nicht leisten. Weder kann ich auf die Mieteinnahme verzichten, noch habe ich das Geld, um ein Gehalt zu zahlen. Da ich auf Martins Wunsch hin beruflich nicht mehr aktiv bin, habe ich damit gleichzeitig meine finanzielle Unabhängigkeit aufgegeben. Nicht sehr klug von mir, wie ich jetzt im Nachhinein merke.

Es wäre für Martin so einfach, mir bei diesem Problem seine Unterstützung zu signalisieren, aber der Vorschlag kommt nicht, und ich mag ihn nicht geradeheraus darum bitten.

Besonders in schwierigen Phasen ist Dancer für mich der rettende Felsen in meiner Brandung. Hier, bei meinem Pferd, fühle ich mich lebendig, hier bin ich noch ganz ich selbst. Bei ihm gewinne ich ein Stückchen davon zurück, was Martin mir nimmt. Selbstvertrauen und Selbstwertgefühl. Wenn ich auf Dancer sitze, kann ich alle Probleme um mich herum für eine Weile beiseiteschieben und neue Kraft tanken.

Am kommenden Freitag steht unsere Feuerprobe bevor. Der lang ersehnte, erste Turnierstart für uns in der schweren Klasse!

Für diese Prüfung wird das normale Turnierjacket gegen einen vornehmen Frack mit langen Schößen getauscht. Das unterstreicht die höhere Wertigkeit dieser Klasse und lässt Pferd und Reiter so elegant aussehen wie ein tanzendes Paar.

Schon früh am Morgen treffen wir auf dem Turnierplatz ein. Mats begleitet mich, um Dancer und mir auf dem Abreiteplatz letzte Anweisungen zu geben. Wir wollen unbedingt vor Beginn der Prüfung mit Dancer einmal kurz auf das Dressurviereck, damit er sich an die Umgebung und die Atmosphäre gewöhnen kann. Dasselbe gilt allerdings auch für mich, aber das verschweige ich Mats lieber und wische heimlich meine feuchten Hände an der Reithose trocken. Wenn nachher die Prüfung beginnt, dürfen wir nur noch für unsere Vorstellung in die Reitbahn.

Dankbar betrachte ich ihn von der Seite, es ist wirklich ein Freundschaftsdienst von ihm, mich hier nicht allein zu lassen. Er weiß, wie viel mir dieser Auftritt heute bedeutet und mit wie viel Ausdauer wir dafür trainiert haben. Vollkommen selbstverständlich steht er mir heute zur Seite.

Martin hingegen nicht. Obwohl seine Firma nicht weit von diesem Turnierplatz entfernt liegt und er sich seine Arbeit völlig frei einteilen kann, zeigt er mir durch sein Fernbleiben seine geringschätzige Einstellung.

Nun gut, versuche ich meine Enttäuschung darüber beiseite zu schieben, wahrscheinlich würde ich mich nur unter Druck gesetzt fühlen, wenn ich sein Gesicht unter den Zuschauern sehen würde.

In dieser Prüfung gehen neununddreißig Paare an den Start. Wir haben genügend Zeit, uns einen sonnigen Beobachtungsposten zu suchen und uns bei einem kleinen Frühstück etwa die Hälfte des Starterfeldes anzusehen. Kritisch beobachten wir die Konkurrenz und Mats gibt mir Tipps, wie ich Fehler vermeiden und Stärken herausarbeiten kann. Die Aufgabe dauert etwa sechs Minuten. Insgesamt sind es siebenundzwanzig Lektionen, die von dem dreiköpfigen Richterkollegium mit Noten zwischen eins und zehn bewertet werden. Von Reitern und Pferden wird höchste Konzentration gefordert. Die Lektionen kommen in schneller Reihenfolge. Jede Unregelmäßigkeit und jeder Fehler kostet am Ende wertvolle Punkte.

Vorfreude erfasst mich und ich kann nicht mehr länger still sitzen. Ich kann es kaum erwarten, mit Dancer endlich an den Start zu gehen.

Als wir im versammelten Galopp in das Dressurviereck einreiten und vor den Richtern für den obligatorischen Gruß zum Stillstand parieren, ist es mucksmäuschenstill. Wie eine schwarze Statue steht Dancer mit gespitzten Ohren da und wartet auf mein Signal, um loszulegen.

Tänzerisch wirbeln und schweben seine Beine im Einklang mit meinen fliegenden Frackschößen durch die Bahn. Die Übungen im Trab und im Schritt meistert Dancer mit Bravour, jetzt kommen noch die Lektionen im Galopp.

Es fühlt sich so unbeschreiblich gut an und für einen Wimpernschlag verliere ich meine Konzentration. Zu spät beginne ich, unsere Galoppsprünge zu zählen. *Verdammt*, denke ich, *sind das jetzt schon drei oder doch schon vier gewesen?* Der unerwartete Fehler verunsichert mich. Einen weiteren Fehler kann ich mir nicht leisten. Etwas gebremst und vorsichtig reite ich die Prüfung zu Ende, anstatt noch einmal Dancers Qualitäten voll auszuschöpfen.

Etwas enttäuscht von meiner Leistung reite ich am langen Zügel aus der Bahn. Ich beuge mich über Dancers schweißnassen Hals. „Well done, kleiner Mann, das hast du gut gemacht, dieser Fehler passiert mir nicht ein zweites Mal, versprochen." Meine Hand mit den weißen Lederhandschuhen streichelt dankbar seinen Hals.

Mats kommt uns lachend entgegen und greift in Dancers Zügel. „Herzlichen Glückwunsch, ihr beiden, mit eurer Leistung seit ihr auf dem dritten Platz gelandet. Das Zählen müssen wir aber nochmal üben", sagt er augenzwinkernd.

„Aber da ist noch viel Luft nach oben für mein Dreamteam!"

Ich merke, wie ich vor Freude erröte und mit den Freudentränen kämpfe.

Es ist einer der glücklichsten und erfolgreichsten Momente in meinem bisherigen Reiterleben.

Martin ist angesäuert. Mats hat die Siegerehrung mit seiner Handykamera aufgenommen und an Martin weitergeleitet, mit den Worten: „Deine Frau hat als ursprüngliche Springreiterin heute die Dressurreiter das Fürchten gelehrt!"

Montagmorgen sitze ich in meinem Hauswirtschaftsraum, um meine Mails durchzusehen, vor mir einen dampfenden Becher Earl Grey Tea. Nebenan wird Martin in seinem Arbeitszimmer zu sportlicher Hochleistung animiert. Sein Personal Trainer feuert ihn lautstark und enthusiastisch an. Das Stöhnen und Keuchen erfüllt nicht nur die ganze Wohnung. Durch die geöffnete Terrassentür wird unsere gesamte Nachbarschaft Zeuge dieser geräuschvollen Kastei.

Eine Mail der „Federation Equestre Nationale" poppt auf. *Der Sportverband der Reiterei, was wollen die denn von mir?* Neugierig klicke ich die Mail an und fange an zu lesen.

„Sehr geehrte Frau Hartmann, wir freuen uns, Ihnen mitteilen zu dürfen, dass Sie mit ihrem Erfolg vom vergangenen Wochenende nun beinahe alle Anforderungen in der Klasse S erfüllt haben, um von uns das goldene Reitabzeichen verliehen zu bekommen. Ihre Erfolge im Springen sind bereits komplett. Für die Sparte Dressur fehlt Ihnen lediglich eine weitere Platzierung in der schweren Klasse. Wir wünschen Ihnen auf der Zielgeraden viel Erfolg!"

Die Zeit scheint für einen Moment stillzustehen. Meine Augen wandern wieder an den Absender und dann an den Anfang der Mail. Langsam lese ich die Zeilen noch einmal.

Als hätte ich mit meiner Hand an einen elektrischen Weidezaun gegriffen, läuft ein Kribbeln durch meinen ganzen Körper. Die feinen Härchen an meinem Unterarm stellen sich auf.

Das goldene Reitabzeichen ..., die höchste Auszeichnung, die einem Reiter oder einer Reiterin verliehen werden kann. Mein kühnster Gedanke, der lediglich in meinen Träumen hin und wieder auftaucht. Heimliche Fantasien voller Ruhm und Ehre wie in einem kitschigen Hollywood Movie. Momente, in denen der unbekannte Held über sich hinauswächst und etwas erreicht, womit niemand rechnet.

Mein Grinsen reicht von einem Ohr bis zum anderen. Fast erwarte ich einen glitzernden Konfettiregen oder zumindest das zischende Geräusch einer Rakete, die hier in meinem Hauswirtschaftsraum gezündet wird und durch die Decke fliegt. Ich lese die Mail bereits zum vierten Mal, als mein Handy klingelt. Selig lächelnd drücke ich auf den kleinen grünen Hörer und nehme das Gespräch an.

Meine Bewegung friert ein. Mein Lächeln bröckelt in sich zusammen. Mein Herz, eben noch vor Freude hüpfend, verkrampft sich zu einem schmerzhaften Klumpen.

„Ich komme", sage ich tonlos in den Hörer, „in vierzig Minuten bin ich da." Langsam sinkt meine Hand mit dem Telefon in meinen Schoß. Meine Augen füllen sich mit Tränen.

Karsten ist heute Morgen nicht mehr aufgewacht. Er ist tot.

21. Kapitel

Die Beerdigung war vor wenigen Tagen.

Martins dunkelgrauer Porsche Panamera gleitet über die Autobahn Richtung Norden. Ich mag dieses Auto. Abgeschottet von der Außenwelt, zieht die Landschaft vorbei wie ein Film ohne Ton. Hier und da erhascht mein Blick einen Sprung Rehe, einen Spaziergänger mit seinem Hund, einen Raubvogel, der auf dem Pfahl sitzend an der Autobahn nach kleinen Opfern Ausschau hält. Ich fühle mich kraftlos und spüre jeden einzelnen Knochen in meinem Körper. Wenn ich mich gerade hinsetze, bin ich wahrscheinlich zwanzig Zentimeter größer, aber ich sitze nicht gerade. Die braunen Ledersitze umgeben mich stützend, halten mich. Das Auto riecht vertraut nach einer Mischung aus Leder, Zedernholz und Zitrus. Zwei Teebecher stehen noch in der Halterung. Längst ausgetrunken solange der Tee noch heiß war. Die Teebeutel sind noch in den Bechern, und der kleine Zettel mit der Beschriftung Earl Grey Tea ist bereits am Becherrand festgetrocknet. Hinten sitzt Emilie und hört mit ihrem Kopfhörer eine CD. Aus weiter Ferne kann ich den Bibi-und-Tina-Song hören. Sie ist in ihrer eigenen Welt.

Mein Kopf lehnt an der kühlen Seitenscheibe des Wagens. Vielleicht war es ein Fehler, Martin zu überreden, mit mir zu kommen. Aber seit dem Freitagmorgen, als Karstens Herz aufgehört hat zu schlagen, ist nichts mehr so, wie es einmal war. Ich stecke fest in meinen Gefühlen. Meine Arme und Beine fühlen sich schwer an, ziehen mich nach unten. Alles an meinem Körper kommt mir schwer vor, als müsste ich mich durch eine zähe Masse schleppen.

Tränen laufen mir einfach so aus den Augen, viel mehr als nur einzelne salzige Tropfen. Eher so wie randvoll und dann überlaufen. Dabei bleibt mein Gesicht ausdruckslos. Die Traurigkeit überrascht mich, damit hatte ich nicht gerechnet. Da ist aber auch viel Zorn, und ich glaube, noch mehr Selbstmitleid. Über die Ungerechtigkeit, dass meinen Kindern und mir dieses Schicksal nun bereits zum zweiten mal zugeteilt wird.

Die Aufgabe, nun allein für Emilie verantwortlich zu sein, lässt mich in meiner Angst beinahe erstarren. Sie lähmt mich, als könnte ich so die Geschichte auf Pause drücken und die Entscheidungen, die auf mich zurasen, hinauszögern.

Es herrscht Stille im Auto. Das Radio läuft zwar, aber ich nehme es gar nicht wahr. So viele unbeantwortete Fragen. *Wie geht es weiter mit Emilie? Hat Karsten unserer gemeinsamen Tochter etwas hinterlassen? Wie wird mein weiteres Leben mit Martin wohl verlaufen? Bisher hat er sich nicht geäußert. Warum nicht?*

Martin ist seit acht Jahren der Mann an meiner Seite. So sehr habe ich mir gewünscht, in den vergangenen Monaten gemeinsam Vorschläge zu erörtern, Möglichkeiten und Kompromisse auszuloten. Er ist doch sonst immer der Erste, der für Probleme eine Lösung parat hat. Wie könnte die zukünftige Betreuung für Emilie aussehen? Martin ist ein mehr als wohlhabender Mann. Es wäre kein Problem für ihn, eine Kinderfrau zu bezahlen und in meinem Haus wohnen zu lassen. Oben gibt es eine hübsche Einliegerwohnung mit Dachschrägen, Platz ist reichlich vorhanden.

Vielleicht erbt Emilie auch die Doppelhaushälfte von Karsten, damit würden sich weitere Möglichkeiten eröffnen. In den vergangenen Wochen habe ich mich vom Jugendamt beraten lassen und Ideen zusammengetragen. Aber Martin hüllt sich weiterhin in Schweigen, und ich bin zu feige, ihn zu drängen. Ich habe Angst vor seiner Antwort und rede mir ein, es wird sich am Ende alles finden. Meine Bemühungen sieht er ja, schließlich berichte ich ihm doch alle Einzelheiten. Irgendwie hoffe ich, wie ein Hündchen, auf ein lobendes Tätscheln und ein „brav gemacht" und dann endlich den finalen Lösungsvorschlag.

Karstens Vater erwartet uns bereits vor dem Restaurant, in dem wir uns verabredet haben. Sobald der Wagen zum Stehen kommt, klettert Emilie aus dem Auto und läuft, gefolgt von ihrer hellbraunen Cocker-Spaniel–Hündin, ihrem Opa entgegen. Er lässt sie in seine Arme laufen und dreht sich mit ihr einmal um die eigene Achse. Lullaby kläfft und springt begeistert über die Aktivität an den beiden hoch.

Wir bestellen Kaffee und für Emilie eine heiße Schokolade. Karstens Vater ist ein wenig reserviert, aber niemals unfreundlich und immer sehr korrekt. In all den Jahren konnte ich stets offen mit ihm reden. Die Enttäuschung über seinen ältesten Sohn, der die Firma ruiniert hat und weder im Beruf noch im Privatleben wieder Fuß fassen konnte, muss ihn tief getroffen haben. Später die Krebsdiagnose und sein Tod … ja, wie geht es einem Vater damit? Es ist so tragisch und sprengt im Moment meine Vorstellungskraft.

Nun tauche ich hier mit Martin auf, Karstens Nachfolger, wenn man so will, und wir sprechen über diesen gescheiterten Sohn, den ich einmal geliebt habe und mit dem ich eine zauberhafte, geistig behinderte Tochter habe und den wir vor einer Woche beerdigt haben.

Nach einer Stunde ist uns klar, wir werden das Erbe ablehnen müssen. Außer Schulden ist nichts da. Die angeblich abgezahlte Doppelhaushälfte gehört gar nicht Karsten, sondern war nur gemietet. Es gibt auch kein Sparkonto für Emilie, … hat es nie gegeben. Die Geldgeschenke zu Weihnachten und den Geburtstagen sind in Karstens Tasche geflossen.

Emilie ist erst vor wenigen Wochen konfirmiert worden. Die Umschläge habe ich Karsten noch auf dem Parkplatz des Gasthofes übergeben – alles weg. Seine Lebensversicherung wurde wenige Monate vor seinem Tod aufgelöst und ausgezahlt. Wofür denn, verdammt nochmal? Ich kann es nicht fassen. Was für ein verantwortungsloser Idiot!

Wir verabschieden uns, fürs Erste ist alles gesagt. Was für ein Desaster.

Zu Fuß schlagen wir den Weg Richtung Strand ein. In der Ferne hören wir schon das Rauschen des Meeres. Die Möwen kreischen und ziehen in Kreisen über den Himmel. Das Schilf, an dem wir vorbeigehen, wogt sanft im Wind und reibt sich fast zärtlich aneinander. Ich recke den Hals und halte meine Nase in die Nordseeluft. Sie riecht nach Salzwasser und Seetang.

Lullaby jagt im Zickzack durch das Schilf, den Möwen hinterher. Ob sie im Schilf brüten? Die Zunge hängt der kleinen Hündin weit aus dem Maul. Zumindest der Hund ist glücklich und bemerkt nichts von unserer Anspannung. Ich gehe in der Mitte, Martin links, Emilie rechts. Blöde Situation! Welche Hand soll ich ergreifen? Normalerweise gehen Martin und ich Hand in Hand. Es stimmt ihn sonst immer friedlich und bedeutet so etwas wie ein Versöhnungsangebot. Bedarf dafür gibt es grundsätzlich. Für seinen Geschmack kann ich gar nicht genug Aufmerksamkeit und Huldigung an ihn richten. Mich demütig ducken und bitte, bitte sagen … aber nun geht mein kleines Mädchen an meiner Seite und hat es einhundert mal mehr verdient, an die Hand oder in den Arm genommen zu werden. Martin ist ein sehr eifersüchtiger Mann, ohne Mitgefühl oder Empathie. Eifersüchtig auf alles, was meine Aufmerksamkeit von ihm ablenkt. Meine Kinder, Freundinnen, Hund, Pferd, Handy, Laptop, meine Mutter, Anerkennung von anderen, mein Haus, egal … die Möglichkeiten und Situationen hierfür sind unerschöpflich. Ebenso unerschöpflich sind seine Reaktionen auf meine angeblichen Fehlhandlungen!

Beide an die Hand zu nehmen würde bedeuten, ich setze beide emotional auf dieselbe Stufe. Ein no go! Unmöglich, diesen direkten Vergleich darf es nicht geben. Martin muss höher gestellt sein als Emilie. Wir können nicht zu dritt Hand in Hand nebeneinander gehen. Vielleicht geht es, wenn ich Emilie wie ein ganz kleines Kind behandle. Martin straft mich bereits seit Tagen mit seiner kalten Schulter. Deutlich lässt er mich seine Missbilligung über die Aufmerksamkeit, die Karsten mit seinem Tod und seiner Beerdigung auf sich gezogen hat, spüren. Von meiner Trauer fühlt sich Martin beleidigt und gedemütigt.

Also spiele ich mit Emilie kleine Hüpfspiele, ein Hut, ein Stock, ein Regenschirm und vorwärts, rückwärts, seitwärts ran. Dabei kann ich sie an die Hand nehmen, aber die schwenken wir hin und her, damit es auf ihn nicht zu provokant wirkt. Danach gehe ich wieder ein Stück mit ihm, suche seinen Körperkontakt. Plappere irgendein harmloses Zeug daher und tue so, als wenn alles ganz normal wäre. Wie sehr ich diesen Spagat hasse, und wie sehr es mich anstrengt und auslaugt. Mich anbiedern zu müssen, damit er wieder lieb zu mir ist, dabei weiß ich längst, dass er nicht vorhat, mir schnell und einfach zu vergeben.

Es wird langsam Zeit, an die Rückfahrt zu denken. Vorher wollen wir noch eine Kleinigkeit bei Gosch essen. Martin entscheidet sich für Heringe, Emilie für den Backfisch und ich bestelle mir eine Portion Scampis mit Knoblauchsauce – der Klassiker bei Gosch.

Die habe ich schon vor dreißig Jahren mit Henry auf der Nordseeinsel Sylt gegessen. Wie sehr ich so kleine Erinnerungsblitze liebe.

Wir finden einen freien Bistrotisch, leider nicht mit Blick auf das Meer. Wenn das Wetter schön ist, wird bei untergehender Sonne das Lied „Wenn auf Capri die rote Sonne im Meer versinkt" gespielt, herrlich komisch, normalerweise. Noch ein kleiner Blitz…, denn auf Capri und Positano habe ich die schönsten Sonnenuntergänge mit Martin erlebt, an Bord unserer Yacht Time Out.

Mein Blick schweift über die Menschen um uns herum. Meist Pärchen oder kleine Gruppen. Sie unterhalten sich lebhaft, werfen sich verliebte Blicke zu oder schauen entspannt mit einem Glas in der Hand auf das Wasser und den Horizont. Wie sehr ich in diesem Moment die Menschen um uns herum beneide. Ihre Stimmung ist so unbeschwert und fröhlich und verstärkt damit mein eigenes Gefühl von bodenloser Einsamkeit und Leere.

Ein brennender Kloß steigt in meiner Kehle auf und meine Augen füllen sich langsam mit Tränen. Schnell springe ich auf, um uns noch ein Glas Weinschorle und einen Saft für Emilie zu besorgen. Tief einatmen, ausatmen, die Tränen, die schon an meinen Wimpern hängen mit einer schnellen Kopfbewegung wegschütteln. Jetzt ist nicht die Zeit für Selbstmitleid, dafür hätte Martin überhaupt kein Verständnis.

Meine Scampis sind lecker, aber die Portion ist riesig. Martin ist zufrieden mit seinen Heringen, aber Emilies Backfisch ist staubtrocken und sie stochert enttäuscht darin herum. Wie Mütter es so tun, spieße ich meinen letzten Scampi auf die Gabel und halte ihn Emilie vor den Mund. Schnapp … ein kleiner glücklicher Blick. Sie ist immer sehr schüchtern in Martins Gegenwart.

Dieser kleine Moment ist das Beste am heutigen Tag. Da kommt so unerwartet ein Blick zurück, der mir direkt ins Herz leuchtet und die Leere wieder ausfüllt, mir Kraft gibt und meinen Rücken wieder aufrichtet. Sie ist es! Um sie geht es! Emilie ist meine eigentliche Aufgabe!

Und dann kommt es. Nicht wirklich unerwartet, aber wie kann ich mich jemals darauf vorbereiten?

„Wie kannst du es wagen?", zischt Martin mir zwischen zusammengepressten Zähnen entgegen. „Wie kannst du es wagen, ihr deinen letzten Scampi zu geben. Den hätte ich gerne gehabt!"

Sein Blick mustert mich, kalt und berechnend. Ich habe ihm die Vorlage gegeben, auf die er geduldig gewartet hat. Krampfhaft suche ich nach Worten und finde keine, wie jedes Mal. Ich hatte niemals Widerworte. Er hat es von Anfang an verstanden, Widerworte, die sich in meinem Kopf formen, einzusperren und nicht herauszulassen. *Was für eine Macht dieser Mann über mich hat – wo bin ich nur geblieben?* Wir sind weit von einer Begegnung auf Augenhöhe entfernt. Das Bedürfnis, geliebt zu werden, ist so groß in mir, dass ich bereit bin, immer mehr von mir aufzugeben. Ich halte den Mund und gehorche, so wie er es von mir fordert.

Aber er setzt noch einen drauf!

„Zur Strafe setze ich euch auf dem Rückweg bei dir im Erlenweg ab. Heute dürft ihr nicht mit zu mir."

Strafe! Dieses Wort dröhnt in meinen Ohren. Alles in mir sträubt sich, ich kann an nichts anderes mehr denken als an dieses Wort. Es macht einen Unterschied, durch eine Handlung bestraft zu werden, oder dieses Wort tatsächlich auszusprechen. Ich bin es gewohnt, von Martin bestraft zu werden, aber dies ist etwas anderes. Es hallt in meinem Kopf nach wie ein Echo und schwillt an zu einem Crescendo. Zum ersten Mal spüre ich, wie sich eine Reaktion in mir ausbreitet, anstelle einer Resignation.

Im Auto herrscht eisiges Schweigen. Mein Kopf ist zur Seite gedreht, ich beobachte die vorbei gleitende Landschaft und habe mich eingeigelt. Auf halber Strecke fragt Martin mich, ob alles ok mit mir sei.

„Ja klar", sage ich kurz und knapp. Ich bin noch nicht so weit. Eine weitere Vorlage werde ich ihm heute nicht mehr geben, außerdem brauche ich Zeit, um nachzudenken. Martin ist mir rhetorisch überlegen. Nichts passiert zufällig, alles, was er macht, ist durchdacht und überlegt. Immer eine Nasenlänge voraus, dreht er mir mit links das Wort im Munde um und genießt es geradezu, mich bewusst misszuverstehen. Längst hat er einen Plan.

Erleichtert steige ich mit Emilie und Lullaby aus dem Panamera, als Martin den Wagen vor unserer Haustür im Erlenweg zum Stehen bringt. *Nur fort von diesem Mann.* Die Haustür fällt ins Schloss. Mit dem Rücken lehne ich an der Tür und atme tief durch. *So kann es unmöglich weitergehen.* Lange unterdrückter Widerstand breitet sich in mir aus wie eine Welle, wird stärker und nimmt allmählich Form an. Ich kann diesen Spagat nicht mehr ertragen, ob ich womöglich meinem Kind einen Augenblick zu lange meine Zuneigung schenke und Martin sich dadurch vernachlässigt fühlt. Und vor allem will ich nie wieder bestraft werden! Emilie wirkt wie ein Triggerimpuls auf mich.

Emilie … mein besonderes Kind. Ihre langen blonden Haare trägt sie zu einem Pferdeschwanz gebunden. Haare, die das Sonnenlicht einfangen. Im Sommer so blond gesträhnt, dass jede Frau neidisch werden könnte. Ihre Augen haben die Farbe von Blue Jeans, wie auch die ihrer Geschwister. Sie ist recht klein, etwas mollig, mit wenig Körperspannung, obwohl sie nicht völlig unsportlich ist. Reiten, Fahrradfahren und Schwimmen geht ganz prima. Abgesehen von ihrer Behinderung ist sie kerngesund. Viele ihrer Freunde haben zusätzlich mit schweren Allergien zu kämpfen. Auf den äußeren Blick ist ihr die Behinderung nicht anzusehen. Eher introvertiert als extrovertiert, was von Vorteil ist. Emilie hat einige Freundinnen, die das genaue Gegenteil sind und deren Gesellschaft oft nur schwer zu ertragen ist.

Als ganz kleines Mädchen war sie sehr distanzlos, inzwischen ist das einer enormen Schüchternheit gewichen. Wird sie angesprochen oder gegrüßt, kann sie diesen Gruß nicht erwidern und meistens auch keinen Blickkontakt aufbauen. Zudem antwortet sie sehr leise. Man muss auf sie aufpassen. Sie ist für andere Menschen ein willkommenes Opfer.

Emilie kann nicht nein sagen und macht, ohne es in Frage zu stellen, was andere ihr sagen. Das mag in Ordnung sein, wenn es von einen verantwortungsvollen Menschen kommt – tut es aber meistens nicht. Da sie in der Schule zu den hübschesten Mädchen gehört, interessieren sich auch die Jungs für Emilie und auch umgekehrt. Noch ist der Kontakt recht harmlos und kindlich, aber das wird sich mit der Zeit ändern. Und natürlich kann sie jederzeit an den Falschen geraten, auch auf dem Weg zum Spielplatz. Auch der Umgang mit normalen Kindern muss vorbereitet sein, sonst wird sie gnadenlos ausgenutzt und gehänselt. Emilie bemerkt das nicht unbedingt, aber mein Mutterherz hat schwer damit zu kämpfen.

Der nächste Tag ist ein Montag. Seit Karstens Krebsdiagnose hatten wir ein paar „Emilie-Tage" eingerichtet, um die Situation bei Karsten etwas zu entspannen. Montags schlafe ich mit Emilie bei mir im Erlenweg, Mittwochs darf sie mit in unsere Penthouse-Wohnung an den See. Aber nur diesen einen Tag. Öfter möchte Martin Emilie nicht um sich haben. „In meinem Leben ist kein Platz für ein behindertes Kind", hatte er erst kürzlich zu mir gesagt. Nun ist Emilies Behinderung weder neu, noch war sie jemals ein Geheimnis? Emilie ist mein kleines Mädchen und ich lebe seit achteinhalb Jahren mit Martin zusammen. „So what?", könnte man meinen.

Als Karstens Zustand sich verschlechterte, hatten wir noch zwei weitere Tage eingerichtet, an denen eine Freundin an meiner Stelle in meinem Haus übernachtete, sich um

Emilie gekümmert und sie morgens in den Schulbus gesetzt hat.

So hatten wir schon vier Tage pro Woche, um Emilie aus der Schusslinie bei Karsten zu nehmen.

Diesen besagten Montag brauche ich, um meine Gedanken zu sortieren. Früher, vor meinem Leben mit Martin, war eine meiner Charaktereigenschaften, stets gut organisiert zu sein. Heute, in meiner erlernten Hilflosigkeit, benötige ich für jeden klaren Gedanken eine gefühlte Ewigkeit. Und ob ich am Ende stark genug sein werde, den Gedanken umzusetzen, bleibt die zweite große Challenge.

So viele fremdbestimmte Jahre haben aus mir eine unsichere Frau ohne Selbstwertgefühl gemacht.

Am Dienstagmorgen treffen wir uns auf dem Louisenhof. Martin hat eine frühe Trainingsstunde mit Mats vereinbart, um anschließend in seine Firma zu fahren. Mein Unterricht ist erst viel später, aber ich möchte Martin unbedingt auf einen Kaffee abfangen. Also setze ich mich auf die kleine Tribüne, sehe beim Training zu und klatsche ihm Beifall. Der Tag beginnt also ganz nach Martins Geschmack. Nachdem er einem Pferdepfleger sein schweißnasses, schwer atmendes Pferd in die Hand gedrückt hat, gehen wir ins Reiterstübchen, um einen Cappuccino zu trinken. Die Espressomaschine spuckt uns unter ohrenbetäubenden Mahlgeräuschen die Getränke heraus und wir gehen etwas steif auf die Terrasse.

Meine Blockaden melden sich wieder, es klingelt in meinem Kopf, und mein Fluchtinstinkt pirscht sich heran. Ich merke, gleich verliere ich meine Fähigkeit zu sprechen.

Jetzt muss es raus, sonst werde ich es nicht packen. Mit all dem Mut, den ich in den vergangenen zwei Tagen gewonnen habe, richte ich mich auf und sehe Martin direkt in die Augen. „Wir müssen etwas ändern, Martin. Ich fühle mich so unglücklich mit diesem emotionalen Spagat und kann ihn unmöglich noch länger durchhalten. Und da ist noch etwas ... ich möchte nicht mehr von dir bestraft werden."

Es waren nur drei oder vier Sätze, aber ich habe es geschafft, sie zu sagen.

Martin hat sein Pokerface aufgesetzt und lässt sich nicht in die Karten gucken. Kein Muskel zuckt in seinem Gesicht. Äußerlich völlig ruhig sagt er beinahe zustimmend: „Lass uns heute Abend darüber reden, ich muss jetzt in die Firma." Er verabschiedet sich mit einem flüchtigen Kuss und braust mit seinem schwarzen Cabrio und 500 Pferdestärken AMG getunt vom Hof.

Es ist einer dieser wundervollen lauen Sommerabende. Kein Lüftchen regt sich, die Grillen zirpen um die Wette, und das Licht der tief stehenden Sonne taucht die Umgebung in ein warmes, weiches Licht. Durch die Zweige der Trauerweiden sprenkelt sie glitzernde Lichtspiele auf das Wasser und taucht die Fassade unserer Wohnung in pures Gold.

Aber ich bemerke es kaum. Meine Stimmung ist angespannt und ich bin nervös. Wie wird unser Gespräch verlaufen? Martin ist der Spielführer, ist es immer gewesen. Er wird bestimmen, wann es soweit ist, darüber zu reden.

Wir sind beinahe zeitgleich zu Hause eingetroffen und beschließen, zu Fuß hinunter zum See zu spazieren. Unser

Lieblingslokal auf dem schwimmenden Ponton ist nur ungefähr 500 Meter entfernt.

Wir nehmen den schmalen Wanderweg am Seeufer. Von hier hat man einen wunderbaren Blick auf die Häuser und Gärten am Hang. Einige alte Villen im Jugendstil mit kostbaren, restaurierten Fenstern aus buntem Glas. Ihre Bewohner, zumeist Banker und Architekten aus der Stadt, haben mit unendlich viel Liebe zum Detail diese Häuser renoviert, um ihnen ihre ursprüngliche Pracht zurückzugeben. In den Gärten blühen üppige Stauden. Rosen, Hortensien und Lavendel durchziehen die gepflegten Hanggrundstücke, in denen morgens emsige Hausangestellte eine lässige Perfektion arrangieren. Übergroße Landhausschirme aufspannen, Kissen auf die unzähligen Sitzgelegenheiten drapieren und die Pflanzenpracht in den Kübeln putzen.

Gemächlich schlendern wir nebeneinander her, bewundern unsere herrliche Nachbarschaft und reden belangloses Zeug. Martin wirkt vollkommen entspannt.

Unser Ziel ist ein winziges Lokal auf dem Ponton. Es ist so klein, dass es nur Platz für drei Tische bietet. Unheimlich gemütlich und romantisch im Winter und lange im voraus ausgebucht. Jetzt aber, bei diesem traumhaften Wetter, sitzen die Gäste dicht an dicht über den gesamten Schwimmkörper verteilt. Getränke und Speisen werden drinnen am Tresen bestellt. Das Essen ist einfach, aber köstlich und der Blick auf den See von dieser Stelle schlicht unfassbar schön. Da der Ponton von einer kleinen Landzunge abgeht, hat man das Gefühl, mitten auf dem See zu sitzen. Von hier aus können wir sogar unser Penthouse sehen, unsere Vogelinsel, die Villen am Hang und in einiger Entfernung das Treiben in den Häfen beobachten.

Martin holt uns eine Flasche Rosé-Wein und eine Flasche Wasser, während ich uns ein freies Plätzchen suche. Eine kleine Bank wird gerade geräumt und so sitzen wir nebeneinander mit ausgestreckten Beinen, den Rücken an die Hauswand gelehnt. Die Wärme des Tages steckt noch in der Mauer und ganz langsam fällt die Anspannung von mir ab. Martin plaudert über dies und das und macht dabei einen großen Bogen um ernsthafte Themen. Seine Stimme klingt warm und zärtlich. Nur zu gerne lasse ich mich einlullen. Verdammt, denke ich, jetzt werde ich wieder feige. Irgendwie schrumpft mein Mut zusammen und meine Entschlossenheit verpufft gerade im Nirgendwo.

Nach einer Weile haben wir die Flasche geleert, aber es ist gerade so friedlich. Außerdem habe ich Angst, die Stimmung zu zerstören. So besorge ich uns von drinnen, wo der Tresen steht und der Wirt Getränke und kleine Speisen herausgibt, noch zwei weitere Gläser Wein. Langsam werde ich ganz euphorisch. Ein Gefühl der Erleichterung breitet sich in mir aus. *Alles wird gut,* rede ich mir zu, während ich auf unsere Bestellung warte*, vielleicht habe ich mir unnötig viele Sorgen gemacht.* Ich merke, wie ich wieder zum Hündchen mutiere. Meine so mühsam aufgebaute, aufrechte Haltung wieder in sich zusammenbricht. Er hat mich schon wieder so weit, ergeben hechelnd schaue ich mit dem Schwanz wedelnd zu Herrchen auf.

Langsam treten wir unseren Heimweg an. Dieser Sommerabend ist zu schön und es ist noch zu früh, um schlafen zu gehen.

„Lass uns noch ein bisschen auf der Terrasse sitzen", schlägt Martin vor. Dann setzt er hinzu: „Außerdem möchte ich nochmal auf das Thema von heute morgen zurückkommen."

Ich höre das Öffnen des Kühlschranks und das glucksende Geräusch, mit dem er sich ein Glas füllt … *keine gute Idee*, denke ich entsetzt, *wir haben viel zu viel Alkohol getrunken.* „Sollten wir das nicht lieber auf morgen verschieben, wir haben …"

„Nein", unterbricht er mich mit erhobener Stimme, „jetzt!"

Er tritt hinaus auf die Terrasse und bleibt vor mir stehen. Seine Körpersprache hat sich bereits verändert, seit wir die Wohnung betreten haben. Er sieht auf mich herab und mustert mich, seine Augen sind plötzlich hart und kalt. Er trinkt einen Schluck aus seinem Glas und ich weiß schlagartig, *jetzt kommt der Dolchstoß!*

Und dann wird unsere große Liebe und achtjährige Lebenspartnerschaft mit drei Sätzen beendet!

„Ich will, dass du mich in Zukunft fragst, wenn du hierher kommen möchtest."

Ich brauche ein paar Sekunden, um diese Worte langsam in meinem Kopf zu wiederholen. Genau zu verstehen, was er mir da gerade sagt.

„Ich soll dich fragen, ob ich nach Hause kommen darf?" Ich bin völlig klar und gefasst.

„Ja, das hier ist meine Wohnung!" Ich lasse mir einige Sekunden Zeit mit meiner Antwort, schaue ihm nur unverwandt in die kalten grauen Augen. Und dann sage ich ganz ruhig: „Fick dich!"

Das ist das Ende unserer acht gemeinsamen Jahre.

Ich stehe auf, gehe wortlos an ihm vorbei in unser Gästezimmer und schließe die Tür hinter mir.

Am nächsten Morgen ist er vor mir auf den Beinen. Ich lausche den Geräuschen, die er macht, und ziehe mich hastig an. Schnell husche ich ins Bad, als er vorne in der Küche ist, packe in aller Eile ein paar Sachen zusammen und stopfe sie in eine kleine Reisetasche. Sascha, sein Personal Trainer, ist gerade gekommen. Das verschafft mir die Gelegenheit, unbemerkt zur Haustür zu gelangen. Nur fort von hier. Der Fahrstuhl ist noch auf unserer Etage und ich springe hinein. Ich drücke wie verrückt mit dem Zeigefinger immer wieder auf „G", bis sich endlich, nach quälenden Sekunden, die Tür schließt und der Fahrstuhl sich in Bewegung setzt. In der Tiefgarage, wo mein Auto steht, kann ich die Garagentür nicht öffnen. Ungläubig, mit zitternden Fingern, betrachte ich den Schlüsselbund in meiner Hand. Mein Haustürschlüssel, mit dem sich auch die Garagentür öffnen lässt, ist nicht mehr da. Er hat noch in der Nacht meinen Haustürschlüssel von meinem Bund genommen. Panik kriecht in mir hoch und schnürt mir die Kehle zu. Ich bekomme einen Hitzeflash und fange an zu schwitzen. Ich muss wieder da hoch und ihn tatsächlich bitten, mir die Tür zu öffnen und mich rauszulassen.

Er steht in der offenen Tür und erwartet mich mit eiskaltem Blick. „Du wärst wirklich gegangen, ohne dich von mir zu verabschieden?"

„Ja, es gibt nichts zu sagen, ich will nur noch weg von dir – lass' mich gehen."

Ich werfe die Tasche auf den Rücksitz meines Autos und manövriere den Q5 aus der engen Garage. Er steht so dicht an meinem Auto, als würde er es darauf anlegen, touchiert zu werden, und weicht keinen Zentimeter. Ich habe Angst, dass er mir doch noch den Weg versperrt. Ich muss so stark hin und her rangieren, dass die Autoreifen auf dem Betonboden quietschen. Endlich bin ich draußen. Ein letzter Blick in den Rückspiegel zeigt mir, dass er auf der Straße steht und mir nachsieht.

Auf der Fahrt zu mir nach Hause atme ich tief durch und werde ganz ruhig. Vergieße keine einzige Träne. Es sind keine mehr da. Ich habe sie alle schon längst geweint.

22. Kapitel

Wie fühle ich mich eigentlich? Mit Sicherheit kann ich sagen, dass ich aus meinem Traum erwacht bin, und zwar ziemlich ernüchtert und klar denkend.

Ich empfinde Traurigkeit über dieses endgültige Scheitern unserer Beziehung. Wieder einmal bin ich in der Liebe gestrauchelt. Gibt es diese großen Emotionen, so wie ich sie mir erträume, doch nur in einem Märchen oder in einer TV-Romanze?

Die Ängste über meine Zukunft schließe ich energisch ganz hinten in meinem Kopf ein. Auf die bin ich noch nicht vorbereitet und ich kann es mir jetzt nicht leisten, in Panikattacken zu verfallen. Natürlich muss ich unbedingt einen Job finden. Allerdings kann ich nur in den Zeiten arbeiten, in denen Emilie in der Schule ist. An den Wochenenden und in den Ferien wird es schwierig, denn sie kann nicht allein ohne Aufsicht bleiben.

Womöglich kann ich meinen Audi Q5 verkaufen und mir ein günstigeres Auto zulegen. Er ist erst sechs Jahre alt, hat zwar durch meine täglichen Strecken zwischen unseren Häusern und den Reitställen viele Kilometer gefressen, ist aber bestimmt noch einiges wert, womit ich uns eine Zeitlang über Wasser halten kann. Auch die teure Boxenmiete im „Louisenhof" kann ich mir für Dancer unmöglich leisten.

Obwohl viele neue Probleme auf mich zusteuern, die mich mit Furcht erfüllen, spüre ich auch ein Gefühl der Erleichterung. Meine Beklemmungen in der Brust sind fast verschwunden, ich kann wieder freier durchatmen. Nachts schlafe ich tief und fest, ohne wie sonst schweißgebadet aus meinen Träumen hochzuschrecken. Ein untrügliches Zeichen dafür, dass es meiner Seele gut geht.

Nachdenklich sitze ich im Garten und beobachte Emilie und Lullaby. Den beiden geht es gut. Emilie hat seit der Beerdigung nicht nach ihrem Papa gefragt. Äußerlich unberührt hat sie die Trauerfeier und das Begräbnis verfolgt, ohne eine Träne zu vergießen. „Mama, ist Papa da jetzt drin in der Holzkiste? Wacht er wirklich nie wieder auf?"

„Nein, mein Spatz, er wacht nie wieder auf. Sein Herz hat aufgehört zu schlagen und er atmet nicht mehr. Er wird nicht mehr aufwachen, und wir werden ihn nicht wiedersehen. Die Krankheit hat seinen Körper kaputt gemacht. In dem Sarg liegt der kaputte Körper von Papa, den beerdigen wir jetzt. Seine Seele hat diesen Körper in dem Moment verlassen, als das Herz aufgehört hat, zu schlagen. Sie ist in den Himmel aufgestiegen. Vielleicht ist er auch noch über uns und guckt uns zu. Manchmal spüren wir die Seele, aber mit den Augen erkennen können wir sie nicht. Eines Tages wird seine Seele in einem anderen Menschen, oder vielleicht auch einem Tier, wiedergeboren werden. Dann kann er sich aber nicht mehr an uns erinnern."

Aufmerksam lauscht Emilie meiner Erklärung. Dann greift sie nach Lullabys Leine und hüpft mit dem Hund davon. Nun gut, denke ich mir, ihre Behinderung muss ja auch mal für etwas gut sein.

Emilie spielt auf dem Rasen mit ihrem Holzpferd. Sie hat ihm einen Ponyhalfter über den Kopf gezogen und die Mähne zu Zöpfen geflochten. Nun hockt sie im Schneidersitz im Gras. Konzentriert wickelt sie grüne Stoffbandagen um die Holzbeine des Pferdes. Lullaby liegt ihr dabei zu

Füßen und kaut hingebungsvoll an einem Ast herum. Wie ich die beiden so betrachte, wird mir ganz warm ums Herz.

Wenn Emilie nicht gewesen wäre, hätte ich es wahrscheinlich nie geschafft, mich von Martin zu lösen. Zu tief war ich bereits in dem Strudel gefangen, der mich umschloss und nach unten sog. Emile hat die Urkraft geweckt, die Mütter mit ihren Kindern verbindet. Diese Kraft war schon beinahe verschwunden. Sie hat diesen Funken aufgefangen und das Feuer neu entfacht.

Mit seinen letzten Spielzügen hat Martin sich zu weit aus dem Fenster gelehnt. Damit hat er seine Macht und die Kontrolle über mich verspielt. Darüber wird er stinksauer sein. Diesmal gibt es keinen Weg zurück, unsere Trennung ist endgültig. Martin hat den Bogen eindeutig überspannt.

Wieder habe ich erlebt, wie man sich von einer Sekunde auf die andere von einem Menschen entfernen kann, die Enttäuschung muss nur groß genug sein.

In den letzten Jahren ist mein Haus im Erlenweg etwas ins Abseits geraten. Emilie und ich haben nur stundenweise Zeit hier verbracht. Viele meiner Lieblingsstücke habe ich mit zu Martin genommen, um damit sein Zuhause zu verschönern. Selbst in der neuen Penthousewohnung sind Möbel, Bilder und Bücher von mir in die neue Einrichtung integriert worden.

Sehnsüchtig warte ich darauf, diese Dinge von Martin zurückzubekommen. In mein Haus muss wieder Seele und Persönlichkeit Einzug halten. Zuerst baue ich für Emilie und mich ein schützendes Nest, damit wir uns wohlfühlen, danach nehme ich mir die anderen Probleme vor. Eins nach dem anderen.

Ben kommt vorbei. Er nimmt mich in den Arm: „ Endlich, Mama! Der Typ hat dich gar nicht verdient. Ich bin froh, dass du jetzt wieder hier bist und wir wieder eine Familie sein können. Das hat der Blödmann mit aller Kraft versucht zu verhindern."

Tatsächlich bekomme ich sehr viele Kommentare in dieser Richtung zu hören. Mir ist gar nicht bewusst gewesen, wie kritisch Martin in meinem Umfeld wahrgenommen wird.

„Wir sind immer wegen dir gekommen, Eli. Martin mag zwar die Rechnungen bezahlen, aber du bist die charmante, gut gelaunte und fürsorgliche Gastgeberin, in deren Gegenwart wir uns wohlfühlen. Alle haben die zwei Gesichter von Martin bemerkt. Er macht sich ja noch nicht einmal die Mühe, diese hässliche zweite Seite, die in ihm steckt, zu verbergen. Überlege doch mal, warum längst nicht alle Freunde eurer Einladung auf die Jacht gefolgt sind. Weil sie nicht die Claqueure für Martin spielen wollten. Diesem Kerl zu huldigen, und Bewunderung entgegenbringen zu müssen, ihn zu unterhalten als Preis für die Einladung auf euer Schiff. Wir haben akzeptiert, dass du diesen Mann liebst, und nichts gesagt, um dich nicht zu verletzen. Aber uns ist aufgefallen, wie sehr du dich in seiner Gegenwart verändert und mit der Zeit immer stiller geworden bist, Elisabeth. Martin hat dir nicht unbedingt gut getan. Ehrlich gesagt sind wir erleichtert, dass du nicht mehr mit ihm zusammen bist."

Viele ehrliche, klare Worte. Ich brauche Zeit, um sie zu verarbeiten. Teilweise bin ich ziemlich erschrocken darüber. *War es so deutlich erkennbar für alle anderen gewesen? Und ich so blind?*

Es gibt noch eine gemeinsame Hochzeit, zu der Martin und ich eingeladen sind. Da ich mich schon lange darauf freue, möchte ich trotzdem hingehen. Mir ist ein wenig mulmig zumute, dort auf Martin zu treffen. Bisher haben wir uns weder im Stall gesehen noch miteinander kommuniziert. Meine ganzen Sachen sind noch bei ihm. Es wird Zeit, dass ich sie abhole, aber ich scheue die Konfrontation mit ihm in der Wohnung, von der ich dachte, sie sei auch mein Zuhause.

Martin hat mir heimlich den Haustürschlüssel von meinem Bund gedreht und aus meinem Portemonnaie seine EC Karte an sich genommen. Wie feige und niveaulos. Fürchtet er wirklich, ich könnte ihm irgendetwas wegnehmen, ihn bestehlen oder etwas mitgehen lassen, was ihm gehört? Wie kann er mir nur so etwas zutrauen! Das ist also seine Einschätzung von mir, nach acht gemeinsamen Jahren.

Gedanken, voll mit hässlichen Erinnerungsblitzen wirbeln in meinem Kopf durcheinander. Gequälte Empörung lässt meinen Puls in die Höhe schnellen. Ich fühle mich ohnmächtig und zutiefst gekränkt, seelisch ausgebeutet und benutzt.

Um nicht allein zu dieser Hochzeit zu gehen, habe ich mich mit einigen Freundinnen aus dem Louisenhof verabredet. Die Location im Anschluss an die kirchliche Trauung ist schwer zu erreichen. Wir haben uns einen Fahrer organisiert, der jede von uns abholt, von der Kirche zur Feier kutschiert und nachts auch wieder nach Hause fährt.

Gleich vor der Kirche treffen wir auf Martin. Er steigt aus einem Taxi und kommt schnurstracks auf uns zugelaufen. Ich merke, wie ich mich bei seinem Näherkommen versteife, und weiche einen Schritt zurück. Mit überschwänglichem „Hallo" und Küsschen links, Küsschen rechts arbeitet er sich durch die Gruppe an Frauen, in deren Mitte ich stehe. An dieser Begrüßungszeremonie möchte ich nicht teilnehmen.

Ohne auf meine Geste zu reflektieren beugt er sich zu mir: „Und du bekommst auch ein Küsschen von mir, Elisabeth."

Vollkommen selbstverständlich gesellt er sich zu unserer Gruppe und zieht das Gespräch an sich. An seiner Art zu reden merke ich, wie aufgewühlt Martin ist.

Er spricht hastig, versucht, witzig zu sein, und lacht dabei viel zu häufig. Eigentlich möchten alle in Ruhe die anderen Gäste beäugen, nach bekannten Gesichtern Ausschau halten, etwas Smalltalk machen und neugierig einen ersten Blick auf das ankommende Brautpaar erhaschen, bevor wir unsere Plätze einnehmen. Aber Martin hält unsere kleine Gruppe eisern in einer aufgezwungenen Unterhaltung beisammen. Dies gilt aber nicht mehr für mich. Mit einem weiteren kleinen Schritt zurück und einer leichten Drehung bewege ich mich aus diesem inneren Kreis heraus. Ganz bestimmt werde ich nicht Martins Erzählungen lauschen.

Verstohlen betrachte ich ihn von der Seite. So nachlässig gekleidet habe ich ihn noch nie gesehen. Seine Haare sind zerlegen, als hätte er heute morgen keine Zeit zum Duschen gefunden, oder bis eben noch im Bett gelegen. Nach dem Binden seiner Krawatte hat er den Hemdkragen nicht ordentlich umgeschlagen. Hinten steht er hoch. Noch vor ein paar Tagen hätte ich ihm liebevoll seinen Kragen gerichtet, nun mache ich ihn noch nicht einmal darauf aufmerksam. Mit einem Ohr bekomme ich mit, dass er soeben sein Handy im Taxi liegengelassen hat.

Nach und nach strömen die Gäste in die Kirche und suchen sich freie Bänke. Nacheinander schieben wir uns in eine freie Reihe. Gerade haben wir uns gesetzt, da taucht Martin an meiner Seite auf: „Passe ich da noch mit rein?"

Hölzern rücke ich so weit wie möglich an meine neben mir sitzende Nachbarin heran. Martin quetscht sich in die Lücke. Erstarrt sitze ich neben ihm, peinlich darauf bedacht, dass unsere Arme sich nicht berühren. Vor ihm liegt weder ein Gesangbuch noch das Faltblatt mit dem Ablauf der Zeremonie.

So habe ich mir das nicht vorgestellt. Er tut schlicht so, als wenn nichts gewesen wäre. *So einfach läuft das nicht, mein Freund,* denke ich standhaft. *Dafür ist zu viel passiert. Ganz sicher werde ich nicht in vertrauter Weise mit dir das Gesangbuch teilen.*

Glaubt er wirklich, wir könnten wieder nahtlos weitermachen wie bisher? Stillschweigend wie immer einen Kompromiss finden, wie schon hundertmal zuvor? Für wie lange denn, weitere vier oder sechs Wochen und dabei so tun als wären wir uns einig? Sind wir aber nicht! Niemals wird er Emilie akzeptieren. Als nächstes wird er mich drängen, sie in einem Heim unterzubringen. Noch tiefer kränkt mich sein Misstrauen. Niemals werde ich vergessen, dass er mir den Schlüssel abgenommen hat und ich täglich seine Erlaubnis erbitten soll, ob ich zu ihm nach Hause kommen darf! Nicht mehr in „unsere" Wohnung, nein, es ist ja seine Wohnung! Zusätzlich würde er mich jetzt noch mehr kontrollieren als vorher, ab jetzt würde er mir immer unterstellen, etwas beiseite schaffen zu wollen.

Er hat seine Karten deutlich auf dem Tisch ausgelegt und mir klar gemacht, wie austauschbar ich für sein Leben bin. Wird der Alltag mit mir zu unbequem, sucht er sich nochmals eine frische Frau, die er für sich formen kann. Ganz bestimmt ohne Anhang, weder Kinder noch Haustiere. Eine Frau, die er sich halten kann, nur für sich allein! Die alle seine Bedürfnisse befriedigt und ihre eigenen Ansprüche oder Befindlichkeiten ganz weit nach hinten stellt, am besten gleich in den Keller bringt.

Bei der anschließenden Feier sitzen wir zum Abendessen nicht an demselben Tisch. Von meinem Platz aus sehe ich Martin schräg von hinten am Nachbartisch sitzen. Er kämpft mit allen Mitteln um die Gunst seiner Tischdame. Berührt sie immer wieder am Oberarm oder platziert besitzergreifend seinen Arm um ihre Stuhllehne. Dabei benutzt er große Gesten und lacht übertrieben laut. Kurz überlege ich, ob er das auch gemacht hat, als er um mich geworben hat. *Ja,* erinnere ich mich, *hat er.* Auch damals war ich etwas peinlich berührt über dieses viel zu laute, affektierte Lachen.

Später an diesem Abend treffen wir uns auf der Tanzfläche. Der Festsaal hat sich schon deutlich geleert und es wird nur noch vereinzelt getanzt. Ich habe die letzten Songs mit meinen Freundinnen getanzt und wir überlegen kurz, ob wir an die Bar gehen wollen.

Der DJ spielt unser einstiges Lieblingslied, „All summer long", von Kid Rock. Zu diesem Lied haben Martin und ich nächtelang getanzt und dabei den Text, den wir längst auswendig kannten, lauthals und etwas schief mitgesungen.

Cool kommt er auf die Tanzfläche geschlendert. Wie zufällig geht er dicht an mir vorbei, ohne mich anzusehen.

Betont lässig krempelt er sich langsam die Ärmel seines weißen Hemdes hoch, dabei beginnt er, sich leicht im Takt der Musik zu bewegen. Ich kenne ihn gut genug, um seinen Plan zu durchschauen. Gleich wird er sich lächelnd zu mir umdrehen und mich antanzen. *Das will ich aber nicht,* schießt es mir brennend heiß durch den Kopf, *auf gar keinen Fall!*

Als er sich zu mir umdreht, bin ich mit meinen Freundinnen von der Tanzfläche verschwunden und er steht ganz allein auf dem Parkett.

Gegen 03:00 Uhr morgens laufen wir ausgelassen über das Kopfsteinpflaster in Richtung des Parkplatzes. Es ist noch angenehm warm. Die Feuchtigkeit der Nachtluft fällt sanft von oben auf uns herab. Wie ein übergroßes Erfrischungstuch unsere erhitzten Gesichter kühlend. Leicht beschwipst kichern wir wie junge Mädchen. Der Himmel über uns ist sternenklar und das Licht des Vollmondes scheint einen silbernen Märchenpfad vor uns zu erleuchten. Barfuß, unsere High Heels in den Händen tragend, tanzen wir auf dem glitzernden Weg, den der Mond uns weist, kleine Pirouetten. Unsere Sommerkleider drehen sich dabei auf und wir staunen über die silbernen Silhouetten, in die das Mondlicht uns verzaubert, als wären wir tanzende Elben, aus der Fantasiewelt Mittelerde entsprungen.

Der bestellte Wagen erwartet uns bereits. Etwas weiter hinten in einer Kurve geparkt gibt sich unser Fahrer mit einem Aufleuchten der Scheinwerfer zu erkennen, startet den Motor und fährt uns entgegen.

Als wir uns zu viert in das kleine Auto quetschen, bemerke ich eine Menschenansammlung auf dem Parkplatz. „Was ist da los?", frage ich unseren Fahrer.

„Die warten alle auf ein Taxi. Dieser Ort liegt so abgelegen, das wird noch eine Ewigkeit dauern, bis die alle ins Bett kommen. Seit ich hier bin, ist noch nicht ein einziges Taxi aufgekreuzt."

Ganz am Ende der Schlange steht Martin und starrt zu uns herüber.

Zwei Tage danach biege ich am späten Vormittag in die Auffahrt des Louisenhofes ein. Gleich am Eingang zur Stallgasse fängt mich eine Angestellte ab. „Komm' mal bitte mit, Elisabeth, ich muss dir etwas zeigen." Sie führt mich zu der Mitarbeiterküche und öffnet die Tür. Die kleine Küche mit gemütlicher Sitzecke ist über und über vollgestellt mit blauen Müllsäcken. Mindestens fünfundzwanzig prall gefüllte Säcke liegen aneinandergereiht auf dem Tisch, den Bänken und hochgestapelt an den Wänden. Fragend gucke ich sie an. Etwas betreten, ohne mir direkt in die Augen zu schauen, sagt sie: „Das sind alles deine Sachen, Eli. Martin hat sie gestern spät am Abend hier abgeladen. Wir brauchen die Küche, könntest du die Müllsäcke bitte hier raus nehmen?"

Es verschlägt mir für einen Augenblick die Sprache. Ungläubig betrete ich den Raum und lasse meine Hände über die blauen Säcke gleiten. Öffne hier und da einen Knoten und schaue hinein. Tatsächlich, da ist meine Kleidung drin. Unterwäsche, Abendkleider, Schuhe, T-Shirts, Pullover, Schminkutensilien, Jacken ... *Das darf doch nicht wahr sein,* denke ich geschockt. Langsam lasse ich mich auf einen freien Stuhl sinken. „Ja selbstverständlich", sage ich leise, „ich habe meinen Pferdeanhänger hier stehen und räume eure Küche gleich frei."

Mats steckt den Kopf zur Tür herein. „Eli, gut, dass du da bist, ich muss mit dir reden. Kommst du mit mir auf einen Cappuccino ins Reiterstübchen?"

Er lässt sich Zeit mit der Kaffeemaschine und etwas verwundert beobachte ich seine umständlichen Handgriffe. „Mats, hast du von den blauen Müllsäcken in der Mitarbeiterküche gewusst?"

„Ja, Martin war gestern Abend hier", beginnt er zögerlich und macht eine Pause, in der er an der Maschine herumnestelt. „Er hat nicht nur die Säcke hier abgeladen, Elisabeth, er hat mir auch den Auftrag gegeben, Dancer zu verkaufen. Du brauchst ihn heute nicht mehr zu reiten, Eli. Früh am Morgen waren bereits die ersten Kunden hier, um ihn zu testen. Es wird nicht lange dauern, bis er verkauft ist. Dancer ist das beste Pferd im Stall und seit eurem letzten Turnier ist die Dressurszene auf ihn aufmerksam geworden."

Die letzten Sätze sind so schnell wie Gewehrsalven aus seinem Mund geschossen.

Mein Verstand braucht eine Weile, um zu begreifen, was er mir da eben mitgeteilt hat. Steif und stumm sitze ich vor meinem Cappuccino.

Mats rutscht auf seinem Barhocker herum und schaut mich mit seinen rehbraunen Augen von der Seite an. Ihm ist als Überbringer dieser Nachricht deutlich unwohl.

„Du hättest mich gestern Abend informieren können", wende ich mich ihm zu, „anstatt mich heute dermaßen auflaufen zu lassen. Auch wenn Martin der Geldgeber ist und du eine riesige Provision an dem Verkauf von Dancer verdienst. Du bist mein Freund, Mats, zählt das gar nichts? Die Kunden von heute morgen kommen doch von dir. Niemand weiß besser als du, wie sehr mein Herz für dieses Pferd schlägt. Von einem Freund hätte ich mir gewünscht, vorgewarnt zu werden. Ich fühle mich von dir verraten, Mats."

Schweigend verlasse ich das Casino und stelle mich meiner Aufgabe, die Mitarbeiterküche von meinen persönlichen Sachen zu befreien. Achteinhalb Jahre in blaue Müllsäcke gestopft, denke ich erschüttert.

Als erstes muss ich den Pferdeanhänger ankuppeln. Danach suche ich mir eine Mistkarre, um die Säcke aus der Küche zum Hänger zu fahren und einzuladen. Es dauert ziemlich lange. Einige Säcke sind enorm schwer. Mein Rücken schmerzt, ich keuche vor Anstrengung und bin schon bald schweißgebadet. In den Schweiß mischen sich Tränen, aber genau diese Arbeit brauche ich jetzt. Es ist mir unmöglich, den anderen Menschen um mich herum in die Augen zu schauen und genauso wagt es niemand, mich anzusprechen oder mir Hilfe anzubieten. Sie lassen mich allein.

In meinem Innern tobt ein heftiger, emotionaler Kampf. Würde ich jetzt nicht diese kräftezehrende Arbeit erledigen, in der ich mich verausgaben kann, würde ich wahrscheinlich anfangen, laut zu schreien, um diesen gigantischen Schmerz irgendwie loszuwerden.

Gleichzeitig laufen meine Gedanken auf Hochtouren. *Er will mir weh tun. Martin erlebt unsere Trennung als Macht- und Kontrollverlust über mich. Er hat nicht damit gerechnet, dass ich die Trennung durchziehe. Dieser Rachefeldzug gegen mich soll seine Herrschaft wieder her-*

stellen. Er leckt seine Wunden und zergeht in seinem eige-
nen Selbstmitleid. Dies wird wahrscheinlich erst der An-
fang seiner Sanktionen gegen mich sein. Es macht keinen
Sinn, hierzubleiben und ihm damit ein willkommenes Ziel
für weitere Angriffe zu bieten. Mit Dancer verfügt er nicht
nur über eine Waffe gegen mich, sondern über ein wahres
Folterinstrument.

Hier und jetzt muss ich mich lossagen, damit Martin kei-
nen Einfluss mehr auf mich ausüben kann!

Wie in der Nibelungensage, in der Siegfried das Bad im
Drachenblut sucht, um unsterblich zu werden, aber ein
Lindenblatt auf seine Schulter segelt und ihn an dieser Stelle verwundbar macht. Dancer ist das Lindenblatt auf meiner Schulter und genau dort wird Martin seinen Dolch an-
setzen, um mich zu vernichten.

Als ich mit der Küche fertig bin, räume ich auch meine
persönlichen Sachen aus meinen Sattelschränken. Inzwischen ist im Stall Mittagspause und damit Ruhe eingekehrt.
Das kommt mir entgegen, denn ich schaffe es nicht, mich
zu verabschieden. Nur mit größter Mühe gelingt es mir,
meine Fassung zu bewahren. Ein einziger Blickkontakt,
eine Umarmung oder die leiseste Berührung würden mich
umwerfen. Meine Augäpfel glühen heiß hinter meinen
Lidern, und auch der brennende Kloß in der Kehle lässt
mich kaum noch schlucken. Mechanisch packe ich meine
Sachen zusammen. Ordne, sortiere und beschrifte die Dinge, die hier bleiben und für Dancer sind. Mein Kopf
schmerzt. Den für mich schlimmsten Teil schiebe ich noch
vor mir her. Bei meiner Tätigkeit laufe ich in einem großen
Bogen um Dancers Box und gehe mit gesenktem Blick
durch den Stall, bemüht, ihn nicht anzusehen. Dabei guckt

er aus seinem Boxenfenster auf den Hof und beobachtet ganz genau mein Tun, als würde er fragen: „Was machst du da die ganze Zeit, wann kommst du denn endlich zu mir?" Ich kann einfach nicht. Ich bringe es nicht fertig, zu ihm zu gehen und ihm ein letztes Mal über die samtigen Nüstern zu streichen, meine Hände auf das warme Fell unter seine Mähne zu schieben. Ihm zum Abschied eine Leckerei aus meiner Hand anzubieten und ihm ins Ohr zu flüstern, lebe wohl, kleiner Mann.

Ich kann nicht! Meine Selbstbeherrschung verlässt mich. Meine Hände zittern bereits, und bei tiefen Atemzügen sticht ein Messer in meine Brust. Ich versuche ganz flach zu atmen und schlage mir mit der Faust ein paar mal kräftig gegen mein verkrampftes Herz. *Komm schon, verdammt!*

Ohne in den Rückspiegel zu gucken fahre ich vom Hof. Als ich von der Auffahrt auf die Hauptstraße einbiege, kommt ein gequältes Schluchzen tief aus meiner Brust. Die Tränen stürzen unaufhaltsam aus meinen Augen. Dieser Abschied tut mir so weh.

Wie hatte ich nur so naiv sein können zu glauben, Martin würde mich friedlich und ungestraft ziehen lassen. Nach so vielen Jahren sollte ich ihn besser kennen.

Eine erneute Welle seines Rachefeldzuges lässt nicht lange auf sich warten.

Als nächstes kommt eine E-Mail von Martin. Darin fordert er mich auf, ihm innerhalb einer Frist von sieben Tagen meinen Audi Q5 zurückzugeben.

„Den hast du mir doch vor sechs Jahren zum Geburtstag geschenkt?", frage ich ihn, ebenfalls schriftlich zurück.

„Sei nicht albern, Elisabeth", ploppt umgehend seine Antwort auf meinem Laptop auf. „Guck doch mal in den Fahrzeugschein, welcher Name da drin steht. Ganz sicher nicht Elisabeth Hartmann, oder? Das Auto habe ich für dich gekauft, wie auch das Pferd und viele weitere hübsche Sachen. Das Wort *Geschenk* habe ich dir gegenüber ganz bestimmt niemals ausgesprochen, in all den Jahren nicht. Denn ich hatte nie vor, dir irgendetwas zu schenken. Diese Dinge, die du irrtümlich als Geschenke ansiehst, gehören mir und haben dir lediglich zur Verfügung gestanden."

Wie großmütig von ihm, dass ich meine Kleidung behalten darf, denke ich angewidert.

Meine Finger schweben über der Tastatur meines Laptop. Es hat keinen Sinn zu argumentieren. Martin wartet nur darauf, mir gegenüber seine Überlegenheit auszuspielen. Wahrscheinlich hat er bereits juristischen Rat eingeholt und lauert jetzt mit einem Trumpf in der Hand auf meine naive Vorgabe, um mich fertigzumachen. Den Gefallen tue ich ihm nicht und klappe meinen Laptop zu. Für heute reicht es mir, mehr kann ich nicht aushalten, ohne durchzudrehen.

Ein Mann, der nicht lieben kann, aber um jeden Preis geliebt werden möchte, kann äußerst gefährlich sein. Es ist keine kluge Entscheidung gewesen, zu der Hochzeit zu gehen. Mit der erneuten Zurückweisung habe ich mir keinen Gefallen getan und meine Situation deutlich verschlechtert. Am liebsten möchte ich so schnell es geht den Kontakt zu Martin vollkommen abbrechen. Dem Mann, der nach neun gemeinsamen Jahren, in denen wir uns *Mann und Frau* nannten, auf eine derart hässliche Trennung beharrt, und in dem ich überhaupt nichts Liebenswertes mehr erkennen kann.

Meine Kleidung in blaue Müllsäcke zu stopfen und auf fremdem Boden abzuladen, ist schäbig. Der Mann hat weder Niveau noch Stil, noch in meinen Augen jemals eine gute Erziehung genossen. Zorn kriecht in mir hoch. Wie die kleinen, mit Widerhaken versehenen Wurzeln einer Efeuranke hält er sich an mir fest und beginnt an mir zu ziehen. Es ist ein toxisches Gefühl, aber die emotionale Belastung ist schier unerträglich. Dieses Tauziehen gewinnt der Zorn. Er überflutet mich wie eine brechende Welle, in der ich für den Moment Erlösung finde.

Es hat in meinem Leben schon mehrere schwierige Zeiten gegeben, und glücklicherweise gibt es zwei Menschen, auf die ich mich verlassen kann. Meine Mutter und meinen Bruder, Phillip.

Meine Mutter ist immer und grundsätzlich für mich da, vollkommen egal, um was es geht. Bereit, sich wie eine Löwin für mich und meine Kinder in den Kampf zu stürzen.

Phillip hält sich zurück, solange es mir gut geht. Mein Bruder ist nicht immer einverstanden mit meinen Entscheidungen, kritisiert mich aber niemals. Spürt er meine Not, ist er ungefragt und wie von Zauberhand an meiner Seite. Seit Kindertagen und auch jetzt noch mein großer Bruder. Beide strecken mir immer wieder ihre Hände entgegen, um mir beim Aufstehen unter die Arme zu greifen.

Sofort hilft er mir, einen neuen Wagen zu organisieren. Begleicht vollkommen selbstverständlich für mich die Anzahlung, damit ich auf eine günstige Leasingrate komme.

Martin meldet sich erneut mit einer E- Mail bei mir. „Du hast ein gutes Erinnerungsvermögen, Elisabeth, damit kannst du eine Liste zusammenstellen mit den Dingen, die noch in meinem Penthouse sind und dir gehören! Falls du übrigens der Meinung bist, irgendwelche Ansprüche geltend machen zu wollen, klären wir das vor Gericht. Und glaube mir, mein Atem ist länger als deiner!"

Was für ein Mistkerl! Wut kocht in mir hoch. *Was bildet Martin sich eigentlich ein. Schämt er sich überhaupt nicht? Und dann noch diese Drohung anzuhängen! Kann der Mann überhaupt noch sein Spiegelbild ertragen?*

Die Möbel zu benennen ist einfach. Bilder, die ich damals aus meinem Haus mitgenommen habe, die Designer Stühle, die wir als Nachttische benutzen, ebenfalls. Alle Bücher gehören mir, aber wie soll ich Martin die anderen Gegenstände, z.B. in der Küche beschreiben? Wir haben gerne viele Gäste bewirtet und ich habe jede Menge Küchenutensilien, Schüsseln, und sonstigen Schnick Schnack aus dem Erlenweg mit zu ihm genommen. Wir haben zufällig das gleiche Silberbesteck und ich habe meines mit zu Martin genommen, um aufzustocken. Ohne es vor mir zu sehen kann ich sie nicht auseinanderhalten. Die mundgeblasenen Christbaumkugeln aus meiner Kindheit liegen irgendwo in der Garage bei der Weihnachtsdeko. Ich hänge an ihnen! Windlichter, ebenso meine gesammelten Reiseerinnerungen. Aus jedem Land, das wir bereist haben, habe ich Andenken mitgebracht. Muscheln und an den Strand gespülte Korallen von den Malediven. Eine kleine Bronzegiraffe aus Südafrika, die Speerspitze eines Massaikriegers und einen Briefbeschwerer aus Tansania, ein Stück Treibholz aus Kanada, das in seiner Form an einen Wal erinnert oder einen schwarzen, von der Kraft des Wassers geschliffenen Stein, den ich von dem tiefschwarzen Lava Strand auf Bali aufgesammelt habe. Von unseren aufregendsten Reisen habe ich Fotobücher gemacht.

Im Keller befinden sich jede Menge Pferde und Reitsachen von mir, CDs, DVDs und, und, und. In achteinhalb Jahren sammelt sich ganz schön was an.

Martin will alles behalten, was von seinem Geld angeschafft wurde, und mir nur herausgeben, was ich mit meinem eigenen Geld gekauft habe. Reflexartig zucke ich mit den Schultern. Mir fehlen ganz sicher irgendwelche Beweise, wie Quittungen oder Rechnungen.

Normale Menschen würden gemeinsam ihren Haushalt durchsehen, um diese finale, aber unvermeidliche Aufteilung möglichst mit Anstand hinter sich zu bringen. Auf etwas zeigen, ja oder nein sagen und zum nächsten Gegenstand gehen. Einweihungsgeschenke teilen, du bekommst das, dafür hätte ich gern dies. Was ist mit den großzügigen Geschenken von meiner Familie, die uns als Paar überreicht wurden, stehen sie Martin zu oder mir?

Ich habe nicht vor, um irgendetwas zu kämpfen. Dass ich ihn gar nicht erst um die Dinge, die er mir *geschenkt* hat, bitten muss, habe ich inzwischen begriffen. Es waren ja niemals echte Geschenke, sondern nur für mich gekauft und mir zur Verfügung gestellt. Was ist mit dem kleinen Coffee Table „Bell", der für mich genau an meinem letzten Geburtstag geliefert wurde? Auf den Rechnungen steht sein Name als Beweis. Ich kann mir Martin förmlich in einem Gerichtssaal vorstellen, wie er triumphierend die bereitgelegte Rechnung in die Höhe reckt und mit dem

Finger immer wieder auf seinen Namen pocht. Das ist meins!

Martin ist definitiv nicht normal. Wie kann ich allein aus meiner Erinnerung heraus jeden Raum und jeden Schrank vor meinem inneren Auge durchforsten? Was für eine hässliche Fratze hinter seinem Gesicht zum Vorschein kommt, denke ich angewidert. Kopfschüttelnd nehme ich Zettel und Stift in die Hand.

23. Kapitel

Die Art und Weise, wie Martin mich aus seinem Leben katapultiert, verletzt mich sehr viel tiefer, als ich zuerst angenommen habe. Die Wut und der Zorn in mir haben mir eine Weile geholfen, über die erste Zeit hinwegzukommen. Nun zwängt sich das bekannte Gefühl zurück an die Oberfläche, wieder einmal nicht gut genug gewesen zu sein. Weder gut genug, noch liebenswert genug! Wie eine freiliegende, entzündete Zahnwurzel quälen mich diese Gedanken und lassen mich nicht zur Ruhe kommen.

Rastlos versuche ich alle meine Probleme auf einmal zu lösen. Wieder zurück in meinen Job als Profireiterin zu gehen, kommt mir zu diesem Zeitpunkt minderwertig vor. Kein Pferd könnte jemals dem Vergleich mit Dancer standhalten oder dem hohen Niveau, auf dem wir uns bewegt haben.

Irgendwie sträube ich mich noch dagegen, in mein altes Leben zurückkehren zu müssen.

Mit meinem Background kann ich doch auch noch etwas anderes finden, hoffe ich zumindest. Nach mehreren fehlgeschlagen Bewerbungen muss ich mir kleinmütig eingestehen, die Arbeitswelt wartet nicht auf eine Hausfrau Mitte fünfzig. Und schon gar nicht auf eine Neueinsteigerin mit einem behinderten Kind. Es sei denn, ich wäre bereit, an den Wochenenden oder Abends zu arbeiten. Genau das geht nicht wegen Emilie.

Diese Lektion ist niederschmetternd.

Ich habe wieder angefangen, Golf zu spielen. Da ich keine Rücksicht mehr auf Martin nehmen muss, möchte ich mir und anderen beweisen, was in mir steckt. Irgendwoher brauche ich dringend ein Erfolgserlebnis. So häufig ich die Zeit finde, stehe ich auf der Driving Range und übe meine Abschläge, innerlich getrieben von dem besessenen Verlangen, besser zu spielen als Martin.

Es besteht kein Kontakt zwischen uns. Alle Nummern sind entweder gecancelt, blockiert oder gestrichen, sogar bei Facebook. Trotzdem läuft ein heimlicher, missgünstiger Wettbewerb zwischen uns. Wem es schneller wieder gut geht. Wer schneller wieder liebt, lacht und glücklich ist.

Wir haben genügend gemeinsame Bekannte. Frauen tratschen untereinander, Männer reden am Stammtisch, alle beobachten uns neugierig, erleichtert darüber, dass dieses Drama nicht in den eigenen vier Wänden stattfindet.

Die Männer äußern süffisant: „Nun ist Elisabeth wieder auf dem Markt!" und zwinkern sich bedeutungsvoll zu. Die Frauen tuscheln untereinander: „Nun ist Elisabeth wieder auf der Suche!" und legen ihren Männern besitzergreifend eine Hand auf die Schulter.

Diese Reaktion habe ich schon früher erlebt. Damals, als Henry gestorben ist und auch als ich mich von Karsten getrennt habe. Single-Frauen sind nur bedingt gesellschaftsfähig. Unverständlich, wie ich finde, und verletzend. Als ich vor neun Jahren mit Martin zusammenkam, sagte eine Freundin tatsächlich zu mir: „Ich freue mich, dass du wieder einen Mann an deiner Seite hast, dann kann man dich ja wieder einladen!"

Mein Vater versucht mich zu trösten: „Elisabeth, du bist eine so schöne Frau, du schmückst immer noch die Seite eines jeden Mannes. Du findest einen neuen!"

„Das will ich aber nicht!", schreie ich ihn an. „Ich will endlich gesehen werden, als Mensch. Ich möchte um meiner selbst willen geliebt werden und nicht die Seite eines Mannes schmücken. Verdammt nochmal, ich habe doch viel mehr zu geben als das!"

Martin trifft sich mit Dates aus dem Internet. Er hat sich auf bekannten Dating Seiten angemeldet. Obwohl ich nicht um diese Informationen bitte, werden sie mir förmlich aufgedrängt. Jeder glaubt mir einen Gefallen zu erweisen, mich auf dem Laufenden zu halten. Tatsächlich werfen mich diese Nachrichten immer wieder erneut aus der Bahn. Dann kreisen meine Gedanken nur noch um diesen Mann, den ich so lange geliebt habe. Die Gedanken an ihn und unsere böse Trennung rauben mir den Schlaf.

Was hätte ich anders machen können? Hätte ich den Verlauf verändern können? Manchmal bin ich kurz davor, einzuknicken, obwohl es kein Zurück gibt. Es gelingt mir einfach nicht, Martin aus meinem Gehirn zu vertreiben. Er hat sich eingegraben wie eine Zecke.

Auch ich versuche mich abzulenken, indem ich mich durch Dating Portale klicke. Die Sehnsucht nach einer Bestätigung, dass ich es doch wert bin, geliebt zu werden, ist geradezu übermächtig.

Bei jedem Chat, den ich führe, bemerke ich, wie sehr ich in der Opferstruktur der vergangenen Jahre gefangen bin. Ich verberge meine Gefühle hinter einer Maske, um nicht verletzt zu werden. Sage den Männern, was sie hören wollen, nur, um Komplimente zu ergattern und das Gefühl zu spüren, umworben zu werden. Anstatt mich zu positionieren oder klar meine Meinung auszusprechen. Wie sehr ich mich für dieses „Pleasen" verachte. Schon erblicke ich wieder das Hündchen in mir. Wie erbärmlich ich doch bin.

Irgendwo schnappe ich den Begriff „Narzisstische Persönlichkeitsstörung" auf. Zuhause klappe ich meinen Laptop auf und gebe die Abkürzung NPS bei Wikipedia ein.

Schon beim Lesen der ersten Seiten bekomme ich eine Gänsehaut. „Oh mein Gott", entfährt es mir, dieser Bericht liest sich wie eine detailgetreue Personenbeschreibung von Martin! Wie kann das sein?

„NPS" zeichnet sich durch einen Mangel an Empathie, Überschätzung der eigenen Fähigkeiten und gesteigertes Verlangen nach Anerkennung aus. Selbstverliebt, selbstgerecht, herrschsüchtig, ungerecht, überzeugt von der eigenen Grandiosität und einem übertriebenen Geltungsbedürfnis. Typisch ist, dass die betroffenen Personen übermäßig stark damit beschäftigt sind, anderen zu imponieren und um Bewunderung für sich zu werben, aber selbst kein zwischenmenschliches Einfühlungsvermögen besitzen und keine emotionale Wärme an andere Menschen zurückgeben.

Ich lese von unersättlichen Ansprüchen und Erwartungen, von emotionalem Missbrauch an Sexualpartnern und Kindern, um den eigenen Selbstwert auf Kosten anderer zu erhöhen. Von einer inneren, chronisch schwelenden Wut, die schon bei geringem Anlass zur Explosion kommt.

Eines der auffälligsten Symptome eines Narzissten ist, Gefühle und Bedürfnisse bei anderen Menschen zwar wahrzunehmen, aber die Bereitschaft vermissen zu lassen, darauf einzugehen. Sie hören anderen nicht zu, beachten, verstehen und unterstützen sie nicht. Das Verhalten oder die Äußerungen anderer Menschen werden darum häufig drastisch missinterpretiert. Sie gelten als nicht therapierbar.

Narzissten können lernen, einfühlsame Reaktionen vorzutäuschen, und haben dann solche Gesten für den Fall, dass sie Nutzen daraus ziehen können, abrufbereit.

Die Partner, die diese narzisstische Bestätigung sicherstellen sollen, werden kühl nach ihrer vermuteten Tauglichkeit ausgewählt, umworben und gepflegt, bis sie Bestätigung zu liefern beginnen. Manipuliert, damit sie diese aufrechterhalten, und fallengelassen, sobald sie die Versorgung einstellen.

Der Bericht umfasst einundzwanzig Seiten und als ich zu Ende gelesen habe, brennen meine Augen. Was für eine schockierende Erkenntnis! Ich erinnere mich an die unzähligen, grausamen Situationen, die ich in den vergangenen Jahren miterlebt habe, und kann kaum fassen, dass es dafür eine Erklärung gibt.

Hätte es etwas geändert, wenn ich früher davon gewusst hätte? Bin ich damals kühl und berechnend von Martin in seine Falle gelockt worden? Ja, ich denke schon.

Hat er mich überhaupt jemals richtig geliebt? Nach diesem Bericht zu urteilen, wohl eher nicht. Wie konnte ich mir so lange etwas vormachen? Ich wollte unbedingt ein Happy End. Deshalb ließ ich mich blenden, immer wieder mein Herz stehlen. Ließ meinen inneren Aufruhr zum Schweigen bringen. Die Sehnsucht und die Hoffnung waren größer.

Frauen, die in ihrer Kindheit bereits verinnerlicht haben, dass Liebe an Bedingungen geknüpft ist, dass sie einen Preis hat, sind besonders anfällig dafür, an einen Narzissten zu geraten.

Eine solche Beziehung zu durchleben hinterlässt tiefe Narben. Meine Gedanken schweifen zu Martins erster

Frau. Sie hat eindeutig einen seelischen Schaden aus ihrer Ehe mitgenommen. *Was ist mit mir?*, denke ich unglücklich. *Finde ich den Weg heil hinaus?*

Zwischen all diesen bedrückenden Gedanken ist Emilie mein kleiner Lichtblick. Sie macht eine gute Entwicklungsphase durch. Inzwischen ist sie immer häufiger mit ihren Freundinnen verabredet. Sie liebt es, zur Schule zu gehen. So sehr, dass sie auch am Nachmittag in ihrem Zimmer Schule spielt. Ihre Puppen sitzen auf kleinen Hockern, dazwischen liegt Lullaby, die auch ihre Schülerin spielt. Emilie ist die Lehrerin und ich höre sie durch die geschlossene Kinderzimmertür reden.

Von ihrem Opa hat Emilie zum Geburtstag ein größeres Pony bekommen. Damit reitet sie selbstständig durch die Wiesen oder auf dem Reitplatz, egal, ob mit oder ohne Sattel und am liebsten im Galopp. Sie macht einen so glücklichen Eindruck. Meine seelischen Nöte bemerkt sie, Gott sei Dank, gar nicht. Ihre kleine Welt ist in Ordnung.

Smilla ruft an. Wir verabreden uns zum Abendessen in einem kleinen italienischen Restaurant. Unser Kontakt ist unregelmäßig, aber herzlich, worüber ich mich sehr freue. Damit hat sie mich überrascht. Aus dem zickigen, mit den Augen rollenden Teenager ist eine ernste junge Frau geworden, mit der ich gerne Zeit verbringe.

Emilie ist aufgeregt und etwas schüchtern. Die beiden haben sich länger nicht gesehen. Die Stimmung beim Essen ist gelöst. Als Emilie zur Toilette geht, guckt Smilla mich ernst an: „Ich vermisse dich, Eli."

„Ich hätte nie gedacht, das eines Tages von dir zu hören, Smilla. Glaube mir, das bedeutet mir viel."

Nach einer kurzen Pause frage ich sie: „Wie geht es dir?" Sie zögert einige Sekunden und lässt ihre Augen durch das Restaurant wandern, bevor ihr Blick an der kleinen Blumenvase auf unserem Tisch hängenbleibt. Gedankenverloren zupft sie ein Blütenblatt von dem Stängel. Dann sagt sie: „Ich versuche mich therapieren zu lassen, habe aber bisher keinen Platz bekommen."

Auch ich zögere leicht, bevor ich flüsternd frage: „Weswegen?" Ich kenne die Antwort bereits. Momentaufnahmen von dem, was damals passiert ist, flammen auf. Glühend heiß brennt die Erinnerung auf meinen Wangen, und in diesem Moment weiß ich, was sie sagen wird.

„Meine Mutter ist seelisch krank, mein Bruder hat ein Drogenproblem, und …", sie stockt und reißt ein weiteres Blütenblatt heraus, „wegen des jahrelangen sexuellen Missbrauchs."

Mit einem leisen Klirren rutscht mir das Messer auf den Porzellanteller. Langsam lege ich die Gabel neben meinem Tellerrand ab.

Um mich herum erscheint alles wie in Zeitlupe abzulaufen. Mein Mund ist ganz trocken geworden, und ich fange an zu schwitzen. Glasklar flammt die Erinnerung in mir auf. Bilder drängen sich in den Vordergrund. Smillas Kichern unter der Dusche, die Badezimmertür, die aufgestoßen wird und ein Schwall Wasserdampf, der mir ins Gesicht schlägt, das erschrockene Gesicht von Martin, der Versuch sich zu rechtfertigen. „Ich habe ihr nur gezeigt wie ein Mann sich wäscht, und wo eine Frau sich waschen muss." Die kreisenden Bewegungen seiner Hände, mit denen er andeutet, ihre Brüste einzuseifen. Die glitzernden Wassertropfen in seinem Brusthaar.

Erstarrt blicke ich sie an.

„Eli", fragt sie mich eindringlich, „hast du davon gewusst, hast du das manchmal mitbekommen?"

Mein Hals ist wie zugeschnürt. *Da war noch mehr gewesen!* Ein Stromstoß jagt durch meinen Körper. *Wie konnte ich mich damals von Martin so einfach abspeisen lassen? Verklemmt und spießig hat er mich genannt. Da ist doch nichts dabei, waren seine Worte, wir sind doch eine Familie. Und ich habe die Augen vor dieser Ungeheuerlichkeit zugekniffen und mir eingeredet, dass er recht hat.*

Ich hätte versuchen müssen, mit Smilla darüber zu reden, aber ich habe sie allein gelassen. Sie hatte keine Chance, sich als Teenager gegen diese Übergriffe zu wehren. Nur ich hätte ihr vielleicht helfen können und es wäre meine verdammte Aufgabe gewesen, sie zu beschützen. Eine Träne läuft mir aus dem Augenwinkel.

„Ja, ich erinnere mich an die BH-Käufe und daran, dass Papa allein mit dir in den Umkleidekabinen verschwunden ist. Und an das gemeinsame Duschen mit ihm!"

Sie blickt mich mit ernsten Augen über den Tisch hinweg an und schweigt einen Moment.

Dann schluckt sie schwer und antwortet: „Ach, Eli, da war noch viel mehr. Manchmal war es hart an der Grenze."

Bevor ich sie fragen kann, was sie genau damit meint, kommt Emilie von der Toilette zurück. Mit übertriebener Fröhlichkeit wechseln wir das Thema und Smilla fragt Emilie nach ihren Freundinnen aus.

Als wir uns voneinander verabschieden, sagt Smilla: „Ich kann ihm verzeihen, Eli, aber niemals vergessen."

Das klingt nach einem hilflosen Kalenderspruch. Er macht deutlich, wie viel da unter der Oberfläche schlummert. Seelenqualen, die auseinandergenommen und bearbeitet werden müssen, um nicht daran zu Grunde zu gehen.

Verzeihen, wenn das so einfach wäre!

24. Kapitel

Ich habe einen neuen Job angenommen, in einem Dressurstall, ganz in unserer Nähe. Es ist ein Kompromiss und ich bin mir nicht sicher, ob ich mit dieser Entscheidung glücklich bin. Mein Bauchgefühl flüstert mir zu: „Lass es bleiben, dass passt nicht." Aber mein Wunsch nach Anerkennung ist zu mächtig.

Die Familie Pedersen, die den Hof betreibt, ist früher einmal sehr erfolgreich im Dressursport vertreten gewesen. Der Vater ebenso wie seine Tochter und deren Lebensgefährte. Alle drei haben vielfach Pferde bis zur höchsten Klasse ausgebildet und mit ihnen Erfolge gefeiert.

Inzwischen ist der Hof ziemlich heruntergekommen und von dem alten Ruhm und einstigen Glanz ist nicht mehr viel übrig. Gesundheitliche Probleme, gepaart mit einem massiven Alkoholproblem, haben das Ende dieser Erfolgsära eingeläutet.

Allerdings ist mir auch zu Ohren gekommen, dass sie immer noch außerordentlich qualitätsvolle Pferde im Stall stehen haben. Wegen der Pferde bin ich hier, nicht um neue Freundschaften zu schließen.

Bei meinem Vorstellungsgespräch sitzen wir zusammen in dem winzigen, verstaubten Reiterstübchen an einem Ecktisch. Der Seniorchef ist noch ziemlich rüstig. Groß und blond, mit blitzenden blauen Augen, einer knubbeligen Nase und schwülstigen Lippen. Seine Tochter sieht ihm ziemlich ähnlich. „Hi", stellt sie sich vor, „ich bin Gerda, wir haben telefoniert." Auch sie ist groß, blond und ziemlich drall. Ihre dünnen, strähnigen Haare hat sie zu einem strengen Zopf gebunden, der ihre Kopfhaut regelrecht nach hinten zieht und ihre abstehenden Ohren betont. Sie hat die gleiche knubbelige Nase wie ihr Vater, ihre ist allerdings mit vielen blauroten Äderchen durchzogen. Ihr Freund dagegen ist klein und dürr, geradezu ausgemergelt. Er schleppt einen Plastikhocker mit sich herum. „Ich kann nicht lange stehen, deshalb der Hocker, damit ich mich jederzeit hinsetzen kann", erklärt er mir beinahe entschuldigend. Ich habe Mühe, mir die beiden als Liebespaar vorzustellen.

Vor mir, auf der Tischdecke aus Plastik steht ein Topf mit einer verwelkten Pflanze. Ein Bollerofen verströmt trockene Hitze. Alte Pokale und gerahmte Fotos zeigen den Vater, die Tochter und ihren Freund auf unterschiedlichen Pferden in ausdrucksstarken Posen. Im starken Trab oder auf dem Siegerpodest. Um die Hälse der Pferde prangen Lorbeerkränze, und die Reiter lachen, mit Medaillen und Schärpen geschmückt, in die Kamera.

An einem kurzen Strick ist ein riesiger brauner Hund angeleint. Fast so groß wie ein Kalb, mit einem groben Schädel und einem Kampfgewicht von mindestens fünfundfünfzig Kilogramm, liegt er dösend auf einer verfilzten Unterlage.

Herr Pedersen bietet mir einen lauwarmen Kaffee mit Milch aus einer fleckigen Kaffeemaschine an. Der Becher, den er mir reicht, ist mit eingetrockneten, braunen Tropfen übersät. Das Gespräch verläuft etwas zäh und umständlich. Das Problem ist meine wegen Emilie eingeschränkte Arbeitszeit, denn eigentlich kann ich weder an den Wochenenden noch in den Schulferien.

Schließlich einigen wir uns darauf, dass ich von Montag bis Freitag täglich drei Pferde vormittags reite. In den

Schulferien werde ich versuchen, Emilie mitzubringen. Sie kann sich solange im Reiterstübchen beschäftigen oder drüben im Haus Fernsehen gucken. Viel Geld werde ich nicht verdienen. Im Gegenzug wird die Familie mich mit guten Dressurpferden unterstützen, damit ich mein Ziel, das goldene Reitabzeichen verliehen zu bekommen, doch noch erreiche.

Martins Äußerung, „weil ich es dir nicht zutraue", hat sich tief in meinen Kopf eingebrannt und eine eiternde Wunde hinterlassen. Sie lässt mich täglich grübeln, ob er damit recht hat. Dieser Erfolg würde mich rehabilitieren und zeigen, dass ich wenigstens gut genug im Reiten bin.

In meinen Gedanken wächst dieses Ziel heran wie ein magischer Glorienschein, der meine Sehnsucht nach Anerkennung endlich stillen könnte.

Oder wie die Karotte an der Angel, um einen Esel damit zum Laufen zu bringen!

Am darauffolgenden Morgen fahre ich pünktlich auf den Hof. Als ich die quietschende Stalltür aufziehe, steht mir der riesige braune Hund gegenüber und starrt mich an. Mit seinem erhobenen Kopf reicht er mir bis zum Bauch. Steif und abwartend steht er vor mir. Er zuckt weder mit dem Ohr, als ich ihn freundlich anspreche, noch deutet er ein leichtes Schwanzwedeln an. Keine Reaktion, als hätte er einen Stock verschluckt.

Gerda kommt aus dem Reiterstübchen gelaufen und nimmt ihn eilig zurück. „Oh", sagt sie, „na, das ist ja nochmal gut gegangen." Sie zerrt den Hund in eine Ecke und hakt die kurze Kette an seinem Halsband fest. Als sie sich wieder zu mir herumdreht, schlägt mir eine Alkoholfahne entgegen. *Oha,* denke ich, *und das schon so früh am Morgen.*

„Beißt er denn, Gerda? Wenn ich mir Sorgen machen muss, wäre ich dir dankbar wenn du deinen Hund anleinen würdest in der Zeit, in der ich hier arbeite."

„Nein, nein, alles gut, Elisabeth, ignoriere ihn einfach, dann tut er nichts."

Normalerweise bin ich, was Hunde angeht, nicht ängstlich. Wir haben immer eigene Hunde gehabt, schon in meiner Kindheit. Aber dieser Hund ist mir nicht geheuer. Mein Unterbewusstsein schlägt Alarm, aber ich schiebe die unheilvollen Gedanken beiseite. Ich kann es mir nicht leisten, ängstlich zu sein, außerdem haben sie mir versichert, dass der Hund ok ist, solange ich ihn nicht anfasse. Das habe ich ganz bestimmt nicht vor.

In den nächsten Tagen begegne ich ihm immer mal wieder in der Stallgasse, frei und alleine. Er folgt mir mit steifen Bewegungen, immer einen gewissen Abstand haltend, und fixiert mich dabei mit seinen ausdruckslosen gelben Augen. Richtig unheimlich.

Bevor ich in den Stall fahre, gehe ich mit Lullaby spazieren. In meiner Jackentasche halte ich ein paar Leckerlies parat, weil ich auf unserer Hunderunde Kommandos mit ihr übe. Vielleicht können die mir behilflich sein, dem Riesenköter ein Friedensangebot zu machen. Irgendwie muss ich mich doch mit dem Tier arrangieren. *Das wird schon,* versuche ich mit gut zuzureden.

Drei Tage später, es ist schon kurz vor Mittag, bin ich dabei, mein letztes Pferd für heute zum Training vorzubereiten. Wir haben gerade ein kleines Meeting in der Sattelkammer beendet, in der wir uns über die Entwicklung und Ausbildung der Pferde ausgetauscht haben. Meine neuen Arbeitgeber stehen ein paar Meter entfernt von mir, noch immer in ein Gespräch vertieft. Gerda hat eine Hand auf dem Schädel des Hundes liegen und krault ihn gedankenverloren hinter den Ohren.

Mein Fokus liegt schon auf dem Pferd, das vor mir angebunden in der Putzbox steht. In Gedanken lege ich mir bereits die Übungen zurecht, mit denen ich es gleich gymnastizieren werde. Als ich mich bücke, um in dem Putzkasten, der zu meinen Füßen steht, einen Striegel zu suchen, nehme ich aus dem Augenwinkel einen dunklen Schatten wahr, der auf mich zugerast kommt.

Mit einem sirenenhaften Aufheulen stürzt sich der riesige Hund auf mich. So schnell und unerwartet, dass ich weder die Zeit habe, mich aufzurichten, noch die Hände schützend zu heben. Ich stecke in der Falle. In meinem Rücken ist die Wand, gegen die ich durch den Aufprall geschleudert werde, während er sich mit seinen Reißzähnen in meinem Gesicht verbeißt.

Nach wenigen Sekunden, die mir wie eine Ewigkeit erscheinen, wird der Hund von mir fortgezerrt.

Stöhnend kauere ich an der Wand. Reflexartig presse ich eine Hand auf meine rechte Gesichtshälfte und das Ohr. Ich fühle die Wärme meines Blutes, wie es unablässig durch meine Finger quillt. Es tropft in einem eiligen Strom an meinem Handgelenk herab auf den Boden und breitet sich in einer Lache unter meinen Schuhen aus.

Der Boden wankt unter mir und alles dreht sich im Kreis. Das laute Piepen in meinen Ohren kündigt mir an, dass ich gleich das Bewusstsein verliere. Ich schließe meine Augen und versuche dagegen anzukämpfen.

Ich darf jetzt nicht umkippen! Das Adrenalin lässt meinen Verstand hochfahren. *Als erstes muss ich aus dieser hockenden Position heraus, damit wieder mehr Blut durch meine Beine fließt.*

Die Familie ist zu beschäftigt damit, sich zu streiten, und kümmert sich nicht um mich. Sie fluchen und schimpfen über den Hund: „Jetzt bekommt er endgültig einen Maulkorb, den hätten wir schon beim letzten Mal kaufen sollen." „Ja und warum hast du es nicht getan?" „Überlege dir lieber was wir der Versicherung sagen sollen." „Die Polizei wird auch gleich kommen, bei Hundebissen werden die über den Notruf gleich mit informiert." „Was sagen wir denen?" „Wir müssen uns auf eine Geschichte einigen!"

Inzwischen hat sich auch Frau Pedersen dazugesellt und keift: „Elisabeth muss die Schuld komplett auf sich nehmen, schon wegen der Versicherung."

Ich hebe eine Hand, um mich bemerkbar zu machen, schlagartig werden sie stumm und starren mich an. Ich kann meinen Kiefer nicht bewegen. Unartikuliert, mit zusammengepressten Zähnen frage ich nach einem Hocker und meinem Handy. Die paar Worte lassen schon wieder Schwindel und Lichtblitze vor meinen Augen tanzen. Ich versuche, gleichmäßig ruhig zu atmen. *Es muss mir unbedingt gelingen, Emilie zu organisieren, bevor der Krankenwagen auf den Hof fährt und mich auf unbestimmte Zeit mitnimmt.*

Emilies Schulbus steht in 90 Minuten vor unserer Haustür und niemand ist da, um sie hereinzulassen. Draußen auf dem Parkplatz wartet Lullaby in meinem Auto, und darin befindet sich auch der Haustürschlüssel.

Endlich setzt sich Gerda in Bewegung und kommt auf mich zu. Sie scheucht ihren Freund von seinem Plastikhocker und bringt ihn mir. Danach fischt sie das Handy aus meiner Jackentasche, die in der Sattelkammer hängt, und findet die Nummer die sie für mich anrufen soll. Bens Freundin Lola ist die einzige, die mir so spontan einfällt. Lola ist nach zweimal Klingeln am Hörer und reagiert sofort. Zusammen mit ihrer Schwester wird sie sich um alles kümmern. Mein Auto mit Lullaby abholen, Emilie rechtzeitig in Empfang nehmen und, während ihre Schwester bei uns zu Hause aufpasst, zu mir ins Krankenhaus kommen. *Gott sei Dank ist das geregelt.* Ich brauche jetzt meine ganze Kraft für mich selber.

Die Pedersens nehmen ihre Zankerei wieder auf.

Ihre Stimmen klingen weit weg von mir. Ich sitze auf dem Plastikhocker neben der weiß verputzen Wand, an der ich eben noch gekauert habe. Sie ist blutverschmiert. Mein Oberkörper ist vornübergebeugt, die Ellenbogen auf meinen Oberschenkeln gestützt, mit der rechten Hand, die immer noch mein Gesicht hält.

Das Profil meiner Schuhe hatte einen Abdruck in der Blutlache unter meinen Füßen hinterlassen. Noch immer tropft es warm an meinem Handgelenk hinunter. Auf meine Reithose, auf meine Schuhe und auf den Betonboden. Ich versuche, mich auf meine Atmung zu konzentrieren. Wenn ich mich nicht bewege und flach atme, ist der Schmerz auszuhalten. Ich habe Angst vor dem Moment, in dem ich meine Hand von meinem Gesicht nehmen muss. Angst, dass Gewebeteile aus meinem Gesicht in meiner

Handfläche kleben bleiben. Ich kann fühlen, dass meine Wange bis hinunter zum Knochen zerfleischt ist.

Im Krankenwagen höre ich die Sanitäter bei der Erstversorgung leise miteinander tuscheln. Sie flüstern hinter vorgehaltener Hand, aber ich kann sie trotzdem hören. Das Adrenalin hat meine Sinne geschärft.

„Es ist nicht da", sagt der eine.

„Wie jetzt?", entgegnet der andere.

„Na ja, da ist nichts mehr, es fehlt."

„Ok, ich laufe nochmal zurück und versuche es zu finden."

Der Sanitäter verlässt eilig den Krankenwagen während sein Kollege mein Gesicht mit sterilen Wundverbänden abdeckt und mir eine Sauerstoffmaske auf Mund und Nase drückt.

Nach ein paar Minuten öffnet sich die Tür wieder und der Sanitäter huscht herein. Er schüttelt bedauernd mit dem Kopf.

„Nichts gefunden", teilt er seinem Kollegen mit, „der Köter hat es gefressen."

Sie sprechen von meinem Ohr.

25. Kapitel, Epilog

Achtzehn Monate später.

Geduld gehört nicht unbedingt zu meinen Stärken. Inzwischen bin ich fünf mal operiert worden. Mit jedem Eingriff wird es ein wenig erträglicher. „Haben Sie Geduld, Frau Hartmann, es wird besser werden. Vertrauen Sie uns, wir kriegen das hin."

Aus dem Spiegel schaut mir noch immer diese fremde, entstellte Frau entgegen. Die Narbe auf meiner Wange gleicht einem großen Ypsilon. Immer wieder streiche ich mit meinem Zeigefinger über die Furchen, um zu spüren, ob ich die Berührung fühlen kann. Viele Nerven auf meiner rechten Gesichtshälfte sind bei dem Hundebiss zerstört worden. Bei einem Lächeln bewegt sich nur die linke Seite nach oben, die rechte Seite bleibt starr. Die Naht zieht mein rechtes Auge ein Stück nach unten. Es tränt, weil es sich nicht gänzlich schließen lässt. Das Loch ist mit Eigenfett unterspritzt worden, um es aufzupolstern. Titanschrauben sind in meinen Schädelknochen implantiert worden, um der Ohrepithese Halt zu geben. Das Silikonohr ist so gut geworden, dass es von meinem linken Ohr nicht zu unterscheiden ist. Nur wandert das künstliche Ohr Nachts in die Tupperdose auf meinem Nachttisch und die aus meinem Kopf herausragenden Metallstifte kratzen mein Kopfkissen kaputt, in dem ich mich schlaflos hin und her wälze.

Dieser Unfall hat mich gezwungen, endlich ruhiger zu werden. Mir ist klar geworden, dass ich aufhören muss, Dingen hinterherzulaufen, die ich nicht bekommen kann.

Der Angriff war ein Wink des Schicksals mit einer deutliche Warnung.

Ich habe nochmal Glück gehabt, es hätte sehr viel schlimmer kommen können.

Was wäre gewesen, wenn mich der Hund alleine auf der Stallgasse angefallen hätte, wo mir niemand zur Hilfe geeilt wäre? Wahrscheinlich hätte ich den Angriff nicht überlebt. Und wenn doch, sicherlich mit schlimmeren Verletzungen als jetzt.

Der furchtbarste Gedanke ist, dass ich Emilie in den Ferien mit auf den Hof der Pedersens genommen hätte. Die Vorstellung, dass es Emilie hätte erwischen können, ist unerträglich. Albträume verfolgen mich und ich wache nachts durchgeschwitzt und mit rasendem Herzschlag, auf.

Aber ich bin auch zur Besinnung gekommen. Es wird Zeit, dass ich mich auf das konzentriere, was wirklich wichtig ist. Mich um meine eigentliche Aufgabe zu kümmern, die das Leben mir zugeteilt hat. Das ist Emilie. Sie hat lange genug auf mich verzichten müssen. Es ist meine Chance auf Wiedergutmachung.

Mit meinen großen Kindern habe ich mich ausgesprochen. Wir haben über die Zeiten geredet, in denen ich nicht genug für sie da gewesen bin. Zeiten, in denen Männer mein Leben bestimmten und meine Kinder beiseite geschoben haben.

Die Erinnerung daran, was ich alles habe geschehen lassen, beschämt mich. Aber Lilian und Ben stehen felsenfest an meiner Seite: „Mama, es ist doch alles gut, hör auf, so viel darüber zu grübeln. Wir haben das damals überhaupt nicht so empfunden, außerdem ist es ewig lange her."

Der Unfall hat unsere gesamte Familie noch mehr zusammengeschweißt. Mir ist klar geworden, wie sehr ich geliebt werde. Von jedem auf seine Art und so gut, wie er kann.

Mein Verhältnis zu meinem Vater hat sich vertieft und es gelingt mir, ihn aus einem etwas anderen Blickwinkel zu sehen als bisher.

Mein entstelltes Gesicht gibt mir so etwas wie eine Ausrede, nicht auf der Suche nach einem Mann zu sein. Der vergiftete Pfeil, der seit der Beziehung mit Martin in meinem Körper und in meiner Seele steckt, hat böse Spuren hinterlassen. Ich ahne, dass meine Opferstruktur mich ewig verfolgen wird und ich nach dem gleichen Schema einen ähnlichen Mann in mein Leben ziehen würde. Ob ich mich jemals wieder fallen lassen oder vertrauen kann? Nach allem, was ich mit Martin erlebt habe, wohl kaum.

Ich glaube nicht, dass ich in den nächsten Jahren in der Lage sein werde, eine Beziehung zu führen. Aber das ist im Moment auch nicht wichtig für mich.

Es dreht sich nicht alles darum, einen Partner zu haben oder erfolgreich zu sein. Bin ich nicht erfolgreich, wenn es mir gelingt, mit meiner Familie glücklich zu sein?

Im Sommer bin ich mit Emilie in die USA gereist, um Lilian zu besuchen. Mit meinen beiden Töchtern durch New York zu bummeln und Emilie ein Stückchen von der großen Welt zu zeigen, erfüllt mich mit einem tiefen Gefühl der Zufriedenheit. Sie ist mein liebstes Fotomodel. Emilie auf der Brooklyn Bridge, Emilie vor dem Capitol und dem Weißen Haus in Washington. Sie zeigt mit dem Finger in die Richtung und erklärt: „Guck mal, Mama, da wohnt der Chef!"

Nur ein einziges Mal habe ich Martin getroffen. Zufällig, auf einem großen Golfturnier. Bei den Porsche European Open folgten an diesem Tag fünfzehntausend golfbegeisterte Zuschauer den besten Spielern der Welt über den Platz.

Ich hatte mir gerade an einem Imbissstand eine Bratwurst im Brötchen gekauft. Mit beiden Händen hielt ich meine Semmel und biss herzhaft in die saftige Wurst. Als ich mich zum Gehen wandte, stand ich Martin und seiner neuen Freundin direkt gegenüber. Eine Schrecksekunde verging, dann öffnete er den Mund und sagte mit fiepender Stimme: „Hallo, guten Appetit."

Kauend, mit dem Brötchen vor meinem Gesicht hob ich lediglich einen Zeigefinger zum Gruß und ging an ihm vorbei. Mein erster Gedanke war: *Zu seiner Zeit hätte ich dieses fettige Wurstbrötchen niemals essen dürfen.* Mein zweiter Gedanke galt seiner brüchigen Stimme. *Gut so. Es scheint, als wäre auch ich nicht ganz spurlos aus seinem Leben verschwunden.*

Ich vermisse Dancer. Es vergeht kein Tag, an dem ich nicht wehmütig an ihn denke. Aber ich bin auch froh über die gemeinsamen fünf Jahre, die ich mit diesem wundervollen Pferd teilen durfte und in denen es zu mir gehört hat. Dancer ist der Fels in meiner Brandung gewesen.

Ich verzehre mich nicht mehr nach dieser letzten Platzierung, die mir das goldenen Reiterabzeichen bescheren soll. Vielleicht soll es genauso sein. Den Gedanken daran verstaue ich ganz weit hinten in meinen Kopf. Ich kann ihn wieder hervorholen, falls ich eine neue Chance erhalte. Ich mag Herausforderungen und auf Ziele hin zu arbeiten. Sie sollen mich nur nicht beherrschen.

In dem vergangenen Jahr habe ich viel Zeit damit verbracht, meine Gedanken zu sortieren. Aber noch wichtiger als das ist, die Gedanken zu formulieren und auszusprechen. Gedanken bleiben immer etwas diffus und sind häufig nicht bis zu Ende gedacht. Unter meinen Freundinnen habe ich viele geduldige Zuhörerinnen. Ihnen kann ich all meine Geschichten erzählen. Mit jedem gesprochenen Wort fügen sich mehr Puzzleteilchen zusammen, die mir Klarheit verschaffen und mir Antworten liefern. Ich bin froh über diese Geschichten. Sie spiegeln große Emotionen und Gefühle wider. Höhen und Tiefen, die sich magisch anziehen. Ich bin froh, sie erlebt zu haben, alle, wie sie da sind, denn sie machen mich zu dem Menschen, der ich bin. Sie gehören wie die Narben in meinem Gesicht zu mir und rufen: „Seht her, das ist mir passiert, das habe ich erlebt, das bin ich."

Erst gestern hat Ben zu mir gesagt: „Mama, für mich bist du auch jetzt noch die schönste Frau auf dieser Welt!"

Danksagung

Mein ganz besonderer Dank gilt der Journalistin und Buchautorin Regine Schneider. Als ich sie anrief, um ihr von meiner Idee zu berichten, einen Roman für Frauen zu schreiben, ein Buch, das anderen Frauen Mut machen soll, war sie sogleich Feuer und Flamme. Regine hat nicht nur das Vorwort zu diesem tragischen Liebesroman geschrieben, sondern mich von der ersten bis zur letzten Seite mit ihrer Erfahrung und ihrem Know-how unterstützt. Durch ihre Kritik und ihr Lob hat sie mich immer wieder auf den richtigen Weg bugsiert, hat mich meine Fehler machen lassen, mich unermüdlich motiviert, hat an dieses Buch geglaubt und mich angefeuert, weiterzuschreiben.

Meine Mutter und meine Freundin Britta haben den Kampf gegen die Fehlerteufel aufgenommen und meine Tochter war zu jeder Tages- und Nachtzeit bereit, mich mit einer Engelsgeduld durch Formatierungen und Einstellung an meinem Laptop zu leiten.

Last but not least hat die Werbeagentur Whitehall mir spontan angeboten, mein Buchcover zu gestalten. Ich finde, es ist großartig geworden, genauso habe ich es mir vorgestellt.

Danke, dass ihr mich auf diesem aufregenden Weg begleitet habt.